无限循环

文九柔 著

中国工人出版社

图书在版编目（CIP）数据

无限循环 / 文九柔著. -- 北京 : 中国工人出版社, 2021.12
ISBN 978-7-5008-7760-8

Ⅰ. ①无… Ⅱ. ①文… Ⅲ. ①长篇小说—中国—当代 Ⅳ. ①I247.5

中国版本图书馆CIP数据核字（2021）第235415号

无限循环

出 版 人	王娇萍
责任编辑	姚　宁
责任印制	黄　丽
出版发行	中国工人出版社
地　　址	北京市东城区鼓楼外大街45号　邮编：100120
网　　址	http://www.wp-china.com
电　　话	（010）62005043（总编室） （010）62005039（印制管理中心） （010）62379038（社科文艺分社）
发行热线	（010）82029051　62383056
经　　销	各地书店
印　　刷	三河市万龙印装有限公司
开　　本	880毫米 × 1230毫米　1/32
印　　张	9.5
字　　数	241千字
版　　次	2022年1月第1版　2022年1月第1次印刷
定　　价	42.00元

自 序

波德里亚在《象征交换与死亡》中，曾抨击过“人”的定义的极大扩展。这种扩展绝非身心的延展，而是进步和普遍性的胜利。人们满足于整齐划一的提升，满足于抽象的、按照价值关系计算出来的形式，而人的空间，不可避免地随着外界空间的扩展而变得狭窄了。这个在20世纪就预言我们将在“仿象”时代越走越远的哲学家，把计算机称作“微型化死亡”，他认为“真正的死亡根本不在医院、坟场、战争和屠杀，死亡不再是生物学的、心理学的、形而上学的，甚至不再流血，它的公墓是计算机或计算机房，消除了一切人类噪声的无尘空间”。他把以计算机房为代表的机器空间称作“冷冻全世界的无菌记忆的玻璃棺材”。

“全部知识作为价值和符号进入不朽。”所有的东西都简化为代码，可以随意调取、拼接、篡改，一切都是庞大系统中的一个符号，人本身也是。多年前波德里亚描述的许多景象，如今已经完美落地，而且走得更加深远，毕竟在20世纪触屏、AI、人体冷冻等还都仅仅停留在想象和银屏上。

本书的基底，就是对人本身及处境的探讨，以有限的想象力去把“仿象”时代推向极致。在下笔之前，我常常在想，人类进步的极致是什么？是无所不能，动动手指就能改变一切，还是如波德里亚所说身处玻璃棺材中而不自知、反倒扬扬得意？我做了个大胆而略显偏激的假设：极限之后就是无限循环。

全书的故事就在一个埃舍尔式的怪圈中展开：在人类已经即将迈向永生之门、渐近“点石成金”的时代，居然毁灭于一粒在亚里士多德的年代就存在的古老细菌，幸存者在高维空间中永生，却被夺去了一切熟悉的生命形式和存活方式，同时在浑然不觉的情况下帮助高阶文明不遗余力地消灭着人类文明的残骸。

吊诡的是，对人类往昔生活念念不忘的，却是个被“异化”了的机芯精灵，一个高阶文明的不安分子，执着于人类的小情小爱，因为一段遗忘不了的爱情，去力挽狂澜，最终逆转了人类命运。

在这个故事里，历史死了、真实死了，个人其实也死了，幸存的只有一个个没有归属的符码，被随意取用、捏合、消费。瓦舍游戏，就是这种幻象时代的缩影。故事里的主人公最终明白了，瓦舍并不是游戏，而是一个个真实的时空，只不过它的存在形态离人类所熟知的历史时空形态相去甚远。

在进步渐近极限的时候，我们大概率会被“打回原形”。这是在本书中无论循环往复了多少次，还是摆脱不了的线性历史时空的程式：从荒原到荒原。

力微星、上元星、蛋形星系，都是人类在“垂老”之后的居所。在力微星被机芯精灵暗中操控的人类，还感受得到“只能笃信芯片和分子，除此以外别无他法”的悲哀，他们思念那些已经消失的自然整体和有血有肉的质感，但在地球最后时光的永成年，人们用算法来速配，用万无一失的基因测试图来画出人生线路图，以及对机器和永生的痴迷等迹象，早已预兆了力微星上的日子。

在力微星上，永成年所向往的一切都实现了，只不过代价是其余社会形态的丧失。与人类不同，机芯精灵不会有“昔日和今日”比较之下的痛苦，就如同我们永远也不知道猩猩曾经的生活到底是什么样的一般。他们生来就是如此精良，且有芯片让他们克制和适度。所以，“垂老”与年龄无关，它其实是“去人性化”的程度，无论是自私贪婪、乐善好施、情意绵绵……暗淡的，闪光的，会统统剔除干净。

在人和机器一道施展着最高“幻术”的时代，我们就什么也不必去追根究底了，整个现实都将转换为游戏，就像力微星上的瓦舍游戏，而这游戏本身比真实还要逼真。真实，只是个相对的概念罢了。男主人公创作的小说，对于地球上第一个永成年来讲，是个虚构的科幻作品，但对于已经来到力微星上的人类，它的某些部分就成了言之凿凿的预言；瓦舍里的永成年，对于闯关者是虚拟的，但对于知晓真相后的女主人公和机芯精灵来说，它又是真实存在的年代残篇；女主人公跨越生存界限之后，看到的绿树、雪山、阳光，在她的眼里是实际的存在，但对机芯精灵来说，那只不过是仿真的物品，就像上元星上的人造光一样。

真相，如同女主人公看到的力微星全貌，是个扭结旋转的魔方，永远不会固定在某一点上。男女主人公的爱情、每个人的记忆、过去、未来，都被错落的时空切割得七零八落，读者想捡起什么片段、如何拼出图案、怎么理解故事、以何种方式去补足留白的部分，取决于个人的理解和选择。

在未来的时空观念中，或许解构真实与对真实的精细化复制是同一件事情。在原版的地球、力微星与时空碎片间，时间流逝的计算系统是不一样的，时空的运转也大相径庭。从这个意义上讲，女主人公一直在试图跑出时空的迷宫，搞清楚来龙去脉。

故事的结局，女主人公成功了，她搞明白了因果，清清楚楚地看到了每条时间线上的自己，跑出了交错的时空，与宿命相遇。可是站在历史起始点又掌控一切的她，真的找到了满意的答案吗？一个人的力量真的能扭转乾坤吗？这在向前流淌的历史长河中当然可以。但是如果到了无限循环的时代，它就是徒劳。如果女主人公自己跳出来看完本书，恐怕又要开始寻找真相的漫漫之路了。因为那又涉及另一个幽渺的时空了。

人类最无力的幻灭感，应该是来自“因与果”“始与终”的消弭吧，不再有确定的参照，永远与真实擦身而过，我们还能牢牢抓住什么不放呢？到时候，我们就不得不成了废墟中的拾荒者，在转瞬即逝的风沙中，寻找闪光的金子——也许是心脏的剧烈搏动，也许是记忆里的某个物质形态，也许是一段完整的故事。

希望这样子虚乌有的时代永远不会降临，我们的记忆也不只交织在连生老病死都变得不再庄严和永恒的“垂老”时刻。

目录

Contents

第一章　最后的瓦舍 / 1

第二章　超级细菌 / 22

第三章　力微星生存指南 / 52

第四章　无限的阶梯 / 70

第五章　交叉小径的花园 / 90

第六章　神圣调停 / 114

第七章　最后的瓦舍Ⅱ / 136

第八章　无限的阶梯Ⅱ / 163

第九章　超级细菌Ⅱ / 183

第十章　神圣调停Ⅱ / 206

第十一章　交叉小径的花园Ⅱ / 226

第十二章　力微星生存指南Ⅱ / 244

第十三章　奥卡姆剃刀 / 274

尾声　无限循环 / 284

第一章　最后的瓦舍

今天我还在这里唱歌，
明天我将死去，不知所向，
住在一个奇妙而荒凉的星球，
没有时间，没有以前和以后。
我要痛饮你的遗忘，
地久天长，但没有以往。

——博尔赫斯

以前和以后

元莱笔直地躺在真空中，僵在四周只有灰白幕布的舞台中央，这景致和她的名字一样索然无味。更索然无味的还有她的生活，不，应该说是这里所有人的生活。最后一批人类来到这里，这个没有太阳、夜晚和四季的舞台被他们命名为力微星。这里没有时间和纪年，没有花花草草，没有人类熟知的其他生物，也没有生老病死，只有这些地球毁灭后的幸存者，没完没了地活着。

以前的，派不上任何用场。以后的，抓不到一分定律。

浩渺的空白——人类登陆力微星的时候就是这般荒凉，过得安稳了之后，还是没能在这空白上画上一星半点儿的油彩。茂盛的农田、高耸入云的摩天大楼、四通八达的轨道都无法挤进来，哪怕是占据一个边角。力微，力微，人的力量实在是太过微小，微小到只能颠覆以往的生存方式，去顺应这个纹丝不动的空间。科学家们猜测，这儿是个高维空间。尽管他们来的时候，地球上的理论已经把十六维空间解释得头头是道，但深入实地之后，才发现那些空洞的结论根本无处施展。

这里的人既希望速速了结此生，又害怕自己会灰飞烟灭。

“怀明！”元莱从梦中惊醒，房间内一瞬间闪亮了起来。一切都是光斑。眼前光点汇聚成线条的世界，所有物品的轮廓都高度对称，简洁到极致，物件都只看得出最基本的构造——床、桌子、椅子……除了骨架，再无冗余。

冰冷的线条让元莱打了个寒战，梦里阳光正好，萧怀明在阳光下冲她微笑，这笑容让她周身都觉得很暖，不由自主地想要靠近。但梦里的他，不是她记忆里那个稳重、内敛、从容的样子，而是一个稚气未脱的少年，充满活力又无所畏惧。自从来了力微星，她总是做着同一个梦：萧怀明模样青涩，笑容像要把她融化，梦中的少年伸出双臂要把她也拉进那刺眼的阳光里，可每次她要伸手的时候，萧怀明却又淹没在一团光晕中，消失不见。

梦的素材是记忆，可这充满年少稚气的萧怀明是从哪儿冒出来的呢？元莱的记忆里明明没有这样的萧怀明。

“还好，还有梦可做。”元莱心里这么想。地球毁灭之前的元莱，是多么希望每天都能一夜无梦。女强人的生活，要求她把每一条情绪线都按压在同一个频率，不能表露出任何起伏，在不同的场合里都得体无瑕。焦虑，就这样在她对于完美的执着中悄悄地缠上了她，以致她长期被各种离奇怪梦骚扰，常常失眠。她常常梦到同一个主角，长着和自己一模一样的脸，穿着奇怪的服饰，身体被一个像鼠标一样的机器划过，模样清晰到可以看到毛细血管的纹路。在这密密麻麻纹路的每一个转弯之处，都有微小的晶片一闪一闪，照亮了血液的回路。样子明明是自己，却感觉完全是另外一个人，一个拥有着她五官的“超体”。这人肤如凝脂又薄如蝉翼，完美的皮囊下却“千疮百孔”。那些被点亮的血液弯道，偶尔会剧烈搏动起来，冲破了透明的皮肤，在她眼前扭结出两只手的形状，看似想要握紧，指缝间又露出利器。

皮肤透明的“超体”和自行幻化的血管，不止一次出现在元莱的梦里。有时候，那两只无限靠近又暗藏杀机的大手会一起劈头盖脸地朝她涌来。来到力微星之后，元莱丢失了许多记忆，但这个稀奇古怪的梦境，她却记得一清二楚。

每每想起那些古怪的梦，元莱只能叹息，那些能解开她疑问的故事恐怕是怎么也想不起来了。叹息的结尾，她脑子里总是蹦出一本书的名字——《力微星历险记》，这个书名反复地跳出来，但又和她其他的记忆统统挂不上钩儿。这是她读过的一本书吗？对她影响很大？还是在暗示着什么关键信息？除了书的名字，她是一点儿线索也榨不出来了。在力微星上活久了，元莱接受了一个事实，那些断了片儿的过往，是无论如何也找不回来了。

元莱关于《力微星历险记》的困惑，很快在居民们建立的怀旧数据库中得到了解答。这是本永成年间风靡一时的科幻小说，数据库里被人们的记忆重新拼凑起来的小说内容，她也懒得去看。在力微星上活着，已经够魔幻的了，根本不需要再看科幻小说了。

现在，元莱不怎么做梦了，和所有穿越蛀洞的人一样，旋转辐射吸食了他们的记忆，元莱脑子里只剩下地球毁灭前 5 年左右的记忆碎片。这些记忆碎片拼凑起来的自己，不怎么讨人喜欢，最重要的是，占据她记忆的，有一件分量极重的憾事：她失去了萧怀明，一个把她捧在手心，却从来不索取任何回报的人。萧怀明用自己的通行卡把她送上了穿梭机，毫不犹豫地把生的机会让给了她。舱门缓缓关上那一刻，她心上有块东西像是被剜走了。

“我本身也不是什么爱情至上主义者……”

“况且，他从没表白过……可是……十年的守护……我可以无耻地当作什么都没发生吗？我对他，是深切的爱吗？还是惯性的依赖？”

“跳下去也是一起毁灭，他也愿意我活着吧，这也是对他的成全。我会连他那份一起好好活下去的。”

这是元莱在穿梭机上一系列自相矛盾想法的节选，她清晰地记得，穿梭机升得越高，她活下去的意愿就越发占了上风，她瞥了一眼雾茫茫的地面，一阵凉意让她打了个寒战。就是这种在死亡面前的懦弱，让元莱活得越久就越羞愧。在力微星上，最微不足道的就是生与死，那些过往生活的琐屑，反而重如千钧。尤其是关于萧怀明的种种：只为她一个人准备的夜宵；总是在她需要时适时出现；记着她的每一个喜好；对她的无限包容呵护。萧怀明像园丁守护花圃里的鲜花一样守护着她，细心地施肥、浇水、修剪枝叶，他懂得什么时候该晒晒太阳，什么时候该撑起遮风挡雨的棚子，耐心地陪她经历每一次荣枯。萧怀明的好，元莱总是假装没有察觉，总是躲避，这一躲就躲到了世界末日，躲到了连花朵也没有的力微星上。

“十年的守护”，那天在穿梭机上，她明明是这么想的，可是，前面五年的记忆呢？永成年，这是元莱记得的最早的年份，萧怀明也是就这么凭空跳进了她的记忆。那些两人相处的记忆碎片像情节不连贯的电影，向她袭来。那种想要一探究竟的煎熬和那些真切的温暖混杂在一起，让元莱无数次有种赴死的冲动，如果能重来一次，她一定选择留在地球，和萧怀明一起看天荒地老。

天荒地老这个词儿，在力微星上显得有点小儿科，这里没有天地，更没有老去。元莱看了一眼房间角落的能量棒，一个能量棒的报废时限大约是 50 年，忽略能量棒广泛应用前的时间不计，她已经活了近一万年了。这些能不精准记录时间的能量棒，是对活着的最大嘲讽，因为在力微星上，只能选择活着。元莱冲了个澡，换了衣服，吃了早餐——确切地说是用分子沐浴机、服饰印造机和营养瓶迅速完成了这一系列过程。人类再也不用为穿什么而犹豫不决，因为服饰印造机会随机帮你选择，汉代的彩纱锦袍、唐代的钗钿礼衣、白领套装、猎装等，所有人类历史上出现过的服装样式都被存储在印造机中，今天印造机为元莱选的是一套利索的胡服，上面有盘条锦的图案，看上去像女真人的武士陶俑。

力微星上没有柴米油盐，不必为吃什么、穿什么、用什么而烦恼，所有能送进嘴里的东西都已经被高度提纯成分子塞进了营养瓶，因为别的食物形态根本没有办法在这个空间存在。与生活琐碎有关的一切，都被高度压缩和提纯了。

元莱扭开一个营养瓶，一股脑儿喝了下去，连味道都没品清楚。她看了看已经空了的瓶身，上面是一幅美人簪花图，图的右上角还印着几个小字：莫失莫忘。九州国的公民，领到随机分发的营养瓶里，这种带有中华文化特色印记的图案居多，但现在的元莱可以对营养瓶的口味和包装提出定制需求，她在食品管理局可提取的营养瓶数量已经足够新月国这个小国全部人口 100 年的口粮了。

口味和包装的定制，这是属于力微星上富裕阶层的特权。元莱几乎不怎么使用这个特权，到处都是冷冰冰的灰和白，一万年了，什么也没改变，营养瓶再漂亮又有什么用呢？她常常在“吃饭”的时间，想起萧怀明端着一碗热气腾腾的面条的样子，这带着温度和味觉记忆的画面又会勾起她蚀骨的孤独。

元莱没有在力微星上开辟新的交际圈儿，尔朱旻旻——这位她在地球上的“情敌”，反而成了她唯一的朋友。她享受着这孤独感，以惩罚自己的有眼无珠和独自苟活。一万年来，陪伴她最多的，就是这满屋子的射线了，它们像编织了一个牢笼，锁住了她。

元莱穿梭在各种射线中，像是在音符上跳舞的蚂蚱。屋子两侧投射出高大的灌木植物，被她用手指轻轻一点，瞬间化为烟尘，被两株火红的天堂鸟所取代。

桌上一个菱形的盒子亮了起来，伴随着阵阵鸟鸣般的声响，急促地闪烁着。元莱点了点盒子侧边，一个厚重的男声传了过来。

“你考虑得怎么样了？”

“我们不需要帮手！”元莱皱了皱眉。

“这次不一样，这是我们要攻克的最后一间瓦舍，会发生什么难以预料。我们也是为了能顺利通关！”

“没有他，我们一样可以！”

“能不能先把你们的纠葛放下，况且都已经过去这么久了，地球都毁灭了，那些地球上的事情就忘了吧！”

“以前的事我早就忘了。”元莱冷冷地说，“总之，我和尔朱旻旻，我们俩会尽快攻克最后一间瓦舍的，不需要帮助。”

“陈永成目前是力微星上最好的生物医药学家，有了他你们会事半功倍，更快地打通关。我们一致认为，最后一关没这么好过。况且，他赞助了神圣调停局全年的开支……很多的营养瓶……”

“这么个鬼地方‘有钱’依旧能使鬼推磨。”元莱粗暴地打断了男声。

“最后一间瓦舍事关重大，多个帮手肯定是好事儿，大家都希望你们尽快通关。”

“尽快？对我而言，不过是多一些食物分子，多几个在这个地狱出生的孩子罢了，时间在这儿根本没有任何意义。”

“元莱，你太悲观了，我们需要食物分子存活下来，也需要繁衍后代，等待可能性。大家都对打下最后一间瓦舍会发生的改变充满期待，我们不能放弃任何改变的希望。最后一间，总会有些变化，也许，我们会找到突破口，慢慢恢复地球的样子，恢复食物的形态，恢复花草树木、山川大海……也许，那些孩子会正常地长大成人。这些都是有可能的。”

元莱沉默了一会儿说：“如果，最后一间瓦舍打完了，什么改变也没发生呢？”

“我们总得往好的方向去想。活着，需要希望。”男声没底气地说。

“你确定我们这是叫活着吗？”元莱冷笑了几声。

“女性果然容易情绪化，并且情感脆弱。陈永成就对恢复地球生活充满信心，让他加入你们是再正确不过的决定！”

“一万年过去了，你们依然歧视女性。可笑，力微星上打通关最多的可就是两个女人。”

空气凝固了很久，男人失去了耐性：“你不要这么冥顽不灵，这是神圣调停局的执行通知，看在同事情谊的份儿上我才好言相劝！你们要一起进入瓦舍，这是上头的命令，不执行后果自负吧！”

通信中断了，元莱压抑着心里的愤怒，打掉了面前桌子上的所有东西。但只过了一秒钟，这些被打散了形状的射线，又恢复到了原来的样子。元莱赌气般地又将它们打散，如此反复了好几次，她终于败下阵来。

元莱此时有些后悔参与这场万众瞩目的游戏了，她还是低估了神圣调停局和九州国的高层对这最后一关的重视程度。本来在平日，各国政府不会插手有关瓦舍的事务，这属于管理瓦舍的联合机构神圣调停局的管辖范围。可是，这是承载着所有人希望的最后一关，举世期待的惊天动地的改变也许就会在打完这一关时变成现实。各国政府也都积极地参与到了有关这最后一关的准备中。这些准备中最重要的，当然是人选问题，谁都想让自己国家的人去完成这个壮举，怎么平衡人选，这问题如同当年选择逃离地球的幸存者一样棘手。所以，这人选问题，就再也不是神圣调停局的日常事务了，而变成了各国政府和神圣调停局之间的角力。

这些天监事局各个信息平台的报道，都集中在这“最后的瓦舍”上，民众对背负众望的通关者充满期待。元莱最抵触被推到风口浪尖的感觉，她在地球上看多了那些活在数据和流量下的公众人物站在大浪的顶端，一不小心就会被劈了个跟头。来到这个鬼地方之后，她只想安静地当个平民，可是该死的瓦舍游戏又让她燃起了再看一眼萧怀明的奢望，哪怕是在虚拟的游戏中。

神圣调停局里，有很多同伴看她不顺眼，她进入神圣同盟的过程太顺利，平时又高冷孤傲，偏偏又有尔朱旻旻这个高手助她一臂之力，一路晋升成通关高手，而后又成为九个背负着改变力微星希望的最后通关者之一。元莱的荣耀和财富，仿佛来得无比容易。

所以这次不知道有多少神圣同盟成员冷眼旁观，希望这最后通关的大彩蛋不要被她拿到才好。陈永成的加入，搅局的成分无疑要大于助力，那些落选的通关者、神圣调停局的高层中，有很多都希望通关的不是她和尔朱旻旻。拖长这通关的节奏，最好再来点儿什么意外，她们就彻底出局了。在关卡里出现意外这一点上，元莱倒是和那些反对者们想到一块去了，她早就活腻了，游戏给了她一丝希望，却又一次次落空。如果这最后一关的内容也和她熟悉的地球及日思夜想的人没有丝毫关系呢？生活还要这么无限循环下去吗？

元莱期待走进最后的瓦舍，又恐惧着这一天的到来。出发前，她暗自做了一个决定：如果没有见到萧怀明，瓦舍消失前，她就不去避难所。如果这次不能如愿以偿，她一定要把地球上发生过的事统统忘了。

死亡是忘却最直接的方式，可力微星上是不会死人的，瓦舍里的游戏更加不会致命。但是每一个通关的人，在通关失败和瓦舍消失前还是会本能地奔向避难所，因为瓦舍里的世界逼真到比力微星上的生活还要真实，还要富有质感。那里有日升月落，有清澈的溪流，有袅袅的炊烟，绿叶上沾着晶莹的露珠，千军万马疾驰而来扬起的尘土会眯了眼，还有那濒临死亡时五脏六腑真切的压迫和恐惧感……每一处细节，都闪耀着真实的光芒，比起平滑、单调、毫无生气的力微星，游戏里才更像是人间。但玩家们都心知肚明，游戏只是增加了对身体的刺激，不至于达到要命的程度。

不去避难所，也只是破坏了游戏规则而已。可是元莱心里却想着，没准儿有一天，自己或许可以在游戏中死去。

幸存者

以毁灭为终极目标的游戏，每个玩家都是幸存者。无论玩家在游戏里的伤痛和濒死之感有多么逼真，从瓦舍里出来之后，都会恢复到完好无损。游戏里的黑科技射线可以削铁如泥，但力微星又会让所有伤口愈合。

游戏屋的名字也在告诉玩家，切莫当真。瓦舍，源于“勾栏瓦肆”，那是鱼龙百戏上演的地方，是说书人讲述传奇故事的场所，是醉生梦死、逃避现实的消遣地。戏，终会散场的。

游戏里的避难所其实是每场冒险散场的指示。所以，每个玩家只要按照“逃生”的指示，跑进避难所，都能在“生死关头”活下来。逃生预警会提早发出，留给玩家安全撤离的时间是很富余的。

走进避难所，“戏”就散场了。一片黑暗中，玩家身体的极度不适是即将回到现实的信号。那感觉和他们当初穿越蛀洞前的反应十分相似，五脏六腑都缠结在了一起，身体像是被抽干了，头也痛得快裂开了。更让玩家在意的是回到现实的时候，总觉得脑子里少了点儿什么东西，可又说不出是什么被遗留在了游戏里。

地球毁灭之后，瓦舍游戏让人们在这个奇妙而荒凉的星球找到了些许寄托。在这个游戏里，改造力微星的幻想又被重新点燃了。

“我们得重新建立社会体系，然后有组织地改造这个地方。”发言的是一个社会学家。

“先找到能填饱肚子的东西吧。”一个刚刚从死亡状态中苏醒的农作物专家有气无力地回应。

“搞清楚空间的结构和元素才是关键问题。”一个物理学家斩钉截铁地说。

“没错，元素是一切生命形式的基础要素。”化学家附和着。

“或许，我们得换个思路，想想单细胞生物怎么进食。”生物学家插话说。

这些精英分子，忍受着饥肠辘辘，七嘴八舌地讨论着要怎么体面地活着。他们的周围还躺着那些还没恢复的同伴。

空空如也地死去，饥肠辘辘地醒来，这就是人类刚刚来到这儿时的窘境。一下子倒退了几万年，连吃饱都成问题。这次集体讨论，与之前无数次商议一样毫无结果，可它成了陈永成再次逆转命运的起点。

“关键问题是吃什么才对。”生物学家的话启发了陈永成，他没有参与讨论，而是对身旁的元莱低语。

元莱闭上了眼睛，不想理会他。陈永成不知怎么又挤到了她旁边，试图挽回他们之间的关系。自从上了穿梭机，他就没有停止过恳切地忏悔，忏悔自己毁了他们之间曾经美好的爱情。

“省点力气吧，这样死得慢些。”元莱不耐烦地打断了陈永成。

“所有问题的解决都只是时间问题……合适的细菌、蒸馏……提取营养分子……对！”陈永成一拍大腿，突然兴奋起来，他甚至忘了前一秒元莱对他的厌恶，情不自禁地抓起她的手说，“我会东山再起的，就在这个什么都长不出来的地方。我相信很快我们就不用再担心饿死了，空着肚子醒来的感觉真他妈的难受！”

元莱抽回了手，一脸的无所谓。这些 AI 时代的精英分子，一下子掉回了原始社会，元莱心里竟有些看客的窃喜。

91257 个幸存者，他们中间的大多数的确是佼佼者。登上穿梭机之前，审核委员会的选人，的确是本着“有用”的原则来考量的，可到了这儿之后，许多“英雄”毫无用武之地。从一无所有到逐渐填饱肚子，再到瓦舍一间间被消灭，许多摩拳擦掌想要建立美丽新世界的人还是没派上什么用场。

但直到现在，粮食问题都没有彻底解决，有一半以上的人还处于时常会饿肚子的状态。为了决定谁能够吃得饱一些，建立治理体系被提上了日程，但每一次讨论都进展缓慢。只有不到十万人口，最终还是因为信仰和政见分歧，没能统一到一个管理体系之下，分成了近十个不同的国家。

与其说是有实际需求，各个国家设置的意义，更像是对往日社会形态的缅怀。与其说是“国家”，不如说是一个个小社团。在这些国家之中，拥有25000多人口的九州国无疑是绝对的超级大国，这个由亚洲人组成的国家，华人占了半壁江山。让这些达成共识的，并不是AI时代的便利和共通，而是更加久远的中华传统文化。

与其他国家一样，力微星上的九州国，制度体系本身比它要管辖的事务还要复杂，这是在为某天可能会突然繁华起来的生活做铺垫，因为所有人都相信，这一天终会到来。但新世界没有呈现出人们理想中的样子，于是大家开始追忆昔日辉煌。

在怀旧的路上，九州国走得最远。国家内的机构名称，来源于古代中国的三省六部制，最高的决策机构叫作大宰府，下设中书、门下、尚书三个机构，分别负责这个国家的政令起草、审议和执行，三个大机构下又设置了不同的分支，对各自的长官负责。大部分的九州国民众，并不知道三省六部制为何物，更不了解久远的“中央集权”从何肇始，他们都是在AI时代成长起来的。而九州国的首脑，是所有国民投票选举出来的。国民们接受了这些治理机构新奇的名称，但并不关心这些机构如何运转。

在瓦舍游戏出现之前，所有国家的管理机构都围绕着“吃饱”这一件事情在运转，而所有能送进嘴里的东西，都被精缩为一种形态——营养瓶。陈永成和他的团队又成了人类能够体面活着的大功臣，他经过近百年的反复实验，在力微星上的细菌和碎屑中提取出了支撑人体新陈代谢的养分子。从那之后，除了管理机构，人们都只为一件事物工作——养分子，探测、抓取、提纯、生产，到后来的口味改良、浓度升级、回收利用等，“粮食”生产，占了力微星上人类产业的三分之二还多。

昔日的首富陈永成，达成了他在地球上没能实现的野心——把永成公司开到世界的每一个角落。现在，他是名副其实的新贵，而且无可取代。

新　贵

力微星上适龄未婚女子，几乎每个都对陈永成心存幻想，大家好像把地球上的故事忘得一干二净，这位首富曾经在地球被拉下了神坛，如今又回到了巅峰。但陈永成的心里却只有元莱。

“走吧！”陈永成的声音低沉而有力。

长长的队伍出现了不小的骚动，大家眼见陈永成走到了元莱面前。

元莱望着队伍前方，无动于衷。俩人僵持了几秒，陈永成无奈之下硬把她拉离了队伍。

“首富把一个不修边幅的女子从领救济瓶的队伍里拉走了，那女孩还老大不乐意。这是什么情况？”八卦很快在队伍中散开，手疾眼快的人还举起能量棒抓拍了陈永成拉走元莱的瞬间，准备卖给各个信息平台以赚取营养瓶。

“你知道我到这儿来找你会惹多少麻烦吗？”陈永成极力压制着怒火。

“没人邀请你到这儿来，你也不要再找我了。”元莱的语气毫无波澜。

“你就这么恨我吗？在那种情况下，我的选择也不是不能谅解吧。后来，我是想回去找你来着，可是……”

“好了，已经过去几千年的事情就别再回忆了，我不恨你。没有爱，哪来的恨？”

“没有爱？那我们那些过去是什么？我一直认为我犯了错，却一直没想到，你就是为了……”

“对，为了你的钱和地位。现在你知道了，以后别再找我了。”元莱截断了陈永成的猜测，给了他一个顺理成章的答案，她不想再和这个人有任何纠葛。

“为了钱？那我现在正好能满足你。”元莱脱口而出的理由，陈永成不愿意相信，但到底是什么东西让她曾经愿意和自己走在一起，又是什么让她现在如此笃定地把自己拒之门外，他到现在也没看明白。

元莱宁愿当个流浪者，也不愿接受陈永成的任何好意。站在领救济瓶的队伍里，让她有种一切又回到起点的错觉，她本来就是个无名小卒，那种不用在意任何眼光的放松和惬意舒坦极了。陈永成的出现，打破了一直以来的安宁，让她想起了自己曾经是怎么一步步从平地登上了高台，然后跌入了万丈深渊。

天人永隔，原来是这么让人绝望，她的生机是用萧怀明的生命换来的，只要她活着，这种亏欠感就会一直追随着她。

萧怀明是已经化为了尘埃，还是在某个时空重生？抑或是地球逃过了一劫，根本没有毁灭？她和来到力微星的这些人，是抛弃了地球的懦夫，他们坐上的不是什么“挪亚方舟”，而是驶向地狱的鬼船。

而陈永成在新世界大展拳脚，找回了自己的位置，甚至比以前还要风光，他坚信元莱的回心转意也只是时间问题。而这个想法，在他使出浑身解数，坚持了近千年之后，终于放弃了。来到力微星后，元莱变得更加冷酷，她像块顽石，怎么也暖不化。

那天在人群中看“首富追妻”的，还有首富的女儿尔朱旻旻。她看到这一幕，首先想起的是陈永成、元莱、萧怀明和她之间的种种过往。那个时候她认为元莱是个有野心、讨厌的女人。后来她拖着半条命，登上穿梭机的时候，地球上的一切，在她心里，便已经成了废墟。

对往昔没有留恋，对新世界也没什么向往。尔朱旻旻是怀着这样的心情来到力微星的。后来陈永成告诉她，是萧怀明让出了自己的通行卡，让元莱活了下来，她听后也只是唏嘘了一下而已。

尔朱旻旻本以为陈永成重新崛起之后，会轻松地追回元莱。在她目睹了两次元莱对陈永成的无动于衷之后，心里竟对她生出了许多好感。

“嗨，你怎么不去替她解围？”迎面走来一个刚领完救济瓶的中年男子，拍了拍想得出神的尔朱旻旻。

“我？”尔朱旻旻觉得莫名其妙。她对眼前的人毫无印象，可能是，曾经在警局的熟人，蛀洞弄丢了这部分记忆。

“对啊，你们不是很要好吗？要不是忘了名字，我们也会推荐她的。”男子打开营养瓶，一股脑倒进了嘴里，“真是世事难料，当初屁颠儿屁颠儿跟着我们要名额的陈永成，现在摇身一变……”

“很要好？我？和那个女人？”尔朱旻旻越发迷惑了，记忆中她和元莱最亲近的一次接触，也不过是那顿四人晚餐。

“看来你全忘了，蛀洞真是害人。你的通行卡是我们给的。拯救地球计划，你肯定也不记得了……不过无所谓了，地球都毁灭了。”男子说完，扬长而去。

尔朱旻旻听得一头雾水，拯救地球计划？难道是警局参与的什么大行动？男子的话她一句也没听懂，到底是什么被她忘了的事情，让别人认为她和元莱很要好？

91257个躲过末日的幸存者，其中的大多数都希望能看见熟悉的面孔，毕竟在一个未知之境，抱团取暖才是明智的做法，也能驱散些孤独感。但在独来独往这件事情上，尔朱旻旻倒是和元莱达成了一致。她没有元莱的负罪感，也没有沉浸在回忆里，她只是心灰意懒，孱弱的身体让她懒得去憧憬新生活。登上穿梭机之前，她已经虚弱到只剩下了躯壳，她觉得即便去了新世界，也只是在拖延死亡，她当时只是负气般地没把这活下去的机会让给萧怀明，而并不是对活下去抱有多么强烈的愿望和期待。

第一条营养瓶生产线顺利运转之后，陈永成曾带着营养瓶来找尔朱旻旻，但她假装不认得他，对他滔滔不绝地讲的那些小时候的故事、永成公司崛起的艰辛、她的叛逆等都无动于衷，只在听到萧怀明为元莱舍命的时候，露出了一点马脚。后来她又在九州国碰到了昔日的上司、曾经合作过的警局神枪手和父亲陈永成的老熟人，对于嘘寒问暖的故人们，她无一例外都摆出一副“什么也不记得”的无辜模样。

几千年之后，尔朱旻旻对元莱讲起这初到力微星时的状态，把它定性为“地球后遗症”。力微星一点点地剥夺了幸存者们重建家园的幻想，倒是治愈了尔朱旻旻的“后遗症”，不仅让她虚弱的身体逐渐恢复了活力，也让她在瓦舍里找到了存在的意义。曾经抗拒与别人建立新联系的尔朱旻旻，现在也成了元莱最亲密默契的通关搭档。但她始终也没记起来，她和元莱除了“情敌”还有什么其他的过往，拯救地球计划又是从何而起的。

记忆清单

在力微星上，最靠不住的就是记忆。一万多年前，地球上的最后一批幸存者逃离地球前，已经做好了“丢失一些记忆”的心理准备。宇航局本来为太空旅行制作的《漫游指南》，改头换面成了《逃生手册》。当时，每个登上穿梭机的人都惴惴不安，新世界是个未知数，他们不知道组织者们哪里来的自信，认为他们一定能够顺利找到新的家园。星际旅行，宇航局满怀信心地宣扬了许多年，却一直没有落地。如何成功地穿越蛀洞而不被撕碎这一难题恰巧就在瘟疫蔓延的永成年被攻克，与地球的崩溃来得一样突然。

那些组织者们，倒是对新世界充满了期待。未来的定居之地，被他们描绘得有模有样：人体器官停止衰老、科技完全解放人类、星际旅行……这些在地球上就被提上日程的计划，在新世界将会很快实现。并且数据库将变得更加智能，能够把陈年的历史记录和资料全息化，例如某人要查阅唐代的华清宫，将会置身于一个由数据自行搭建的全息建筑中，而举世闻名的杨贵妃很有可能在建筑中和着《霓裳羽衣曲》，翩翩起舞。

不死之身和全息化的记录，都被这些“高瞻远瞩”的组织者们猜中了。只不过，永生却不能繁衍；记录中的“历史”来源不明、也无从考证真伪，变成了游戏。而新世界的日常生活，却有着之前未曾预料的困难。

即便人们准备了云端存储器、微型记录仪、微弱电量的万能机，甚至是已经成了古董、价格昂贵的纸张，但这些能派上用场的记录工具，在越过蛀洞之后，比人脑的遭遇还凄惨，都成了一堆废物。

“一堆破铜烂铁，谁说机器比人靠得住？”

在反复确认之后，人们接受了所有客观记录消失殆尽的事实。机器宕机，程序坏死，数据和资料丢失……这些倒霉的时刻人人都经历过。数据丢了，就到云端存储去找备份，宕机了就去做数据恢复，程序坏死了就重启，智能时代，是一环连着一环的数据链，你总能在其中一环找到往日的痕迹。

当机器和数据架起了一柄覆盖了生活每个角落的保护伞，人们对智能的依赖，远远超过了对个人知识的信赖。现在，保护伞被蛀洞戳得稀烂，信息的汪洋大海瞬间变得干涸，来到力微星，人们不得不靠冥思苦想这种最古老的方式，来收拾散落一地的信息。

“我儿子才过了一周岁，我记得给他过生日来着，可他长什么样子，我竟然想不起来了。”

“我连自己出生的地方都想不起来了。”

“十年的参数，一行完整的也没留下。我五十岁了，不知道还有多少个十年？”

“从头再来，只能这样了。你们记不记得和《逃生手册》一起领到的《重启手册》中的内容？穿梭机离地前，真应该多看几眼，当时还想着以后慢慢再看也不迟。”

“我倒是翻看完了，就是记得七七八八。大家一起重新捋一捋重建家园的步骤，开始万里长征吧。”

“恢复成机器操办一切的社会，以现有的资源，恐怕我们是看不到了。”

“别那么悲观，首先我们得适应自己动手，大不了再走一遍人类文明发展的漫漫长路。”

“要我看，我们得吸取机器主宰一切的教训。归根到底，我们也是生物，一个脑袋，两只手的生物。”

“对，什么都没了，就用脑子和双手。”

“对！数据、图纸、资料、程序，这些我们都可以没有，就用九万多人的集体智慧，拼凑出一个新世界！”

“我们现在只需要阳光、土壤、水分和充足的食物，以及遮风避雨的屋子。先安了家，填饱肚子，那些宏伟蓝图以后再从长计议吧。”

人们互相安慰，互相打气，盼望着用双手尽快让新世界繁华起来。但是，重建家园的热望很快就被浇了盆冷水——力微星上，什么都没有，没有阳光，没有土壤，也没有熟悉的自然资源。在这里只有时间是用不完的。他们也不能把希望寄托在下一代身上，因为他们是第一代幸存者，也会是最后一代。

一万年过去了，机器还是主宰了一切。力微星上没有泥土、花草、树木，没有山脉、河流，可是没用多久，瓦舍游戏诞生了，人们竟在游戏里复原了共同记忆的清单。

91257个幸存者，都忘了幼年的时光。在来到力微星后，尔朱旻旻记得自己和父亲陈永成无休无止的对抗，记得“拜金”又冷漠的情敌元莱，记得可怜又可恨的萧怀明，记得从鬼门关走了一圈儿之后生活变得毫无质量。这些人生碎片拼凑起来，似乎并不像是豪门小姐应有的甜美生活。

陈永成则记得攀上首富宝座的艰辛，记得有个永远不服管的女儿，记得第一次看到元莱的感觉，记得那间停尸房和那些死状恐怖的尸体，记得自己曾一夜之间从巅峰掉到了谷底，记得曾经旁人是如何落井下石。陈永成的这些记忆，让他在激进的路上越走越远，也为永成公司这头巨兽的倒下埋下了隐患。

在元莱的记忆里，萧怀明是绝对的主角。自从她独自上了穿梭机，就一直活在萧怀明的影子里。而她却不记得自己是怎么变成一个“百毒不侵”的女强人的，也不记得她和萧怀明是在何处相遇，又共同经历了什么。

上万年过去之后，不记得的还是没想起来。那些原本清晰的回忆，因为时间的流逝，也逐渐模糊。大多数的幸存者或主动或被迫地，不再执着于过往，也不再对自己的出身和来路寻根究底。

而元莱却咬着那些记忆不放，她就像西西弗斯一样，日复一日地顶着她记忆的碎石，不让任何一颗掉落下来。她顽固地认为，总有一天，记忆的那些空白会被填满。

瓦舍游戏的出现，加剧了元莱的执念。她在游戏里踏进了别人的梦境，这游戏，就是个做梦的机器。而她相信迟早有一天，她会进入属于自己的梦境，梦里有她的童年，有她和萧怀明的初遇，有她记忆里缺失的碎片，说不定还能有个不一样的结局。

而最后一间瓦舍，是她进入“专属梦境”的最后希望。

所有人都言之凿凿，认为即将出现的是游戏的终极关卡，过关后游戏将不复存在，而力微星将因此迎来翻天覆地的变化。

万众瞩目的最后一关，把人们的亢奋和热情推向了极点，大家都坚信成功改造力微星的梦想触手可及。陈永成的探测团队整装待发，准备等着瓦舍游戏通关之后，去发掘会出现的新元素，就像当初他们发现养分子一样。各国的科研队伍也都摩拳擦掌，等着获取这了不起的游戏完结之后，自动释放出的新的能量和信息。还有那些赋闲了许多年的生物学家、人类学家、建筑学家等顶尖人才，认为土壤、种子、树木、花朵马上就会出现，各种材料也会随之而来，他们大展身手的时代就要来了。

然而元莱对这些却无动于衷。她关心的，还是能不能找到自己的过去，做一个关于萧怀明的、完完整整的“美梦”。如果能成功，她也许会想办法留在那里；如果没有成功，她不敢想象从游戏里出来之后，如何面对希望落空后的绝望。

窗外下起了雨，蓝色八边形的雨滴对称落下奏出规律的和弦。元莱对着这诡异的雨，大叫道：“萧怀明！萧怀明！我想见到你！我想见到你！”这声音，越过湖蓝色的雨帘，越过维度墙，越过空间外的铀障，飞奔了几亿光年，降落在了萧怀明的梦境中。

风靡一时的白日菊

我的学名叫白日菊，迎着朝阳盛开，随着夕阳凋敝。我喜欢阳光，惧怕严寒，喜欢刚刚好的暖意，承受不了热烈的酷暑。层层叠叠的舌状花瓣，是我的标识。深红色、玫瑰色、紫堇色、白色的花朵，如若都挤在一个花坛里，会艳丽得耀眼。花丛中最出挑的，还是白色。人们就是用白色白日菊的意象总结出了我们的花语——永失我爱。不像什么玫瑰的爱情、蔷薇的热恋、百合的纯洁、天堂鸟的自由，我们的花语，悲伤到骨子里了。地球永成年间，有部人人趋之若鹜的游戏剧就叫《白日菊》，据说有人玩了上百遍，体验了几十遍的也大有人在。满城的男女，像着了魔一样沉浸其中，看着剧中的女主，一遍遍地死去——无论走过怎样的路径，剧终的时刻，都会来到一模一样的死亡之境。

永成年，是白日菊最负盛名的年份，几乎人人都知道了“永失我爱”的花语，有不少玩过游戏剧的人在自己家门口种上了白日菊。来到力微星之后，我们和其他花朵一样，逐渐被遗忘，因为这儿连一棵草也没有。

人们刚刚降落到力微星的时候，还有人谈论起那部叫《白日菊》的游戏剧，他们说海报上那朵层层叠叠、大得离谱的花朵，联系起美丽的女主结局的悲怆，想起来依然震撼人心。一万年过去了，力微星上，一朵花也没长出来，也再没人说起白日菊和那部游戏剧。

常常想起我们这有个叫元莱的古怪女人，她从不和别人谈论过去，也从没参与过关于游戏剧的任何闲谈。她只记得《白日菊》是她做了错误选择的开始，她和陈永成由此相识。好像没有这部剧，她就不会辜负所爱。她连我们长什么样子都记不清了，却还是怪罪到了我们头上。她不记得白日菊是萧怀明最喜欢的花，也不记得他曾轻声细语地说过，白日菊的花语是永失我爱。

第二章　超级细菌

我再也不会幸福。

也许无关紧要。

世界上还有许多别的事物;

任何一个瞬息都比海洋

更为深邃，更为多种多样。

——博尔赫斯

永　生

地球的早晨，一切安好。萧怀明又梦到了元莱，远远地叫他的名字，急切又绵长。他刚刚走近，元莱就被白色的鲜花覆盖住了，一层又一层的花瓣次第绽放，盛开成一朵朵参天入地的巨型花朵，展成一张大网，要吃了他。

萧怀明定了定神，对于屡次梦见近在隔壁的人，他有种未经允许、突然闯入别人房间的羞愧，可是，这次梦里那个人又不像是元莱，那种热烈的气息他从未在她身上感受过。这种熟悉又陌生的感觉，仿佛连梦境都在告诉他元莱属于别人了。拉开窗帘，外面又是一片茫茫的白。今天立夏，可大雪已经下了整整一周。永成年的雪，快要比太阳出勤次数还要高了。簌簌下落的雪平添了几分沉郁，窗下白日菊的枯枝全都被雪包裹起来了，它们刚刚就在他的梦里盛放。

“豁出去了，现在挑明还来得及。可是，元莱看上去对陈永成很满意，自己又怎么和陈永成比呢？现在去搅和她即将开启的幸福生活，太自私了吧……这么多年了，自己怎么就迟迟不捅破那层窗户纸呢？”萧怀明恨自己的懦弱，让陈永成抢先了一步。懊恼、难过、犹豫、深深沮丧，这些最终还是没能打败他的怯懦。

萧怀明打开电视，开始准备早餐，住在隔壁的元莱已经把他这当成了一个早点铺子，而他也乐在其中。“她还能再吃几顿呢？”萧怀明想到这，拍了拍脑袋，提醒自己停止这无谓的胡思乱想。他暗下决心，明天开始他要一觉睡到日上三竿！这也是为了打破自己的幻想。

电视里播着永成公司研发的抗“镜面病毒”特效药上市，即将拯救无数患者的新闻，持续的低迷后，永成公司又踏上了狂飙猛进之路。亢奋的主持人，为人类又攻克一个难缠的病毒而激动不已，信誓旦旦地说，我们离攻克所有疑难杂症、迈向永生仅有一步之遥。新药的问世，像给所有人打了一针强心剂。

自从地球进入永成年，三年了，科技的发展似乎没有像立贞年、超越年、UR 年那么迅速了。家用机器人普及、AI 遍布日常生活、天眼可以拍到大街转角处烟头上的牌子、无人驾驶解放了司机、漫天忙碌的无人机能到达这世界上的任何一个角落……永成年之前，科技几乎完成了对人工的彻底解放。人可以看不到红墙绿树、飞鸟鲜花，但是如果抽走他们手中的万能机，谁都会立刻崩溃，那意味着生活可能会停摆。万能机已经成了人们的“外挂”器官。

“如果还在永成公司干，自己早就一夜暴富了吧。永成的核心研发团队人人都分了红利，成了富豪。”萧怀明摇了摇头，再选一次，他还是会早早退场。永成的激进让他害怕，他总担心会出什么岔子。可几年过去了，什么意外状况也没有，陈永成跃升为首富也已经过去三年了，现在的永成又将创造另一个辉煌。如无意外，明年将会是第四个永成年。

萧怀明拿起手边的万能机，拨了元莱的电话，又挂掉，早餐已经凉了，她还没出现。他连催促她的勇气都没有，更别说阻止她嫁给别人了。

萧怀明看了一眼万能机上密密麻麻的按键，有些眼晕，到现在他还不知道有些按键是干什么用的。操控世界运转的按键就在每个人的手上，人人都扮演起了上帝的角色。而他，与这个世界是如此格格不入。

“上帝”是不会死的。科技让人们“坐享其成”之后，人们的目光又转向了“永生”。陈永成就是乘着这艘“永生”之船，顺利驶向首富的“港湾”。在第一个永成年里，永成公司的新药能够治愈胃癌和肺癌，一时间大家对攻克所有癌症充满了盲目的信心。可到了第二年，永成公司并无其他振奋人心的新药问世。人们对此很是不满，导致永成公司的股价一直往下掉，掉到让陈永成铤而走险，不得不扔出一个“重磅炸弹”。

一间特护病房内，尔朱旻旻穿着病号服，缓缓地从病床上坐了起来。她摸了摸脸，这才意识到氧气罩已经摘了好久，撸起袖子，胳膊上的斑疹已经只剩下浅浅的红印。她抬眼看了看几个表情兴奋的医生，随即发现了医生身后的陈永成，疲惫无神的双眼一下子警醒了起来。

“没有反复，指标都正常，应该是彻底清除了！”其中一个医生对陈永成说。

“其他患者呢？”陈永成一副成竹在胸的样子，他的药本该就是这个效果。

“除了并发症比较严重的，基本就是恢复时间长短的问题。”其中一个医生递给陈永成一个病历夹。

“你可真是救世主。”尔朱旻旻毫不掩饰她厌恶的神情嘲讽道。

“你如果不是非要在阴沟里翻滚，也不会染上这个病毒。”

“阴沟？你万众瞩目的婚礼，新娘好像也是从阴沟里爬出来的吧？”

“如果你想以这种方式让我难堪，还是不必了，难受的只有你自己。”

“你也别自作多情了，我就是想离你越远越好，你难不难堪，与我无关。拿自己女儿当小白鼠的人，有什么能让你难受？”

“好了，你们父女就别置气了。旻旻你的病情真的发展很快，幸亏有这个药，不然……你爸爸也是没办法才……重要的是结果很好。”一个医生劝道。

“死生有命，比起当小白鼠，死了更好。”尔朱旻旻似乎在故意挑衅陈永成，但他却看不出一丝发怒的迹象。

“11 月 16 号的婚礼，希望你能来。”陈永成说完转身出了病房，围在病床前的医生也跟着走了出去。

偌大的病房一下子空旷起来，尔朱旻旻走到落地窗前，她住进来的时候，外面就飘着纷纷扬扬的雪，这雪和这病毒一样缠人。她是在一年多以前一次卧底任务中染上镜面病毒的，之后她身上开始出现绛紫色的斑点，奇痒无比；再后来，每个深夜都变得分外难熬，因为她一躺下，就好像被钳住了脖子，呼吸困难。随着斑点在身上蔓延开来，呼吸困难的情况也越来越严重。尔朱旻旻低估了镜面病毒的侵蚀速度，她想拖到顺利完成任务之后，可意志力没能跑赢病毒，她还是倒在了陈永成说的“阴沟”——一个像迷宫一样的贫民窟里。她隐约记得被抬着在“迷宫”里转了好久，抬她的人被脚下七拐八弯的裸露管道绊了不止一次，她经过了在小广场光着膀子打闹的一群男孩儿、在一间屋子前擦洗的长发女子、一堆摞在狭窄巷子里的皮革、迎面跑来的蝴蝶结……最后那股她天天闻到的酸腐味儿消失了，取而代之的是刺鼻的消毒水的气味，她知道自己被抬上了救护车。

在这种地方染上镜面病毒一点儿也不稀奇，千人共用一个厕所的地方，每个角落都是病毒的温床。只不过，从贫民窟抬出一个首富的女儿，这才是闻所未闻。

在鬼门关转了一圈儿，尔朱旻旻觉得整个身体都被掏空了，此刻她最想吃一口“来吃面”面馆的热汤面。面是再普通不过的阳春面，特殊的是煮面的人——和她一样“不识抬举”的萧怀明。想起萧怀明，她觉得周身都暖了起来，她拿起万能机，拨出萧怀明的电话，却是占线。

尔朱旻旻走到洗手间的镜子前，被自己的样子吓了一跳。镜子里的她瘦得脱了形，脖子上留有几个不规则的枝杈形红印，和胳膊上的一样。这就是被死神召唤过的印记吧，尔朱旻旻想着，刚才幸亏没拨通萧怀明的电话，她不能这么狼狈地出现在他眼前。况且谁都说不好这病毒会不会卷土重来，陈永成的药让她有种莫名的不信任感。自从她染上了病毒，就没在萧怀明眼前出现过，她想给萧怀明展示自己最好的一面，就像萧怀明总是想在元莱面前表现得从容淡定一样。

元莱，一个总是像大理石雕塑一样“庄严肃穆”的女人，那么无趣。尔朱旻旻想不通她究竟有什么魅力，令萧怀明和陈永成都一头栽了进去。她想起了那顿令人难以下咽的四人晚餐，她从那时就意识到，即使元莱嫁给了别人，萧怀明还是会继续等着她。

也正是因为元莱，才让尔朱旻旻头脑发热，扎进了本城老鼠和病菌最多的地方，元莱从那里走出来，而她非要进去看一看。

即便差点儿被好奇心害死，尔朱旻旻也并没为当初的鲁莽而后悔，她好像十分笃定自己并不会那么短命。她成了抗镜面病毒特效药的第一批受益者，而她不会为此而感激陈永成，也依旧对“永生”这个野心勃勃的愿景，心怀隐忧。

病　毒

镜面病毒的衣壳像镜面一样光滑，没有一般病毒表面的刺突，在电子镜下像一颗颗光滑的弹珠。它的繁殖速度极快，当宿主体内被这些弹珠挤满了的时候，那就离死不远了。没有人说得清镜面病毒诞生的母体，当大家都不得不正视它的存在时，它已经成了极易传染又无法治愈的顽疾。谁要是染上了镜面病毒，就得依靠自身的免疫系统和病毒赛跑了，抗病毒药物只是帮忙拖延时间，也许会一直苟延残喘，也许会迅速毙命。除了体液、血液、唾液，镜面病毒还可以通过接触传播。人们调侃说，科技迅速发展的 AI 时代，连病毒也跟着迅速进化了。

起初，大家都全副武装地上街，手套和各种衣物消毒剂成了最紧俏的货物，人们回到家中，第一道工序就是从里到外各种洗涤，戴上手套则成了出门前的最后一道工序。

后来，病毒奇迹般地放缓了传播的脚步，病患不再呈几何倍数增长，医生们也不再对每一个送入医院的病人追根溯源。对于病毒将要长期存在这个恼人的事实，人们也渐渐变得麻木，出门不再变得如履薄冰，而是听天由命。人们自我安慰：病例一定会越来越少的，也许有一天，它会自动消失了呢？日子还是得照常过。

尔朱旻旻决定去贫民窟的时候，感染镜面病毒病例的增幅已经呈现出下降趋势。和大多数人一样，她也觉得病毒在自行衰退，不会这么寸就刚好砸中她。

一座极具科技感的豪华酒店身后，是一大片歪歪斜斜的板房，酒店外的巨型机器人摇臂所指的方向，正是这片与摩天大楼格格不入的低矮、紧凑的洼地。尔朱旻旻跟着垃圾回收厂的老板，走过酒店旁边“美妙时间”的灯牌，一脚从花丛跨进了粪堆儿。一股刺鼻的气味宣告她的卧底任务就这么开始了。

“走快点儿！要不今天的测试做不完了！”老板没好气地说。

尔朱旻旻对迎面窜出来的大老鼠显然有些不适应，而垃圾厂老板就像见到小区里溜达的宠物狗一般镇定自若，那些老鼠丝毫没有闪避的意思，仿佛这个地方是它们和人类共享的家园。一个妇女在家门口擦拭着身体，尔朱旻旻盯着那下垂的双乳，下意识地看了看自己的衣装，还是太整洁了些，羞耻感在这儿派不上用场。

“快点儿！”老板提高了催促的声调，“要不是看在死去的泰阳的面子上，我可不会招进新人！现在这么不景气，我们已经很多年都没有招过新人了！”

“不景气？”

“那些高科技处理车间已经快让我们没饭吃了，剩下的只有那些哪儿都去不了的‘垃圾’了，而这些‘垃圾’又极其难搞……”老板叹了口气。

“泰阳是因为你们要没饭吃了，所以才自焚？”尔朱旻旻试探着问，这个案子的关键就是泰阳。

“是因为她相信奇迹。”老板的脸上丝毫没有难过的表情。

“奇迹？她觉得那样能摆脱贫穷？”尔朱旻旻试图从老板口中套出更多的话。

“摆脱贫穷？这里的人想摆脱的，根本不是贫穷。”老板冷笑道。

后来，尔朱旻旻才明白，她的卧底工作并不是通常意义上的垃圾回收，老板口中那些极其难搞的“垃圾”，其实是一群疯子。这些人，是被这个极速、光鲜、智能的时代抛出车道的人，他们身上显现的症状，查不出病因，也治愈不了，严重干扰了其他人的生活。他们就像大街上突然冒出的野兽，必须被圈养起来，以免造成更多的混乱。而且，他们几乎和镜面病毒的大面积流行同时出现，一开始人们以为这些“失心疯”的人是病毒的载体，可是人们后来发现被控制起来的病患，别说镜面病毒，身体任何异常都没有。

尔朱旻旻在来之前已经做了好多遍心理建设，准备好了每天面对那些臭味熏天、堆积如山的垃圾——那是若干年前贫民窟的垃圾场作为旅游景点之一，被各种媒体记录下来的震撼景象，可如今她面对的场景更具冲击力：一道厚重宽大的铁门后面，是一个丛林世界。衣装整洁的她面对这些身裹树皮、手拿鱼叉的人，倒是个闯入的异类。

垃圾场的老板告诉她，国内这样的“垃圾回收厂”还有十几个，这些人不知道是吃错了什么东西，还是受了什么刺激，失去了心智，抗拒着一切与机器有关的生活方式。他们在家中燃起了火堆、把马场的马骑到了写字楼的地库、赤身裸体地在公共场所闲逛、看见智能机器人就上前捣毁，甚至去抢夺路人手里的食物……这些匪夷所思的行为，皆是因为智能化的摩登都市令他们抓狂，他们所有出格的行为都在呼唤着野蛮无序、茹毛饮血的史前生活。

医院、精神病院和各种福利机构都无法接收这样的“病人”，他们身体健康、表达清晰，机器测不出任何异样，无法定性，但是又不能任由他们在城市里撒野。给他们造一个孤岛，让他们安分地待着，就是最好的办法。谁也说不清病源，找不到“零号病患”，他们中的好多人，甚至查阅不到身世档案。这些人头脑简单、四肢发达、容易冲动，这是尔朱旻旻在照料他们之后总结出来的共性，她很快就适应了自己“饲养员”的角色，甚至觉得与外面世界那些体面光鲜的人相比，自己可能与这些人更有共鸣。

尔朱旻旻定时给他们送去基本的食材，清扫他们活动的“丛林”。这些人除了在抢夺别人的食材和女人时会表现出攻击性外，其他时间都显得十分正常。她甚至被他们夜间的篝火晚会勾起了兴趣，那些粗犷的舞蹈，有种让人沉浸其中的魔力。

“要不要加入我们？”尔朱旻旻正在对着这些又蹦又跳的人出神，眼前突然出现一个热气腾腾、黑乎乎的圆疙瘩。

“这是什么？”尔朱旻旻警觉地往后缩了缩。

“烤土豆儿，又香又顶饿。”一个皮肤白皙的男子剥开了土豆烤得黑乎乎的外皮，咧嘴笑着。

“我不饿，谢谢！”尔朱旻旻准备离开了。

“你不用这么害怕，没有比这更安全的地方了。食物都是纯天然，人人都身体健康。最重要的是，大家不会掩藏自己的目的和情绪。什么都一目了然，你应该感到轻松才对。”

“轻松？前天大理刚刚打死了乐山。”

“那是他们自愿决斗。城市里每天都有人死于意外，还不如这里，起码死得明明白白。”

这是尔朱旻旻第一次和她“饲养”的野蛮人对话。她已经可以叫出他们每个人的名字，要认同他们与世隔绝的生活方式了。即便如此，她还是会惊讶于他们话中的正常逻辑。

“尤其是想躲避镜面病毒，这里是最安全的地方。”男子冲她诡异地眨了眨眼，把土豆放在她手中，又加入了载歌载舞的队伍。

尔朱旻旻小心翼翼地咬了一口。她已经很久没有觉得什么食物这么可口了，如此粗陋，又如此美味。

大理、乐山、福子、黄钟、雷天……翻开记录本，尔朱旻旻才意识到自己已经潜在贫民窟这么久了。她的本子上记满了这些人的外貌特征和生活习惯，这个本子不像是一本卧底日记，更像是一本幼儿园阿姨的日志。关于死者泰阳，尔朱旻旻没有发现任何有价值的线索，她走遍了贫民窟所有角落，也没发现一丁点儿非法制药残留的痕迹，那么泰阳胃里的“神药”到底是哪儿来的呢？

尔朱旻旻走入了死胡同，她不得不扩大搜索圈，利用歇工的时间在贫民窟里四处探访。“也许，会偶遇到一些线索。”她总得给自己继续待在这里找些理由。她羞于承认，其实她已经有些喜欢上了这里。

递给她烤土豆的男子说得一点儿也没错，她如果不离开“垃圾场”，是不会染上镜面病毒的。她染上病毒的地方，是整个贫民窟最整洁的地方——元莱少女时代的故居。这里刚刚变成贫民窟的旅游景点之一，诉说着麻雀变凤凰的传奇故事。

元莱的故居是一个被垃圾和污水包围的“世外桃源”。十几平方米的方寸之地，破败中又有一丝童真，蓝白相间的门框和柱子上已经裂出了密密麻麻的纹路，屋子里的家具也都是以蓝白为主的亮色。整间屋子的色彩和整洁程度与其他堆满了各种旧货、到处都是陈年污渍的棚户格格不入。看得出小屋的住户当初花了心思，尽可能地辟了一块“净土”。

墙角一把断了根弦的吉他让尔朱旻旻心里一紧，那是一把很普通的木吉他，但她还是一眼认出，和萧怀明面馆里挂着的那把一模一样，价格便宜、款式老旧，是市面上被淘汰的产品。弹奏水平已经赶得上专业吉他手的萧怀明，多年来最珍惜的还是这把入门级的木吉他。

如果不是尔朱旻旻非要再确认一眼，忍不住用手去抹了抹吉他上蒙尘的标识，她便不会控制不住眼泪；如果不是用沾了灰尘的手去擦干眼泪，她也不会染上镜面病毒；如果不是她带了病毒回去，住着“人猿泰山”们的垃圾场还是一片净土。

尔朱旻旻被永成公司的特效药及时救回了性命，但垃圾场的“疯人”们由于拒不接受隔离就医，一个接一个地被镜面病毒夺走了性命。为了减少不必要的恐慌，他们的尸体被就地掩埋。此后，垃圾场成了贫民窟里的绝对禁地。直至地球临近末日，食物极度短缺，绝望之下，垃圾场的老板想起了这些“疯子”的住地或许还存有余粮。除了粮食，他在那还捡到了尔朱旻旻落下的卧底日记，上面写满了毫无意义的琐碎信息：

大理，头大，身型魁梧，四肢粗壮，走路像猩猩，有时会直接咀嚼生肉，好斗；黄钟，皮肤白皙，袖珍人，常常自言自语“梭罗人、抓鱼、弗罗里斯”，都是听不懂的东西；雷天，个头最大，最有头脑，知道哪些食物比较有营养，哪些有毒，哪些能药用，对植物的生长周期了如指掌，像个部落知识渊博的酋长，常常念叨一个数字91257……

日志的前半部分是这些“疯人”的特征描述，后半部分就完全看不懂了。除了一些奇怪的符号，她还写下了许多莫名的词语：运数适然、非己妄致、密云不雨、自我西郊……先笑后号啕……包无鱼……

后来，垃圾场老板把这本不知所云的小本子扔进了火堆，可这小本子的最后一页纸怎么也烧不坏。这页画了一个大大的问号，后面还写了“杜门”二字。这是尔朱旻旻第一次看过“疯人”们的篝火晚会后，占卜的结果。

在警局的档案库，她没有查到任何关于大理、福子、雷天等人的出身来历，他们是谁，从哪儿来？怎么就变成了这副样子？这一切又和泰阳胃里的药有没有关系？尔朱旻旻又卜了一卦，试图得到答案。

那个时候，尔朱旻旻觉得占卜结果与可见的事实差得太远。杜门，喻义隐而不显，或者说是压根儿就没有的意思。这些“疯人”明明天天在她眼前晃悠，怎么能视为不存在呢？等她被救活之后恍然大悟：她把病毒带进了垃圾场，让这些原本安稳地生活在这的人送了命，彻底消失了。这些人大多数不知来历，又草草结束了性命，如同从未存在过一般。

后来，她总是做一些怪梦，梦见黄钟在海边拿鱼叉抓鱼，乐山骑着骆驼在沙漠里冲她挥手，大理追赶着一只雪白的兔子……然后他们看见了她，变得激动又愤怒，一起拿着武器向她袭来。每一次她都会被吓醒。

因此，在登上穿梭机之前，尔朱旻旻觉得活着对她来说，已经成了沉重的负担。虽然陈永成的特效药让她捡回一条命，但后遗症却让她变得孱弱无比，那些被她连累的“原始人”还时常到梦境里骚扰她。

虚弱、噩梦、无所事事，尔朱旻旻逐渐丧失了恢复健康的希望，陈永成的特效药只能给病患续命，却不管他们是否成了“行尸走肉”。那些被特效药救活的人，此刻应该和她受着一样的煎熬。后来，她从铺天盖地的报道中得知，很多被新药救活的病患，最终还是没能躲过死神之手。

越过蛀洞后，尔朱旻旻在贫民窟卧底的日子被抹除得只剩下零星的画面，她彻底忘了垃圾场里“饲养员”的日常劳作和那些被她连累的“原始人”。而力微星，又很快就让她重获健康，并且长命百岁。

四角关系

陈永成是在一部浸没式游戏剧——《白日菊》中爱上元莱的。元莱既不是剧中的主要角色，也不是那些打扮出挑、吸引玩家来组队的职业游戏女郎，她只是个过客，当天晚上，她是和同事们一起去取经的，看看这个风靡全国的剧究竟好在哪里。玩家都盛赞这部剧真正打破了虚拟与真实之间的界限，而之前的 AI 剧，都只是蹩脚的嫁接罢了。

每个观剧者在进入剧情空间之前，都可以调配参与情节进展的比例，标尺的两端是选择“支配每个情节点”和“完全静默式旁观”。多数人都会选择居中的位置，既不想太费神，也不想完全当个看客。最关键的原因是，如果在某个环节处理不善，会像打游戏失败死亡一样，被立即请出剧情空间，无法再体验后面的故事。花了不菲的票价，却只玩了十几分钟的人比比皆是。

元莱本来打算选择最省事儿的旁观式玩法，陈永成却约她体验标尺的另一极。但一上来就选了个最费劲儿的玩法，并没让她这个新手觉得应付不来。

“这是我第 64 次来玩这个游戏了，我们的搭档还挺默契。”陈永成推开一个虚拟的门，黑暗中，很自然地拉起了元莱的手。

“64 次？！”元莱惊叹道，在这种环境下，陈永成的亲密行为并没让她觉得反感和不自然。

“是啊，每一次的故事细节都不同。你的反应真不像是新手，有好多人玩了十几次都还没看到结局。”

“摒除不必要的情绪反应，只要眼明手快、判断准确，好像没那么困难。”

“要想保证每个选择都理智准确，实践起来有难度。”

“永远让人玩下去……”元莱脑中已经在将这部剧和她们的剧做比较了。

这个黑暗的隧道似乎没完没了，陈永成握紧了元莱的手。

“暴风雨前的黑暗，看来我们快要走到故事的结尾了。”

“未必，也许一个错误的行为又会把我们引入别的剧情。”

“结局呢？不同的故事，结局也会不同吧。”

“结局你自己看，剧透多没意思。给你个线索，结局就在剧名里藏着。”

“白日菊……白日菊……”元莱默念着，心中想着这部剧海报上那朵很震撼的花朵，舌状的花瓣一层一层舒展开来，伸展到画幅的边缘。这朵白日菊她好像在哪儿见过，一时间又想不起来了。

这就是元莱飞上枝头故事的开头，没什么特别。后来，陈永成又邀请她一起玩了很多次这个游戏剧。无论玩一次还是百次，结局都是一样的：女主必须死。这也是这个剧吸引人的地方，一个近乎完美的女神的献祭，会让所有人心有不甘，可是无论你怎样重来一遍，结局还是一样。

这部剧的主题就是白日菊的花语，“永失我爱”。

玩了两次之后，元莱很快就掌握了游戏的要领。陈永成则变成了她的跟班儿，对地形、环境、人物等元素的预判及关键时刻的果决，让元莱很快青出于蓝，更胜一筹。

“这种感觉挺奇妙，我成了你的跟班儿。”游戏结束后，陈永成很自然地接过元莱递过来的头盔。

“怎么，你之前的搭档都必须让你主控？”元莱此时还不知道陈永成首富的身份，更不知道他已经好久没被别人指挥了。

“之前……严格意义上说，我没有和其他人搭档过，我习惯了单打独斗。”陈永成顿了顿，又补充说，“你有种很特别的气质，让人非常想接近。所以那天看到你，我忽然觉得有个搭档也不错。”

“你和我周围人的看法正相反，他们应该都觉得我很难相处。”元莱并没有因为陈永成的示好流露出一丁点儿的喜悦。

“高处不胜寒，有能力的人才会孤独。我觉得，现在我们算是朋友了吧，我叫陈永成，你可以叫我永成。”这一句感叹，陈永成倒是真的发自肺腑，除了必要的公务社交，他也没有什么朋友。

“元莱。我最近公司事情比较多，近期可能都没法过来玩了，再联络吧。”元莱礼貌地报上姓名，却并未正面回应陈永成关于孤独和朋友的话茬儿，快速地离开了。

陈永成之后一直在等着元莱，距他们那次交换了真实姓名，已经过去好几个月了。他每周按时出现在《白日菊》的游戏现场，却再也没见到过元莱。这让陈永成生平第一次觉得有什么东西好像是他抓不住的，越是抓不住，他就越想牢牢攥在手里。

元莱本以为她再也不会见到陈永成，游戏里的短暂关系，就结束在游戏现场吧。《白日菊》她也了解够了，新项目开始运转，她很快就把这段插曲抛诸脑后了。但很快陈永成找到她，亮明了真实身份，并再次对她示好，元莱这才开始认真对待，她其实不知道怎么处理这种突如其来的靠近。陈永成的殷勤主动让她有些招架不住，但她也突然意识到，除了萧怀明，她还从未尝试过和什么人建立起亲密关系。萧怀明一直和她保持着适度的距离感，而陈永成，现在就急于向她要一个结果。

“这就是我的过去。”元莱带着陈永成来到了自己小时候居住的地方，她拿起墙角蒙尘的吉他，擦了擦，坐在门边生涩地弹了几下。可能是太久没用，只弹了几下，一根琴弦就断了。

“这里真像是世外桃源！这么‘寸土寸金’的地方，怎么还空着？”陈永成调侃道。

的确，贫民窟里也是寸土寸金。这里是她和萧怀明离开后，她又租回来的。

“走吧，带你看看后花园儿。”元莱并没回答陈永成提出的问题，她推开后门，门后小广场上有三三两两的少年在踢球。

贫民窟之行，是陈永成进行了一系列追求攻势之后，元莱刻意安排的。当她知道了陈永成的首富身份后就决定和他划清界限。

坐在小广场上晒太阳的时候，元莱想起了当年萧怀明要送她去外太空躲避衰老的玩笑。外面的世界飞速改变，这里却是停滞的，小广场还是那么杂乱，孩子们在一堆又一堆的垃圾中间奔跑着，踢着的球时不时地就会滚进污水里。元莱有些恍惚，阳光很足，和以前许多个午后一样，她和萧怀明就是这样站在阳光中，看那些玩得高兴的孩子们，说些不着边际的未来。阳光刺得她想流泪，她现在才想明白，不是陈永成拿她消遣，而是她把陈永成当成了调剂品。她不怎么理解那些为了爱情要死要活的年轻男女，交感神经好像也不会为了情爱而兴奋。在情感表达这件事上，她活得像个机器人。

对于元莱与生俱来的冷漠，只有萧怀明感触最深。这么多年他深刻感受到了她的异于常人，也接受了她的不开窍儿，也就这么不清不楚地陪伴了她十年。

“这个地方应该有你美好的回忆吧。”陈永成的发问把元莱从过去的思绪中拉了回来。

“就是以前落脚的地方。”元莱淡淡地说，“关键不是这里有什么，而是我们生活在两个世界。两个世界的人，不应该产生交集。”

“我正在了解你的世界，也觉得你也会融入我的世界，而且会活得更加精彩。”陈永成并没有打退堂鼓的意思。

“为什么是我？”

“说得清为什么，就不会确定是你了。我单身很多年了，怎么样，给我个重新走入婚姻围城的机会吧。”陈永成的话很实在，他直勾勾地盯着元莱的眼睛，期待一个肯定的回应。

“我想想吧，不会太久。”元莱的语气像是在回复一个商务谈判的对象。

元莱其实早就有了答案，她也不明白自己为什么不一口回绝，而是给了陈永成希望。

“你老板人怎么样？”元莱像是不经意地问萧怀明。

“我老板？”萧怀明觉得很突然。

“前老板。”元莱更正了措辞。

“算是个好老板吧。”萧怀明离开永成公司时拿到了足够的补偿，他觉得陈永成算是大方的了。

“好老板？那你为什么要离开一个蒸蒸日上的公司？”

“我自己的问题，我跟不上公司飞速发展的步伐。”萧怀明避重就轻地回答，他不愿意把错归咎于别人。他极不认同陈永成在新药研发过程中一些激进的做法和理念，也不看好公司下一个宏大的目标——实现人类永生，他觉得生老病死是生物的自然特性，永生之后，人会变成什么样子，还能否称之为人，他不敢想象。

“他是个怎么样的人？”

“就是标准的成功人士。”元莱突然对自己的前老板产生兴趣，让萧怀明有种不祥的感觉，他不想继续这个话题。

“你觉得我当个首富太太如何？”元莱出其不意地问了一句，语气像是讨论晚饭吃什么这么平常。

萧怀明放下了手里正在摆弄的食材，很久没有作声。接着，他打开了抽油烟机，机器的声音和食材下锅噼里啪啦的声响在他们之间形成了一道屏障。

“下周的新菜，试试看。”萧怀明并没打算接“首富太太”的茬儿。

元莱也识趣地没有继续这个话题，她试完了菜，两人陷入一种不知道说什么话题的尴尬氛围中，她只好离开了。

“反正她也不会爱上任何人。”这个植根在萧怀明脑海中的想法被敲碎了。现在怎么办？去阻止她吗？可那个人是陈永成。况且，这么多年的暧昧关系若是挑明了，萧怀明也没有把握元莱会怎么选择。也许她是开玩笑呢？但萧怀明很快否认了这个想法。

元莱的提问其实也心存试探，可萧怀明的反应给她浇了一盆冷水。

萧怀明没想到，冷静理智的元莱因为他的下意识逃避，做了一个冲动的决定。

萧怀明最后是从铺天盖地的报道中得知的结局。即便是等待的日子里，习惯主动出击的陈永成也没有坐以待毙，他用各种形式讨着元莱的欢心，然后他选了一个时机，把他的“真命天女”推到了公众视野里。

萧怀明的回避、陈永成的穷追不舍、媒体的推波助澜……这一切让元莱觉得疲惫，闪光灯、快门声敲断了她一直绷着的弦。她冲动地答应陈永成的求婚后，感觉像卸掉了千斤重担，一下子轻松了。

“她香菇过敏。”萧怀明下意识挡掉了陈永成正在往元莱盘子里夹的菜，他抬眼看了看元莱，这一眼里有疑惑、委屈、愤怒……更多的是无奈。

这意味深长的一眼，让尔朱旻旻确定，萧怀明不愿接近自己的原因，就是眼前这个女人。

“不愧是阿莱的发小儿，看来我得检讨，改天和你取取经。”陈永成没有丝毫不悦，很自然地把香菇放到了自己盘子里。

接下来的饭局时间，只有陈永成一直在感叹四个人之间的奇妙缘分，其余三人都浑身不自在。萧怀明在懊恼自己的懦弱，尔朱旻旻则在仔细地打量着元莱，内心有些愤愤不平，却又为萧怀明即将断掉念想而燃起了希望的火光。元莱之前不过大脑的答案，多少有报复萧怀明的意味，可她看到萧怀明失魂落魄的样子，又觉得被报复的好像是她自己。

得到的越贵重，代价就越惨痛。元莱草率地接受了这突如其来的爱意，很多年以后，元莱才认识到，这代价太过惨重，她付不起，也偿不完。

元莱越是后退，陈永成越是步步紧逼，他不喜欢这种悬在空中的感觉。他求婚之后已经一年多了，婚期被元莱以各种借口一拖再拖，以至于她实在找不到合理的理由再去拒绝这个在各方面都几近完美的未婚夫。11 月 16 号，这个日子便是“最后通牒”。

“面对媒体，首富未婚妻。”尔朱旻旻不止一次这样对萧怀明说。

“她适应什么都很快。”萧怀明想起了元莱刚到孤儿院的日子。

元莱的确适应什么都很快，在她身上似乎看不到因为周遭环境的改变而流露出的喜怒哀乐，在孤儿院里她被老师训斥是个冷血的孩子，因为一个比她小的孩子在她面前跌倒而磕得头破血流的时候，她无动于衷地看了半天；别的孩子表现好得到小红星后乐开了花儿的时候，她说那只是一张剪成星星形状的纸片而已；她常常在深夜爬起来，坐在院子里看天上的星星，而且理直气壮地告诉老师，她不需要睡那么多的觉；在别的孩子因为溜进屋里的老鼠而尖叫时，她能若无其事地徒手提起老鼠尾巴，把它扔了出去……

这个古怪的孩子初到孤儿院时，让老师和同伴们都很头疼，但她学规矩的过程也十分迅速，萧怀明见证了这一点。但只有萧怀明知道，她只是表面顺从而已。

出了孤儿院、搬进贫民窟，元莱依旧没有改变。萧怀明记得她拿到第一笔薪水买了一堆东西回家时，淡淡地对他说了一句：“钱被抢了，还好买了点东西。”在贫民窟，穷人抢穷人是经常发生的事情，被洗劫一空的人，大多呼天抢地，只有元莱如此轻描淡写。她也从不参与同事们的联谊和抱怨老板的讨论，她像个干活的机器，学习能力超强，别人挠头的事情，她可以三下五除二地解决掉。所有人都佩服她的实力，却都对她敬而远之。而后摆脱贫民窟，搬进干净整洁的公寓时，元莱也并未表现出半分喜悦。

比起现在的元莱，萧怀明反而更怀念初到孤儿院时的她。

“想什么呢？她选了我爸，她在意的是什么很明显了。”尔朱旻旻拍了一下已经出了神的萧怀明。

“那你错怪她了，是住在贫民窟还是住在山顶别墅，对她来说没什么区别。那个时候，我比她更想早日飞黄腾达。”萧怀明心里在嘲笑自己根本没有那个本事。

“飞黄腾达？这可不是你的追求。”尔朱旻旻眼里的萧怀明是不落俗套的，正好和她那个讨人厌的父亲相反。

“吃不到葡萄说葡萄酸吧。”萧怀明转身拿起挂在墙面的吉他，弹了起来，他不想再继续这个会勾起很多回忆的话题。

尔朱旻旻看着萧怀明懊恼的样子，觉得这是一个最坏的时机，那顿晚餐过后，萧怀明已经和她聊了不少关于元莱的事儿了，还是在极力地维护她，看样子也没打算就此放弃。但是尔朱旻旻还是忍不住开了口：“我们在一起吧！”

音乐戛然而止，空气凝固到了极点。尔朱旻旻站起来想要逃离这尴尬的场面，她开始后悔自己这么冲动。

“好。”萧怀明的声音轻得几乎听不见。

这个回答让尔朱旻旻猝不及防，她连再见也没有说，就匆匆离开了。她离开之前，甚至没敢去看萧怀明说了“好”字之后的反应，只记得身后响起了吉他弹奏的《Happy Togther》。

冷静之后，尔朱旻旻决定暂时不再靠近萧怀明，她要理一理脑子里的一团乱麻，也给他一些时间。所以，她没有犹豫地接了去贫民窟卧底的任务，然后就染上了镜面病毒。当她从病床上醒来时，心里空落落的，如果再见到萧怀明，他是会张开双臂拥抱她，还是当作什么都没发生过？

尔朱旻旻表白又消失之后，萧怀明有几次拨了她的电话又挂掉，而后她的电话就再也没开过机。萧怀明反省了一下，自己的回答是不怎么负责，当时他有些负气的成分。但话已经说出口了，他必须做个抉择，如果决定接受尔朱旻旻，他就要和过去告别。

如果不是半路杀出的超级细菌，萧怀明和元莱之间就会做个了断，他们会像无数对曾经亲密又错过的男女，各自开启新的生活。

超级细菌

萧怀明最近一直在琢磨，想要改变和元莱的相处模式，她已经是别人的未婚妻了，不能像什么也没发生一样。

萧怀明一边准备早餐一边想着该怎么和元莱说“了断”的事儿。彩椒丁、黄瓜丁、洋葱和鸡蛋均匀地搅拌在一起，在煎锅里摊成一个饼。起锅后，萧怀明把蛋饼切成好看的三角形，和烤好的华夫饼一起摆了个盘，然后又娴熟地自制了两杯手冲咖啡。

这一切刚刚完成，元莱便到了。

“今天要去郊区看场地、布景，后天才回来。”元莱边吃边说。

“婚期定了？”萧怀明明知故问，其实各个媒体都已经曝出了首富的婚期。

“嗯。”元莱的情绪一下子低落下来，除了这干巴巴的回答，她不知道还能说些什么。

“恭喜，一定是场万众瞩目的婚礼。没想到你会考虑结婚，不过，陈永成的确是个好的人选。你们是怎么认识的？游戏，对，你说过，是游戏……”萧怀明有些语无伦次。

“确切地说是游戏剧。《白日菊》，今年最火的那部剧。”元莱避重就轻地回答道。

“白日菊？我种的那些？”萧怀明指了指窗外。

“真的是，我都没留意，我就说那海报上的花儿在哪儿看过。”元莱对花花草草的东西从来就不感冒。

“这花的花语是永失我爱。”萧怀明的声音低得几乎听不见，他呷了口咖啡，又把话题拐到了陈永成这儿，“听旻旻说陈永成要投资你们公司了，可以做你想做的项目了。”

“没有他，也会找到别的投资，我对我们的项目还是有信心的。”元莱知道他想问什么，但她不想让他开口。

现在捅破这层窗户纸，他们谁都难堪。

“尔朱旻旻和你很熟？”元莱生硬地转换了话题。

“她很好相处。”萧怀明没有正面回答。

“她是个警察，好像和你的生活也没什么交集。”元莱说出口之后，意识到这质疑的语气有些不太合适，马上补了一句，“从没听你提起过有个警察朋友。”

“之前有一个关于《周易》爱好者的沙龙，我无聊时会去听听，她是主讲人，就这么认识了。”萧怀明想起了第一次见面，尔朱旻旻拿将信将疑的他做实验的情景。

“《周易》？你几时开始对这么古老的东西感兴趣了？”

“误打误撞，消磨时间而已。蛮有意思的，你有兴趣改天可以一起去听听。”萧怀明此刻意识到他们之间的对话有些跑远了。

“嗯，还是算了，玄学的东西不太适合我。”元莱起身要走。

“以后我们……算了，回头再说吧。”萧怀明在元莱踏出门口前还是没能开口说出要有个了断，他自己也不知道今后要怎么和元莱保持距离。

元莱在门口站定了好久，她转过头，看了一眼埋头收拾的萧怀明，欲言又止。连她都没觉察，自己是多么渴望能被萧怀明阻拦。

萧怀明对于自己的表现很是沮丧。陈永成和元莱婚期在即，他还是忍不住去关心元莱，配合她演戏，装作什么都没发生。如果在元莱心里，他根本没有什么特别呢？那他“要了断”的想法就变得十分可笑，了断什么呢，她从来没对他做过任何承诺。陈永成忙着带领大家奔向永生，元莱忙着抢占人们的精神世界，他们三观一致、棋逢对手，是天生一对。元莱早就向前看了，而他的眼光却一直停留在初遇的时光，但那已经太过久远了。

萧怀明在元莱出门后坐在原地足足十分钟没有动弹，越响越狂躁的手机铃声打断了他的思绪。

电话那头是连珠炮般的女子声音：“出事了，出事了！当初我就坚决反对新药这么草草上市，老大现在越发急功近利了，好多患者出现了严重排异反应，都是在服药一周之后。现在死了这么多人，完了，完了……”

萧怀明忙问：“不是拿到批件了吗？是不是还有药物之外的因素？你先别着急。”

电话那头的女人沉默了几秒，犹豫地说道：“临床二期根本都没开始。靠首富的力量，提前拿个批件也不是什么难事。”

“其他人呢？就没人反对他这么干？”

“这年头谁会和钱过不去？再说，我反对了啊，核心团队里老吴、毕行也都表示了担忧，但老大信誓旦旦地说，只是抢个时间，临床一期也完全没问题。况且，他说染了病毒八成也是等死，还不如试试新药……”女声越说越没底气。

萧怀明气愤地说：“这都是什么歪理！现在发生排异的患者都有什么症状？”

“一言难尽，你还是来一趟吧，我觉得不是排异这么简单。症状像是感染了某种超级细菌，死状很恐怖，你看了就知道了。”

要不是这通旧同事的电话，萧怀明已经忘了自己曾是个顶尖的生物医药专家。之前他签了一个从此不再踏进实验室的霸王协议，得以顺利离职。当然，陈永成也没亏待他，给的补偿款足以让他下半辈子衣食无忧。

这是萧怀明第二次在陈永成眼中看到恐惧，上一次还是永成公司草创期，新药研发资金链断裂，公司岌岌可危的时候。

陈永成没有捂住这次排异死亡事件，在竞争对手的推波助澜下媒体进行了铺天盖地的报道，年轻有为、屡创生物医药神话的首富转眼间就被拉下了神坛。新药一律召回，已经服药的患者全部入住本地医院进行严密观察。光是赔偿就足以拉垮公司，更别说负面新闻的追击效应。

民众大失所望，昨天大家还在为人类逐步迈向永生而欢欣鼓舞，今天又捧着万能机叫骂科学怪人；昨天才说要加快步伐，去征服更多的领地，今天就悻悻地要放慢脚步，适当压制一下太过提前的奢望。舆论风向的东倒西歪比泼皮恶妇吹口恶气还简单。

陈永成有一种天上一天，地上一年的感觉。此刻的他，恨不得从此消失。

医院停尸间停着一具具恐怖的尸体，毒疮和脓包遍布全身，像是一个个相连的马蜂窝。诡异的是，尸体还散发出一种淡淡的异香，那香味儿好像水果微微发酵散发出的果香。

死者家属都同意解剖后立即火化，毕竟遗体已经不成人形，葬礼在本能的恐惧面前都没人再提及。和永成公司预想的“打一场硬仗”完全不同，家属们甚至不想跟进解剖结果，也没有提及赔偿的事，像逃离肇事现场一样，一刻也不愿多留。

“我现在真想和你调换生活，是不是很无耻？”陈永成苦笑了一声。

“总会解决的。”萧怀明自己都觉得这劝慰有些苍白无力。

他们说这句话的时候，都想到了元莱——陈永成此时最不想看见的人。眼看陈永成轰轰烈烈的追求就要跑到终点了，谁知半路杀出个“超级细菌”。

萧怀明觉得，元莱此时应该也不想面对别人的嘘寒问暖。

元莱和陈永成确定关系之后，理智让萧怀明保持分寸、与元莱渐行渐远，他没有勇气去破坏元莱即将到来的光鲜和谐的生活。如今，萧怀明突然自私地希望事态更糟一些，这样他或许有机会……

萧怀明很少有这么恶毒的想法，然而也只是一瞬，而后一浪高过一浪的报道很快掐灭了他这一闪而过的恶念。永成公司摧枯拉朽般陷入了全民讨伐的境地，为陈永成的“永生”愿景高唱过凯歌的人们，反身加入到声讨永成公司草菅人命的队伍里。成千上万人的生计，可能因此而被断绝。虽然离开实验室很多年，但那些曾经一起围着器皿共同战斗过无数个日夜的战友们，还是会让萧怀明为他们的前景忧虑。现在的永成如果倒下了，这些人很有可能两手空空地离开。

萧怀明义务加入了收拾残局的队伍。他们必须尽快找出新药的漏洞，拿出补救的方案。回到实验室，萧怀明有了一种“救火英雄”的使命感，穿梭在各种仪器之间，那些分子式、粉末、试管等以前驾轻就熟的事物，他一点儿也没生疏。他差点儿就忘了，这是他热爱的战场。离开永成公司，确是理念不合，但从此不再涉足实验室，萧怀明并没道出真实的原因：那个时候躺在医院、沉睡不醒的元莱让他乱了阵脚，从而选择了放弃一切，守着悬在生死线上的元莱。后来元莱闯过了难关，但萧怀明却与他熟悉的世界彻底隔绝了。现在他回来了，实际上他还是为了元莱，为了挽救她即将来临的幸福生活。

与很多年前一样，萧怀明犯了同一个错误，他伟大的自我牺牲和成全，没有向元莱吐露一个字，他总是自顾自地完成独角戏，却不敢询问对方的心迹。

但之后事态真的变得更糟了，那天从停尸房分开后，陈永成便人间蒸发了。除了各路媒体的骚扰令她苦不堪言，元莱反而如释重负。因为婚期越近，元莱的隐忧就越强烈，一贯理智的她，怎么就头脑一热做了个这么重大的决定？陈永成消失，正好给了她喘息的时间。

谁也没预料到，永成公司的倒闭只是真正灾难的前奏。那些千疮百孔的尸体赋予了超级细菌更加顽强的生命力，确切地说是尸体上的毒疮和脓包让它们继续繁衍。这些细菌顽强到即便经过熊熊火焰的炙烤，也能在粉末中存活下来，然后伺机找到合适的宿主繁殖。频繁分裂，迅速扩张，短短一年时间，超级细菌感染了除人类以外的所有生物。

所有受感染的植物都长势惊人，紧密地编织出一层又一层的枝叶之网，爬满了它们能力所及之处；动物们的躯体膨胀到一定体积之后，会爆裂死去；就连建筑物角落的苔藓，也在一夜之间覆盖了所有钢筋水泥。人们只能消耗存储的食物，大米变得比纸钞更加管用。所有生物都成了超级细菌的繁殖器，人类绝望地看着这些生物不停膨胀，膨胀到终于超过了地球的重量。

而后，地质灾害变得和刮风下雨一样频繁。聪明的人类在看出毁灭的端倪时，就快马加鞭地准备了逃跑。

那一年，人人都在讨论穿梭机通行卡，却少有人见过真容；那一年，首富人间蒸发，永成大楼成了鬼楼；那一年，新的超级细菌让全世界陷入停滞，人们都沉浸在束手无策、无穷无尽的恐慌中。而到处弥漫的浓浓的果香，越发不合时宜的甜美，这甜美仿佛嘲弄般向所有人宣告——生活，本该是这个味道。

陈永成再见天日的时候，地球上已经看不到太阳了。萧怀明和元莱在穿梭机等候处看到他，胸前挂着通行卡，焦急地望向前面排队的人。陈永成也瞥见了他们，立刻避开目光，他身上的锐气没了，多了些狼狈。陈永成想起自己猛烈追求元莱时势在必得的架势，曾经的信誓旦旦现在让他觉得抬不起头。他忍不住偷瞄着二人的动向，发现最终过了警戒线站在登机队伍里的只有元莱一人。这让他的心情更加复杂：他或许还能在保住性命之后做一些苍白的解释，在将要去往的新世界找到一个和元莱重新开始的机会。可临阵脱逃已经成了他抹不去的污点，尤其是与萧怀明的舍身成全相比，他就更自惭形秽了。他料到萧怀明一定会出现——他向审核委员会力荐的三个人，只有元莱落选了，所以很明显，萧怀明让出了自己存活的机会。

元莱看见陈永成的一刹那，没有半分责怪的情绪，只有对陌生人的唏嘘而已。“从首富到流浪汉，只需要一粒微小的细菌。”她这么感叹着，再热烈的激情，在生死面前不过是尘埃。陈永成的举动再合乎常理不过了，萧怀明才是异于常人的。

萧怀明苦笑着，他始终没有找到合适的表白时机。这些日子，元莱收起了锋芒，让萧怀明觉得仿佛回到了那些捉襟见肘的旧时光。他酝酿了很久，决定在躲过这场瘟疫之后正式告白。

然而瘟疫退去了，更大的灾害却陆续降临，繁华盛世一夕之间都成了泡沫，他的海誓山盟说出来还有什么意义呢?

元莱一步一回头，而萧怀明站在原地，依旧是那么波澜不惊，仿佛能吸走她身上所有的焦灼和恐惧。这场面，有点像送孩子进幼儿园，而不是诀别。地面又剧烈晃动了几分钟，人们惊恐地涌向机舱，一些想蒙混过关的人，被电子防火墙无情地挡在外面。萧怀明被人群挤到更远的地方，他努力地朝元莱摆着手，微笑着示意她赶快上去。可是萧怀明越是淡定，元莱心里就越慌，她不知道新世界是什么样的，甚至不知道能不能安全通过蛀洞。但是走了还有希望，留下就只能给地球殉葬。

元莱是被人群挤进防火墙的，差一点儿，她脖颈上的通行卡就要被一把扯下。她站在舱门口最后一瞥，看到的是萧怀明落寞的背影。舱门关上那一刻，元莱想要跳下去，飞奔过去，紧紧抱住萧怀明，可是她的脚却动弹不得。

萧怀明看到元莱上了穿梭机，转身走进雾霭中，他没敢再多看一眼，他怕失去理智冲过去。

“如果陈永成算是自己的情敌，起码在地球上，他已经输了。”萧怀明只能用这短暂的胜利感来抵抗雾霭中的阴冷和孤寂。

更加频繁的晃动让萧怀明加快了步伐。穿过被各种疯长的植物和动物尸体填满的废墟，萧怀明好不容易回到了家，窗下花坛里的白日菊在超级细菌的催化下，茂盛了许多，成了路标。

“永失我爱”，他又想起了它们的花语。这次是彻底失去了。防火墙是一道门，永远地隔开了他和元莱。在一堆七零八落的东西中，萧怀明翻出一个黑色本子，如获至宝地装在身上。他准备好了独自死去，带着和元莱有关的记忆死去。

萧怀明心中有个隐隐的执念：他总觉得和元莱不会这么遗憾收场，也许某一天他们会在别的世界以某种方式相遇，哪怕他们都变成了幽灵。

直到地球变成一个火球，也没烧掉萧怀明心里这强烈的宿命感。穿梭机离开那天，萧怀明做了一个甜美的梦：巨大的穿梭机飞过头顶，凌乱不堪的家已经没了顶棚，他缩在废墟一角等死。黑暗中几道火光照亮了一个身影，元莱朝他飞奔而来，告诉他，要陪他看天荒地老。

梦里元莱还对他说，想和他重新来过，后悔留他一个人、一万年、力微星什么的，如果真能重新来过，那该多好！力微星不过是他小说里的一个虚拟星球，他为自己编织了一个美梦。可末日已经来了，他的小说《力微星历险记》还没有写完。

独一无二的“历险记”

萧怀明，我的创造者，一个十分业余的写手，给我取名叫《力微星历险记》，其实一点儿也不符合我的实际情况。我和人们熟悉的那些环游历险故事根本沾不上边儿，荒岛求生、周游列国、寻宝探险等，这些令人大开眼界的真实经历才能称得上是“历险记”吧。萧怀明笔下的力微星，惨淡得连棵小草都没有，也没有什么野人、海盗、宝藏、密林，更别提什么神仙国度了，这里毫无生机可言，只是一片荒原。

我和“历险记”唯一沾边的，就是同样的离奇、荒诞：人类放弃了生态大崩溃的地球，来到了地球的孪生兄长——力微星，一个呆板怪异的高维空间。在这里，人终于可以永生，却再也种不出任何有生命的东西，包括人类自身也无法继续繁衍。为了怀念往昔，人们造出了游戏屋，以这种虚幻的满足感聊以慰藉。人们在游戏中沉迷，回到现实却还是孤身一人。

在这个只有机器、药片和游戏的荒芜世界里，越高级的东西越简单，力微星已经简洁到了极致，干净到令人绝望。故事里的主角守画，一心想逃离这个毫无生机的不毛之地，却一不小心陷入了游戏的陷阱，无法自拔。

到底要让守画永远困守在力微星上，还是助她逃出这个诡异的暗黑空间，萧怀明，在死去之前，都没有确定。

因元莱而诞生，又因她的离去而无法收尾——这就是我的命运。年少的萧怀明从元莱的上衣口袋里翻出了几张碎纸片，上面歪七扭八地写着一些毫无意义的词语，这就是我的起源。后来，他们之间漫长的情感拉锯，促使萧怀明把这些莫名其妙的词语扩写成一部小说。元莱是他的缪斯，我就是他宣泄情感的出口。故事都该有个结局，我想我也不例外，可末日来了，萧怀明左思右想，还是没写出个令他满意的结局。而我，被那些真正的幸存者想起来的时候，早已经丧失了本来的面目，成了一本被人们的记忆拼凑起来的“大杂烩”。

除了我的名字《力微星历险记》，其他都已无从考证。

第三章　力微星生存指南

世界已不再神奇。

它们已离你而去。

你不再分享皎洁的月光

和舒缓的花园。每晚的月亮

都是过去的镜子。

——博尔赫斯

起死回生

幸存者乘着穿梭机，躲过了世界末日，来到了一个全然陌生的星球。人们降落在这很久以后，才给这里命名。这个新家的名字，源于一本叫作《力微星历险记》的小说。人们在捡拾往昔记忆时，想起了这本在地球的永成年间，就准确地预测了人类未来的小说。

力微星上没有皎洁的月亮、刺眼的太阳和微弱的星光，这个地方的生命形态都以怪异的方式存在。当然，说怪异是从人类的视角判断。

人们断定这儿是个多维空间，所以人类作为三维空间的生物无法理解高维空间的形态。这感觉就像是一个二维的纸片人看见三维的人类一样，只能抓到和他们一样的扁平部分，而看不到全貌。于是，各种奇怪的现象和事件就不断在身边出现：像玛雅文字的雪花，周遭飘浮着奇形怪状的物件……更匪夷所思的是，还有各种肉眼不可见的存在，如果不携带可消除各种隐形障碍物的能量棒出门，你会被撞得鼻青脸肿，没准儿还会被某个维度墙直接撞晕。

人类在力微星花了上千年时间琢磨在这个空间活下去的法则，虽然收获颇丰，却始终受制于它。当然，如果恰巧遇到能量棒失灵，被撞得七荤八素也没关系，在这里伤病的复原速度快得惊人。

幸存者到了力微星之后，第一件事情就是“起死回生”。人类穿越蛀洞后，身躯变得薄得像个煎饼，这里的场域让人体又重新膨胀了起来。每个人都停留在初到力微星时的样子，人类“永生”的愿景，换了个时空，就这么轻而易举地实现了。

神奇的力微星不仅能够阻止衰亡，还抹杀了时间的流逝。地球毁灭前物理学家们统一时空的野心，在这里变得不值一提，时间和空间在力微星是混沌的。时间无法精确计量，且在这个一成不变的空间里变得毫无衡量价值。这里没有白昼黑夜之分，也没有四季轮回，更别去试图划分什么东南西北，指南针和计时器在这儿都只能沦为废铁针。

元莱从穿梭机上醒来后，发现四周都是扁平、软绵绵、一眼望去分不清类别的物体，这感觉像是站在了达利的《时间与记忆》中，她仔细地分辨，那一张张人肉薄饼，就是自己的同伴。

元莱把整个迷你舱内的“尸体”摞起来，也不过才有半人高，压缩之后的肉体比一块铁饼还要轻。她将几张“肉饼”抱到舱外，本想找个合适的地方让他们入土为安，可她发现这里除了光滑坚硬如陶瓷般的地表，连灰尘也没有，更别说土壤了。她折返回去，反复确认每一扇金属门后面还有没有活着的人，她在甬道中疾走、呼喊，可答复她的只有回音。她回到自己的迷你舱，看了看摞起的同伴们，觉得把他们弄出机舱也没什么意义了，外面根本没有可以安葬的地方，还不如待在这蛋壳里。

元莱站在这些还未恢复人形的同伴中间，瑟瑟发抖，她以为这些人就以这样古怪的方式死去，她成了力微星上唯一的幸存者。

元莱觉得恍若隔世，她真的活下来了。这个萧怀明不存在的世界，一眼望去，只有茫茫无际的灰白。回过神儿来的她，有了种末日再次袭来的窒息感，她要独自活下去了。活下来是一件多么幸运的事儿，而她却被切肤的恐惧感包围着，她想起了萧怀明的背影，噬骨的思念让她意识到，也许，她把萧怀明看得比自己的命更加重要。

元莱打量了一下穿梭机外的空间，没有任何生命迹象，连枯树、残花、野草也没有。她向外走了几步，就撞上了一个坚硬的东西，像被石块砸了一下，砸得她有些发蒙，蹲在了原地。之后，她用手挡着额头，尝试往前走，那些看不见的物体还是会撞上来，撞得她生疼。她咬着牙继续走，走出一段距离后，看见不远处飘浮着一个三角形、一条曲线、一个嘴唇形状的闪电和几个纠缠在一起的钢丝球儿。除了这些她能够辨认出形状的东西，其他的都不知为何物，这些东西一会儿变换了位置，一会儿又变换了形态。元莱鼓起勇气伸出手，想要探一探它们究竟是何物的时候，它们总是及时躲开，和她玩起了捉迷藏。

“孤独到极致也不过如此了吧。这就是抛下萧怀明所该受的惩罚。”元莱只能用这样的解释来撑着自己向前走，来掩盖那些想要自行了断的想法。她不知道走了多久，身上被撞得青紫，累极了，也饿极了，周围能充饥的只有空气，穿梭机上的食物已经全部碎成了粉末，四散在机舱的各个角落。她决定回去捡拾粉末，毕竟得活着不是吗?

元莱停下来，想原路返回，可她不知道自己走了多远，走到了哪儿，根本找不到任何有用的标识。

彻底丧失希望之后，元莱仰面躺了下来，头顶还是一片无边无际的灰白，看得她眼晕。半梦半醒之间，她被一双大手扯了起来，轻飘飘地离开了地面。她以为自己已经死了，魂魄脱离了身体。

等她睁开眼，身体奇迹般地回到了原点。元莱起身看了看四周，穿梭机、空地、一排人肉薄饼，和离开时一模一样的景致。

“要不就闭着眼等死吧，或许能等来奇迹，就像莫名其妙地就被带回来了一样。这里也许是个靠‘念力’生存的地方，不停地想，奇迹就会发生。”元莱一向是个不相信奇迹的人，她只相信行动的力量，如今，却只能祈求神迹来临了。

不知过了多久，神迹真的来了。人肉薄饼开始鼓胀，露出四肢、抻出头颅，扭结的五官逐渐清晰，所有人几乎在同一时间舒展完毕，恢复了人形。人群乌泱泱地从“蛋壳”里走出来，那刚刚从沉睡中苏醒而四肢僵硬、眼神迷离的神态像是一个个从流水线里走出来的机器人。而鸡蛋形状的穿梭机，恰似一个大型孵化工厂。

旁观了力微星上独有的“起死回生”之后，之后发生的所有匪夷所思的现象都不再令元莱咋舌：可以吞下肚子的粒子、看不见的墙壁、鬼画符似的不明物体……这是个一切皆有可能的地方，所以不必追究那些人为什么奇迹般重生，更不必究问她为什么最先苏醒。这个时空中的规律，以人类现有的智慧是无论如何也不可能搞懂的。

如果去掉人类刚来到力微星时种种不堪回首的时光，从基本可以体面地活着开始算起，人类已经来了一万余年。时间计量起始于能量棒的普遍使用。用能量棒的使用寿命估算大致的时间，是这里唯一的纪年方式。不过，计算流逝的日子在力微星上并没太大必要，因为这里有的是时间。

人类再也不需要快马加鞭了，来到这儿以后，生活的所有进展基本上全都靠误打误撞。在这样一个诡异的空间存活，日子变得很魔幻，每一条地球上的铁律都统统失灵。

科学家们妄图研究那些浮在空间里的物体，但又怎么能研究明确那些看不到全貌也捉不着的东西？于是，就有了这样颇有喜感的画面：科学家们像地球上的道士画符捉妖一样，去捕捉空间里的物体。结果，倒是真抓住了一些，可接下来的研究工作就像是通过阿伽门农少女的一只眼、一个指甲盖儿去恢复毕加索的画作一样，让人摸不着头脑。

科学家们最后得出一个他们自己都不怎么相信的结论：力微星是地球的孪生兄弟，只不过维度更高、更成熟。百亿年前，完美对称的 N 维宇宙因为不知名的力量而崩开，分裂成地球的四维宇宙和力微星的多维宇宙，穿梭机也不是随随便便来到这里的，两个宇宙之间具有强大的感应场。这说明，只要人们成功完成空间降维，就有可能再造一个地球。

刚开始，人类还野心勃勃，想要拆掉力微星这个迷宫一般的魔盒，但很快就再也没有人提起那“降维空间”的雄心壮志。要把一个复杂的立体盒子拆成平面，却连边角在哪儿都找不到，要怎么下手呢？

不管怎样，人类还是在这儿活了下来。在一片混沌中，聪明的人类还是成功提取了维持机体的营养物质，又经过无数次的实验，把它们塞进了瓶子，使得人类可以活得稍微体面一些。随即人们研制出了探测不明阻碍和抵御袭击的万用能量棒，让每个人可以自由行走，也找到了筑巢的方法，虽然这里的家，和人类想象的家大相径庭。

在漫长又难熬的适应新星球的过程中，元莱仍旧是个看客。她刚来时没有像其他人一样被压缩成一个薄煎饼，后来也没有饿着肚子死去。其他人死而复生、生而复灭，锲而不舍找寻活下去法则的悠悠岁月里，元莱像是走入了一出沉浸式戏剧的现场，时而参与演出。渐渐地，她习惯了周围的人因为缺水少食而倒下，当他们醒来时，她又会若无其事地加入他们，寻找活下去的办法。

元莱伪装得很好，没有人知道她从来就没沉睡过，也没有经历过这生生死死的循环游戏。她觉得可能是穿越蛀洞的时候，被某种神秘的宇宙射线改变了身体结构，又或者是她本身就是人类中的异类，只不过在地球上并没有显现出来。对此，元莱只能暗自揣度，后来，她觉得在这里一切疑问都不必去追究答案，因为时间长到可以让任何一件事情变得微不足道，人们认为天大的生老病死，在这里也只是一场场或长或短、无休无止的循环罢了。

游　戏

在力微星上活着，需要忘掉一切在地球上生活的常识。

时间和财富——地球上最值钱的两样东西，在力微星上变得最不值钱。时间取之不竭，财富换不来任何东西。人们唯一要争抢的资源，是维持生命的“营养瓶”。

陈永成再次抓住了人们迫切的需求，虽然这需求比当年的“迈向永生”要显得低端多了，实现起来也比那些抗癌药的研发过程困难多了。永生实现之后，人们却得常常饿肚子，适宜送进胃里的养分子才是稀缺资源。

采集养分子的工作实际上是由空间安检员人工完成的。他们日日不停歇地工作，不放过任何一个角落。这工作麻烦在每个人手里的采集器由于复杂程度和技术所限体积很小，如遇养分子多的地方则需要多个人协作才能全部采集完毕，而养分子出现的时间又极其短暂，如果不及时收集，可能很快就散落殆尽。采集不易，提纯就更麻烦了，要经 26 道工序，犹如万颗沙砾中淘取一粒金。

陈永成的团队为了开发更多的原材料，绞尽脑汁地改良探测器，也试图培育土壤以便能种出东西来，但都收效甚微。虽然提纯的工序越发纯熟，他们还是没能解决原料稀缺的问题。

这个令人挠头的问题，在瓦舍游戏出现之后迎刃而解了。有一天，采集员们突然发现养分子成倍地增多，而且到处都是。后来人们发现了规律，瓦舍出现时，尤其是被“攻破”之后很长一段时间内，力微星上的养分子就会暴增。

游戏和食物就这么产生了奇特的联系。九州国、金枝国、欧罗国、新月国……没有一个国家能出面解释，突飞猛进的黑科技是如何刺激了空间里的元素，让养分子凭空增加。

一万年过去了，瓦舍已经被攻破了 63 间，但随意取用食物原材料还是没能实现。不仅如此，游戏从瓦舍刚刚出现的全民开放，到现在早就变成了一项有门槛的神圣事业。去通关的人，都是官方千挑万选的佼佼者，只有那些带着调停勋章的神圣同盟成员才有资格走进瓦舍。

力微星上的全息瓦舍，可以勉强类比为 VR 游戏，但 VR 游戏即便再改良升级，仿真感和复杂程度也没法和它比拟。瓦舍中的游戏历险，就像是一场穿越之旅。玩家会踏进不同的历史时空，但共同的终极目标却是毁灭瓦舍中的世界。

瓦舍飘浮在空中，没有固定地点，神出鬼没，如果在它出现期间没有被摧毁，那么下次再出现时，游戏不会自动存储每个人所在的关卡，一切都要重新来过。这并不是说再次进入瓦舍时需要退回到起点，游戏里根本没有所谓的起点，第二次进入瓦舍也不会比第一次容易许多，经历的事件、遇到的困难也许更加复杂，甚至迥然不同。游戏程式里像是有一个包罗万象的故事魔方，永不雷同。

每个置身瓦舍游戏的人都可能是历史终结者，游戏里的毁灭并不遵循历史的周期率，一段文明可能刚兴起就灭亡了，也可能发展正强盛时突然夭折。这一切，都取决于玩家的策略和手段。

力微星上，游戏是历史，历史是游戏。毁灭瓦舍，不仅关乎暴增的养分子，还有了繁衍的意外惊喜。那些重新结成伴侣的男女，有那么幸运的一两对儿，会让精子和卵子重新在体内生长，开花结果。有了微弱的繁衍机会，人们开始对其他生命的生成抱有希望。下一次消灭瓦舍，花花草草会不会长出来？会不会突然嗅到一阵泥土的味道？会不会种出大豆、小米、高粱……这些奢望很快就被泼了冷水，那些能够出生的孩子只长到七八岁的样子就不再生长。人类还是对这里的停滞无能为力，但是依旧怀着有朝一日能够改造这里的希望。

力微星上一片苍茫，游戏里却是一个色彩十足的婆娑世界。在这些游戏玩家里，有些人对改造力微星并不抱有任何幻想，他们只是为了怀念已经逝去的世界，打发没完没了的岁月。元莱和尔朱旻旻都属于这“怀旧”一派，元莱还有个私心，她希望某天在瓦舍里，会看见那个曾经错过的人。

“好久不见。”

“是啊，太久了，几千年了。”

这是元莱和尔朱旻旻在力微星上的首次碰面，两人在一间消失的瓦舍前不期而遇，一句“几千年”让两人都笑了，笑这不靠谱的时间计量，也笑她们之间曾经微妙的关系已经被时空消磨得那么微不足道。

尔朱旻旻忽然发现，她对元莱本能的讨厌毫无缘由地消失了，甚至有那么一点儿惊艳：元莱的五官比例完美，一身素朴的猎装，手里的能量棒闪着光，像战胜归来的女王。

“之前在领救济瓶的队伍里看见过你，你和陈永成现在……”

“现在和以后都不会有什么。你也去领救济瓶？”

“原因和你一样，不想和他扯上任何关系。无论在地球上还是在这儿，他的财富都和我没关系。我那天看见陈永成在队伍里拉着你走了……萧怀明是对的，你的确不是我想的那个样子。”

萧怀明，尔朱旻旻提到这个名字，元莱感到心被狠狠地戳了一下。

“你想我应该是什么样子？”

“说实话，我出于职业习惯调查过你。”尔朱旻旻有点不好意思地说，“大学之前，除了孤儿院的一点点记录，你的人生几乎是空白。大学成绩优异、毕业后晋升很快，但和同事关系一般，像台工作机器……我也不记得了，但我还记得问过萧怀明，他对你的过往，只字不提。即使你和陈永成在一起了，他还是在极力维护你。”

“我的人生确实是一片空白，我本来就是个来历不明的人，现在剩下的记忆就更少了。”

“我们都被蛀洞抽走了部分人生，但至少我们还记得重要的人。你说神奇不神奇，忘了那么多事情，我居然还记得调查过你，现在我们又碰面了。”

“记得一部分还不如都忘了，忘了才能重新开始。”元莱的眼神黯淡极了，她又想起了自己是个为了活着丢下了所爱之人的懦夫。

“当时，我以为你们都留在了地球。”

瘟疫肆虐的时候，尔朱旻旻找过萧怀明。她和死神擦肩而过，醒来后一切都变了。萧怀明或许以为她和陈永成一起消失，或许忘了曾经答应了她要在一起……他又守在元莱身边了。

“我是该留下，如果能再让我选择一次的话。”元莱觉得丢下萧怀明是她做过最懊悔的选择。

“现在这么活着好像也没什么劲。”尔朱旻旻则觉得当时自己也许该把通行卡让给萧怀明，至少还能成全一对有情人，反正自己到哪里都是孤身一人。在无休无止的漫长时空里，她对萧怀明单方面的执着显得那么不值一提。力微星上的生活，甚至让她觉得短暂又充实的生命比永恒的存在要美好得多。

“谁能做到坦然地面对死亡呢？”元莱自嘲道，她在想地球毁灭的那一刻，萧怀明是怎么面对恐惧和孤独的。

“是啊，当时我想，即使我没有朋友、没有亲人、没有健康、没有目标，但起码我有活下来的机会……后来我看见你们了，他像个盔甲一样护着你。”

“如果没有世界末日，现在在一起的可能是你们。如果陈永成不逃跑，我应该就嫁给他了。”元莱有些不敢想象这个画面。

“我不明白，既然你们这么在意对方，为什么要浪费那么多时间？你们早该在一起。”

“是我需要时间，去学会什么是情感，这些人世间的七情六欲我到很晚才学会。”

“你说得好像外星人到了地球。”尔朱旻旻调侃道。

“你这个形容倒是很贴切。你知道大学我为什么要去学表演吗？因为我根本体验不到也不会正确表达情感。我需要知道怎么在不同的情境里扮演不同的角色，就像是游戏里的工具人。”

元莱说得很诚恳，尔朱旻旻无法把这话当成玩笑，而她也体会不到当个“工具人”到底是什么滋味。

“脸红、心跳、兴奋、激动，这些都与我绝缘。”元莱很少对不熟悉的人袒露这么多心声，今天的尔朱旻旻让她有了种格外的信任和亲切感。

人与人之间的关系，就这么轻易地被时间改变。

“在这个生机匮乏的地方，我们今后都会变成这个样子的，游戏之外，喜怒哀乐无处安放，这里发生的一切都由不得我们。力微星就是一个剔除情感的修炼场。”尔朱旻旻感叹着自己的改变。

“等着吧，也许真如他们宣扬的那样，有一天，这里会被改造成功。这么逼真繁复的游戏都能被设计出来，说不好还会有什么奇迹发生呢。”

“我才不信，我觉得你也不信。官方一直没公布游戏的设计程式，简单一句‘突飞猛进的科技’就蒙混过去了，我总觉得是个幌子。这背后，有什么神秘力量也未可知。目前，除了通关能保证不饿肚子，什么确定的事情也没有。”尔朱旻旻拿出了一个营养瓶递给元莱，又拿出另一个准备自己喝下去。

元莱看了看瓶身上印刷精致的十二辟卦图，下面还有一行她看不懂的卦辞。这是高定营养瓶，从成分到外包装都可以根据定制者需求来选择、设计的高级产品，她自己也有，只不过她的定制图案全是一些她记得的艺术作品。

“神秘力量？比如《周易》？你对这些很有研究？”元莱指了指瓶身上的辟卦图，她想起了萧怀明说过的易学沙龙。

“嗯，和警察身份很不相符的爱好。不过，宇宙那么大，有很多事物我们解释不了，但却存在着。”尔朱旻旻此时已经忘了她和萧怀明在易学沙龙相识的事情，可记忆中却铭刻着那些关于易学的信息。

“那这是什么意思？”元莱指着瓶身上的卦辞问道。

“以杞包瓜，含章，有陨自天。简单地说就是瓜熟蒂落，美好的果实被小心翼翼地包裹起来，但是也有腐坏的那天。大概如此。我解释得太苍白了。”

在力微星上，任何信息和知识都无从甄别和证伪。之前令尔朱旻旻讨厌的“权威”和“绝对正解”，现在完全消失了，也令人恼火。

“我听懂了，人阻挡不了美好的流逝。”元莱对尔朱旻旻伸出手，“不过，还能见到你，真好！”

这句“真好”加上元莱握紧的手让尔朱旻旻感受到了真诚的温度。这个曾经被她定义为情敌的人，现在竟让她感到无比温暖。她已经许久许久都没有过这种感觉了：欣喜、雀跃，心里洒进了阳光，想要靠近这个人。

和元莱碰面后，尔朱旻旻时常做的怪梦里，除了会出现那些威胁她的“原始人”，还加入了她这位刚刚交上的朋友。那些野蛮人，拿着武器向她袭来，而元莱像个女战神，带着冷峻的气息款款而来，伸手把她拉出了险境。

怀　旧

除了游戏，“怀旧”也曾牵动过每个人的神经。瓦舍的出现，勾起了人类存储往昔的强烈愿望，于是就有了全民参与的汇集集体记忆的浩大工程。

拼凑零散记忆从而书写历史的编撰工作就这么开始了，而且从未停止，时时更新。这些记忆大多来源于残破纸张、个人记忆、人们的想象，甚至是瓦舍游戏中种种虚幻经历拼接的产物。历史的本来面目已经不那么重要，人类的一场集体怀旧，每个人都可以在数据库中贡献自己的“记忆区块链”。在这样的数据库中存储的与其说是事实，不如说是一个个故事的素材和人们的奇思妙想。

数据库建立的初衷是留住过往，通过回顾那些人类曾经取得的辉煌成就来增强确定性、增进改造力微星的信心、增添生活更美好的希望。可惜结果事与愿违，问题的答案可能不止一个，五花八门的说法令人烦躁。信息的汪洋大海泛滥成灾，没有什么是确定无疑的，人们在数据库里查阅信息时都心照不宣："不必当真，记忆是靠不住的。"

因为数据库的建立，大家才想起给这个地方起个名字：力微星。这个名字来自几乎所有人都看过的一本网络连载小说——《力微星历险记》，讲述一个关于人类在陌生星球生活的科幻故事。这部小说在地球的永成年荣登阅读榜榜首，一些书迷在盼望、猜测中等待小说的完结章，没承想却等来了地球的完结日。一个没有结局的故事，却对人类的未来一语成谶。

作者描绘的新星球像极了这个谜一样的空间，力微，人的力量在这里的确微乎其微，人力能改造的东西也少得可怜。怀旧风潮过后，力微星上的一些用途和小说中描绘得差不多的日常用品，也改成了小说中的名字，比如探测空间的仪器和盛放流食的瓶子——能量棒和营养瓶。

重提这部小说，大家都在猜测小说的作者也许早就知道这里，或者根本就是先行者，要不然怎么会描绘得如此吻合，且小说停更的时间恰好就是末日之前。如果找到了这个先行者，或许能解开很多有关力微星的"谜题"。这样，像掌控地球资源一样掌控力微星就指日可待。

一本被过度解读的小说燃起了人们的希望，但很快，希望的火苗儿就被浇灭，力微星上除了那些没有全貌的、形态奇特的生物，根本就没有什么先行者。

关于这部小说，元莱只记得个名字，而把内容忘得一干二净。她现在看到的版本，已经是大伙儿残留记忆拼凑的二度创作了。关于结局也争执不下，还有人笃定地说这个小说根本就没有完结，末日前就停更了。

“目光清冷、棱角分明……这说的不就是你吗！还有之前那些对游戏通关的描述，简直就是还原现场，这太不可思议了！”尔朱旻旻指着全息屏上的一页，对疲惫地靠在一边的元莱说。

“这也许是别的通关者在瓦舍里看到了我们，然后加进了小说。力微星上人人都是数据库的书写者。”元莱从来不相信什么未知力量的存在。

“通关者之间能相遇的概率太低了，我还从没碰到过。”尔朱旻旻还是觉得这小说和她们的命运有着隐秘的联系。

“不过是本小说而已，你也相信背后有神秘之手，可以改变我们的现状？即便有，那也是永远抓不到的无形力量。”元莱一直对改变现状不抱希望。

“明怀笑……明怀笑……萧怀明！”尔朱旻旻反复翻看书页，突然发现了新大陆，“这么明显的暗示，我怎么没想到！你看，虽然篇幅很少，书里的阳光少年明怀笑倒过来念，不就是萧怀明！这本书的作者是萧怀明！”

书中的游戏屋的命名和力微星上的方式一模一样——《周易》六十四卦的卦名，这不是萧怀明所擅长的领域，但是他听尔朱旻旻讲了不少，加到小说情节中也算合理。书里的情节可以被篡改，可是书里对女主的描述还有刚刚发现的线索，都证明了这本书出自萧怀明之手。尔朱旻旻越想越确定，可是她从来不知道萧怀明还是个业余作家，还有他怎么能预言地球末日之后的人类生活？难道这一切都是巧合？

“你们说不准真有宿命姻缘，在一个时空以遗憾收场，又会在另一个时空重新相遇。”尔朱旻旻看了看正在翻阅小说的元莱，感叹道。书里的那些巧合，如果不是出自力微星居民的补充，那也太过骇人：“金属蛋壳反射的光线刺得人睁不开眼，进入舱内，螺旋状伸向顶部的甬道交替排列，一个个小蛋壳就挂在上面，像是挂在茂密树杈中的鸡蛋。游戏屋里只有一些历史碎片，时空交错的人和事时刻提醒着玩家，这就是游戏……”穿梭机的外形，内部结构，游戏屋里的景致，都和书中的描述几乎一模一样。

尔朱旻旻倒希望这是萧怀明的手笔，希望他在末日前目睹过穿梭机，想象过人类之后会在怎样非人的环境里存活。这样说不定她们能从小说情节的提示中想起些什么，得到一些虚幻的慰藉。

元莱本来只是想随便翻翻这部小说。可是，尔朱旻旻说到“萧怀明”三个字，一下子吸引了她的注意。她拽过全息屏，快速翻看着，很快便直接跳到结尾部分，逐字逐句地读了起来。

其中一个结尾，是这么交代的：游戏的最后一关，守画和她的同伴来到了熟悉的往日，她不忍摧毁，暗中拖延游戏进度，阻止同伴找到让关卡完结的正确路径。守画改变了游戏角色的人生轨迹，她引导游戏里的另一个自己对明怀笑表白，他们成了青梅竹马的爱侣。被表白后的明怀笑在爱情的激励下斗志昂扬，自己奋斗成了首富。守画旁观了自己的“另一种人生”并沉迷于此，阻止着游戏屋消失，在游戏中无限循环。

这不就是元莱内心隐秘的愿望吗？她想在瓦舍里见到萧怀明，参与他的生活。

尔朱旻旻头一次看见元莱落泪，在瓦舍里被攻击伤得皮开肉绽的时候，也没见她掉过一滴泪。

这结尾戳中了元莱的心，如果她的人生真能有另一种活法那该多好。如果能阻止末日来临，哪怕萧怀明和别人在一起也好，起码还能见到他。如果能重来一次，她愿意和他换个位置，做那个默默守护他的人。

尔朱旻旻扫了几眼元莱看的结局，想开解一下低落的元莱，半开玩笑地问道：“你确定这个结尾不是你写进去的？”

元莱久久没有回应，她擦干眼泪，平复了一下情绪，郑重其事地说：

“不管这个结尾是谁写的，如果最后一间瓦舍是我们熟悉的生活，那我一定要去看看。”

“永远活在游戏里，也不错。”尔朱旻旻关上了全息屏。

真实、虚构，抑或是看不见的神秘力量，都已经不重要了。无论小说的结尾多么无稽和离谱，它都是一根希望的稻草。

元莱此时终于明白了她脑海里为什么总是浮现《力微星历险记》这本小说，说不定就和她有着某种宿命的关联。

这次有关《力微星历险记》结局的对话，距离元莱和尔朱旻旻第一次见面已经过了六千多年，在她们两人都进入神圣同盟——攻打瓦舍的官方队伍后，自愿结成了搭档。她们无数次共渡难关，在游戏中成了彼此的支柱。有一次，尔朱旻旻还为元莱挡了一箭，危在旦夕。虽然力微星上没有真正的死亡，但是从避难所退出关卡时，元莱的心还是揪在了一起，那一刻让她想起了萧怀明走进雾霭中的背影。直到瓦舍消失她都还在紧张，她怕尔朱旻旻会真的死在游戏里。事后，她们谈起这次虎口脱险的一关，尔朱旻旻还嘲笑她太入戏，游戏是不会死人的。

怪只怪游戏太逼真。如果力微星上的现象能够被人的眼力和脑力识别，如果能把地球上的运转法则搬到这里，如果除了瓦舍游戏还有别的什么可做，人也不会这么容易就一头栽进明知是一场游戏的迷局中。

怀旧风和“寻找先行者”的狂热渐渐淡去，人们不再盲目地试图一探究竟。

生活在力微星，必须学会放下疑问。

尔朱旻旻其实从未相信过官方关于瓦舍的模糊解释。如果这游戏的某个设计者对古老的东方文化情有独钟，以此来命名了各个瓦舍，那么他至少是个易学爱好者，可她在数据库里并未查阅到有关易学的任何区块。瓦舍名称和故事的关联有时明明在给玩家一些提示，设计者为何不去点破，让大家事半功倍？进入神圣同盟之后，在神圣调停局——瓦舍的联合管理机构内部，也没有任何一个长官或同伴和她聊起过这些明显是刻意为之的命名方式，因为这些名字或多或少地和里面的世界有着紧密的关联，而她是唯一看得懂这些暗示的通关者。

那些天书一般的演绎和文白夹杂的解释，尔朱旻旻只说给了元莱听。她的那些阐释和预测确实对通关有帮助，有时预判了事情的走向，有时找到了关键的元素，有时扭转了战局。元莱从不信什么天人感应，可现在这些玄妙的东西却派上了用场，她以前什么都求一个合乎逻辑的解释，现在力微星上发生的任何荒诞不经的事情都不会令她觉得匪夷所思。

以前，尔朱旻旻总给萧怀明讲，那些隐藏在机器人、万能机、永生药背后的朴素智慧是怎么以不变应万变的；现在，她常常在虚拟的游戏里，把这些解释给萧怀明心爱的元莱听。时光流逝，一切都变了，又好像什么也没变。

怀旧风刮过去之后，在每个人心里多多少少都留下了些往日的尘粒。现实越是苍白无力，人们越是容易追忆往昔。《力微星历险记》的那个让元莱泪流满面的结局，到底会不会在瓦舍里重现，尔朱旻旻和元莱都想亲自验证。于是，她们更加卖力地通关，瓦舍游戏对她们而言又多了一层不一样的意义，她们不想错过任何一间瓦舍，更要赢得进入最后一间瓦舍的机会。

尔朱旻旻很好奇，如果萧怀明和元莱有了一个皆大欢喜的结局，那么自己的人生是否也会被改变？那个让她后悔万分又付出了惨痛代价的告白，应该是没有发生吧。她不会负气走进贫民窟，也不会染上镜面病毒，说不定还会遇见别的什么人。那样的永成年，末日还会来吗？瓦舍里的永成年，会不会是一个清平乐世呢？

瓶中的金鱼

我清楚地记得，我被抓走的时候正停在水塘中央，看着水草中穿梭着的小虾米。水塘里的水突然被搅动，变得混浊，我什么也看不见了，然后就被抓进了一个敞着圆口的地方。我紧张地快速摆尾，却四处碰壁，游几下就被撞得七荤八素，只好停止了抗争。我看见厚重的“隐形墙”外面有一个奇形怪状的东西在晃动，和我见过的小鱼小虾都不一样，体积要大好多好多倍。

这里和我熟悉的水塘不一样，什么也没有。一些粉末撒了进来。我饿极了，所以试探地舔了舔，好像可以补充体力，我又游了一会儿，又有些粉末撒进来。于是，我拼命地游，游了不知道多长时间，果然又有粉末撒进来，这次还多了一个像水藻的东西。

为了不知名的粉末，我更加卖力地游着，我想，游得越久，那些能填饱肚子的粉末可能也就越多。

不知道游了多久，我忽然被抓到了一个没有水的地方。我大口大口地呼吸，濒临死亡，好在挣扎了一阵后，又被那肉肉的东西抓回了水里。

第四章　无限的阶梯

他不知道自己的命运

要在梦境深处探个究竟，

堂吉诃德和桑丘已在那里漫游。

——博尔赫斯

堂吉诃德

“来吃面”面馆，是本城唯一一家雇用人类当服务员的饭馆。毕竟，现在已经是机器人深入生活各个角落的智能时代，人工基本上都成了“智工”。萧怀明的理论是，饭还是要吃得有人味儿，尽管人工成本已经高昂得吓人。由于坚持人工服务，面馆基本上处于不亏不赚的状态。尽管所有人都不理解他，萧怀明却乐在其中。

这个时代，财富就是一切。萧怀明用自己的方式抗拒着金钱主宰一切的法则。大家都为了科技突飞猛进的发展而拍手称快，他却喜欢维持一些被时代抛弃的生活方式，有意无意地屏蔽着这过度智能化的世界。每个人都在享用着大数据的便利，他却不喜欢被计算和定义。

这家面馆的诞生，单纯是因为元莱喜欢吃面，“来吃面”——“莱吃面”，连名字都简单直接。

元莱都在下班之后光顾面馆，饭点儿的客人已经散去，常常只有她和萧怀明两个人，一个在灶台前忙碌，一个慵懒地窝在沙发椅里。萧怀明喜欢只有他们两人的夜晚，他们之间隔着一碗面的热气，耳中只有面条入口的窸窣声，元莱什么也不用说，萧怀明从她跨进门的那一刻，就能感受到她今天的心情。这家面馆存在的意义，就是这样的片刻，元莱把她一天的疲惫都揉碎到可口的食物里，这才是萧怀明心里感到最富足的时刻。

当时的元莱没觉得一碗面有多么的珍贵，顺路去吃个夜宵，歇个脚，再平常不过了。可一万多年之后，她每次拿起营养瓶往嘴里倒的时候，冰凉的液体滑进肠胃，冒着热气的面条儿就会浮上脑海。回忆越是温暖，她越是倍感冷清。

在地球的永成年，如果萧怀明告诉别人他为了个女人放弃了前程，又为了讨她的欢心，坚持做不赚钱的买卖，可能没人会理解他这种头脑发热的行为。

在那个年代，爱情是算法，直白又高效，没人愿意为怦然心动付出成本。与精准的算法比，生理和情绪反应太靠不住。万能机上有各种测试软件，能帮人建立交际圈儿。几乎人人都依靠一款叫作“和鸣”的软件来计算情感，这款超智能软件会根据人的遗传基因、成长轨迹、日常的大数据收集等来寻找最合适的伴侣。如与这位伴侣成功走到了一起，“和鸣”还会自动开启二人共同生活的档案，会根据环境、性格、习惯等因素的变迁来提醒二人该如何调整关系，并且在二人之间的矛盾无法调和的情况下，给出分手的若干种方案组合。

所以在永成年，大家照常恋爱、结婚，可是极少会碰见谁为了离别而撕心裂肺，为了得不到而失魂落魄。与爱情有关的话题，不声不响地就从茶余饭后的闲谈中退场了。

永成年间，人们要关注的事情太多了，哪个牌子的机器人升级换代了，虚拟货币多了什么币种，万能机又多了哪些功能，算法又精进了多少……尤其是永生的期许被大肆渲染，成了流行的话题。

“明天，我们都会成为上帝，点石成金。”最新款万能机的广告语，简直说到了人们的心坎儿里。

萧怀明在易学沙龙结识尔朱旻旻的时候，正是这种情绪最高涨的时期。尔朱旻旻对于这股情绪的忧虑，萧怀明发自内心地认同。

“颐为养也，看上去富足丰满，可惜求养非道，隐患很多。”尔朱旻旻对萧怀明说。

“求养非道？意思是我们保持自身修养用错了方法？隐患又指的是什么？”萧怀明有些不解。

“嗯，差不多是这个意思。有什么隐患还真不好说，这隐患本来应该是个好事儿。”尔朱旻旻若有所思。

大多数参加尔朱旻旻沙龙的人，都是去附庸风雅的，他们把这当作一个小众的爱好。尔朱旻旻看得出来，只有萧怀明没把她当成一个“神棍”，他是真诚地在试图理解一个新世界，在认真听她讲这种古老的朴素哲学。一来二往，他们逐渐熟络起来。尔朱旻旻知道萧怀明与陈永成的渊源之后，又对他添了几分好感。她从懂事起就总是和陈永成对着干，很早就和父亲划清了界限。萧怀明不认同陈永成的人生哲学，这让尔朱旻旻觉得找到了同类。

对这个世界的隐忧，成了萧怀明和尔朱旻旻友谊的桥梁。萧怀明对尔朱旻旻也颇有好感，他第一次发现除了元莱，竟还有人和他一样，是个不使用“和鸣”的“古董”。

友谊的种子在尔朱旻旻心里渐渐开出了爱情的花朵，萧怀明却浑然不觉。在她心里，萧怀明是和这个时代格格不入的“堂吉诃德”，是她等了很久的“骑士”。

萧怀明战斗的方式是穿起厚厚的盔甲，将失望和忧虑都写在了小说《力微星历险记》里。读者们一面吐槽小说的末世情绪，一面又欲罢不能地追看。萧怀明在书中构造了个与现实世界完全相反的暗黑世界。在这个星球上，人类熟悉的社会生活一去不复返，只剩下“活着”，永远活着，其余什么也没有。

长命百岁——永成年最美好的愿景，却被萧怀明写成了最绝望的事情。

“如果非得用一句话来概括力微星上的生存指南，那就是——接受永生的事实，接受各种匪夷所思，接受被无端摆弄。就像养在水塘里的金鱼一样，随时可能被人恶意地抓到砧板上，挣扎一番又被送回水里。人类在力微星上的境况，就如同是被大手随意摆布的金鱼。

“守画按亮了能量棒，探测了一下家门口可见的空间，然后像电影里的大盗一样，弯腰、低头、侧身，像是在音符上跳舞的蚂蚱。这期间她娴熟地按动着按钮，并时而用能量棒挡开迎面而来的不明物体。她不知道走了多久，终于来到了游戏屋前面。

“守画刚要走进去，却忽然进入了一个陌生空间。一个男子正冲洗着身体，黑色的水帘迅速下落，旋即消失。男子看了眼守画，若无其事地继续烘干身体，接着干起了自己的事情，好像对突然冒出个陌生人早已习以为常。守画礼貌地说了声抱歉，再次按亮了能量棒。如此折腾了三次，守画才走进游戏屋，开始她的通关之旅。

“力微星上的‘主人’就是这么摆弄着他们的玩偶，无聊的时候，像孩子们玩过家家一样，提起布娃娃放在这儿、扔到那儿，摆来弄去。守画坚信，力微星上一定有‘幕后黑手’，是比人类聪明太多且更加狡猾邪恶的生物，是让一切不可思议发生的‘上帝’。‘总有一天，我会搞清楚到底是怎么回事。’守画觉得既然他们能够在这个鬼地方活下来，就一定能找到活得更好的办法。”

“也让你跑跑冤枉路！”萧怀明写下上面那段文字时，心里充满对元莱爱意的埋怨，他跑了大半个城，元莱却因为工作轻易放了他鸽子。于是，守画就代替元莱接受了多走几趟的惩罚。

尽管萧怀明并没真的责怪元莱，有时候那种抑制不住的失望和委屈还是笼罩着他，他就像小说中的女主守画，被困在一个进退不得的空间里，无限循环，没有尽头。这么多年，元莱变了，世界也变了，他却还在原地。外面五彩斑斓的世界接走了他的“雪地精灵”，而他却无所适从，只能在文字里，勾勒出一个元莱的化身。

萧怀明给女主起名叫守画，是因为他笔下的力微星实在是没有什么可以描画的，一切在泥土中生根、开花、结果的东西，都和冷冰冰的力微星无缘。由于太过单调，这里也没什么新的思潮和艺术作品，人们只能与机器为伍，守着昔日人类文明中那些关于“美”的记忆。

五官清秀、棱角分明、目光清冷、不苟言笑，守画是这个与一切生机绝缘的虚拟星球的完美代言人。她被网友们称为近些年塑造最成功的虚拟 AI 精灵，大家还在热烈讨论，以后人类是不是都会朝着这个方向发展，可以定制完美的身躯，定制基因，植入各种技能和抑制垃圾情绪的芯片，摒除情感的干扰，在各个方面表现周到，无所不能。

小说里的时空装载着萧怀明的无能为力，他无法阻止元莱一步步变成别人口中的“女魔头”，无法阻止她成为别人的未婚妻。萧怀明对元莱的感情会无疾而终，但他在小说里可以写一个想要的结局。如果不是末日来得猝不及防，《力微星历险记》一定会有个结局。

在灾难接踵而至之后，《力微星历险记》很快被人遗忘。这部没有结尾的小说，在地球上曾荣登科幻小说榜首，末日之后，它在每个人的转述、讨论和解构中，又奇迹般地复活了。

遗　忘

那天从停尸间离开后，陈永成就没了踪影。大家以为他是一时受打击太大，躲开风头疗伤去了，想通了就会回来，谁知这一躲，就躲到了世界末日。元莱和以前一样，每天满负荷工作，去萧怀明家蹭早饭，再去面馆吃夜宵，好像陈永成从没存在过一样。

萧怀明和几个公司元老忙于收拾烂摊子，辉煌一时的帝国，就这么被一剂新药拉垮。处理永成公司这巨兽的遗骸让大家暂时忘了那些死状可怕的尸体，新药的副作用再无人问津，反正不会问世，追究下去还有什么意义呢?永成大厦成了鬼楼。萧怀明和元莱之间自动达成了默契：不提与陈永成有关的一切。

虽然萧怀明极力反对，但核心研发团队的其他人都赞同把抗镜面病毒的新药配方卖给别的公司，副作用只是新药中的一个失误，解决它只是时间问题，问题解决了，它依然会带来巨大收益。在永成公司耗了这么多年，大家总要得到点儿什么。

“竟然是它！”萧怀明一眼就认出了这是在古希腊时代就存在的极其抗冻的嗜冷菌。

“什么？”忙于收拾实验室物品的同事根本没注意到，他们当时带回来的尸体表皮样本，已经在培养皿里滋生出了别的东西。

“我说这表皮上的东西，太奇怪了，这不应该是尸体上会长出的细菌。”

“长出什么都不重要了，这药的后续问题已经和我们没关系了，你就别瞎操心了。”

“极端微生物……”萧怀明还在目不转睛地看着培养皿。

“过了今天，这就要被销毁了，该死的镜面病毒，谁想到它搞垮了一个首富。噢，对了，首富的女儿也染上了病毒，神奇的是她用了新药，居然没有任何副作用，你说神不神？”

这个信息让萧怀明一下子从对细菌的沉思中醒了过来，这才想起在好久之前他就和尔朱旻旻断了联系。他在最绝望的时候，想过接受尔朱旻旻并和元莱做个了断，可终究是没能做到。在陈永成消失之后，他甚至有些暗自庆幸尔朱旻旻没有追着他确认答案，现在他是无论如何也做不到和元莱划清界限了。

该来的还是得来，尔朱旻旻去鬼门关转了一圈儿，萧怀明却一无所知，就算是作为朋友，在她独自一人面对死亡恐惧的时刻，他没有送去半点儿关怀，也令他频频泛起歉疚。萧怀明决定当面和尔朱旻旻说清楚。

萧怀明不得不承认，如果没有元莱，和他三观一致，又古灵精怪的尔朱旻旻也许会走进他心里。

萧怀明看见尔朱旻旻的时候，她孱弱的样子阻止了他上前的脚步。她瘦得脱了形，细细的腿杵在地面上，像两根支棱着的筷子，明明已经到了小区门口，却体力不支地靠在墙边喘着粗气。她好像在用尽全身力气呼吸，连眼睛也在一张一阖地使力。

“最近怎么样？方便见个面吗？”萧怀明看着远处的尔朱旻旻犹豫着拿起了电话，他觉得尔朱旻旻不想让自己看见她这么狼狈的样子。

“挺好。见面……过段时间再说吧。”尔朱旻旻平复了呼吸，好半天才开口。

“好。”

又是一个“好”字收场，这次落荒而逃的是萧怀明，仿佛尔朱旻旻现在这副模样都是他造成的。“一切都会好起来的，只是需要时间。等她恢复了，再说明白也不晚。”他当时是这么宽慰自己的。他那时还不知道，很快末日就要来了，毁灭会覆盖人类所有微不足道的情感。

转眼间入冬，雪终于下得名正言顺了。今年的雪频繁得令人分不出四季的轮替，从立春到夏至，又飘进了冬天，没完没了。萧怀明坐在床边，看着窗外的雪，仿佛回到了那个他从梦中惊醒的初春早晨，一模一样的场景，时间好像从未流逝，他想起了那个他被热切呼唤的梦和醒来后的失落，那天他就是这样坐着，不得不去接受元莱和陈永成宣告在一起的事实。

萧怀明的思绪是被叫他去吃早饭的元莱打断的，今天的元莱十分反常，她头一次为萧怀明做了顿丰盛的早餐。萧怀明看了眼日历，明白了这一早晨的异样。

“吃了你那么多顿早饭，恐怕是还不完了。”元莱先开口打破了沉寂。

萧怀明呷了一口咖啡，看了看元莱，尽量不动声色，他预感接下来元莱的话会让他很难接应。

元莱面无表情地接着说：“今天本应是我的婚礼。去年的气候还是四季交替，今年就只剩冬天了。”

果然不出所料，元莱抛出了他们一直缄口不提的话题。

“所有人都来问我陈永成去了哪儿，只有你从来没问一句，你一点儿都不怀疑我是帮凶吗？大家都是这么说的，说我怎么可能不知道他在哪儿，说我们一明一暗，筹划着脱罪再等待时机卷款跑路，陈永成很可能已经在某个天堂，安置好等着我了。大家都在盼着我也消失，好让他们言中。”

“事情马上就会烟消云散的，人都是健忘的动物。”

“不用安慰我，我没事，只是觉得亲自参演了一场闹剧。”

这是陈永成失踪后，他们第一次谈起这件事，他们都明白，只字不提，不代表遗忘。萧怀明更希望元莱把委屈和不快全都倒出来，但他也知道元莱不是那种会情绪失控发泄的人。他本以为这次的打击会是个例外，看来陈永成对她也没那么特别，想到这他又多了几分自我安慰，结婚对元莱来讲，或许根本没有他想的那么意义重大。再等等，等她忘了这段插曲，等待一个合适的时机，或许他可以说出自己的心声。

“如果，我是说如果，陈永成回来了呢？如果他有不得已的苦衷，如果……”萧怀明本来想问的是，如果这件事情过去了，我们有没有在一起的机会，出口的话却完全变了味儿。

“如果我们从没走出过贫民窟，你说是好还是不好？”元莱打断了萧怀明的话，她知道他想问什么，但并不想正面回应。

“贫民窟里的人应该都是想走出去的吧。”

“对啊，那个时候，你只是想尽快离开那儿。”元莱想起了他们坐在小广场晒太阳的日子。

“太久远了。”萧怀明记得他每天都在计算离开那儿的时间，好在他们并没有在那里待太久，让元莱待在满是污水和腐臭、体面扫地的地方，每一天都让他如坐针毡。

“是很久了，可我还记得一清二楚。我有时会想，如果就窝在那个小屋，也没有什么不好。人就是很奇怪，你越想忘掉的，反而记得越牢。”

这些年，萧怀明以为元莱已经遗忘了那短暂的赤贫，以为元莱不愿提及这些，就像她不愿提及在孤儿院的日子一样。现在的她，把一切都掌控得得体、精致，井井有条，那些斑驳的过往，不能成为她变得更好的绊脚石。

可实际上这些年，元莱觉得她离别人心中的完美越近一步，就离萧怀明越远了一步，可她的初衷并非如此。不是萧怀明教她融入“人间”的吗？也是他费尽心思要离开贫民窟，她变得入世和完美难道不是萧怀明所期望的吗？

萧怀明和元莱，其实一直都在为了让对方满意而努力，他们像欧·亨利小说中互赠礼物的夫妻：为了给心爱的德拉买一把昂贵漂亮的梳子，吉姆卖了祖传的金表；为了给吉姆的表配上一个白金表链，德拉卖掉了自己瀑布般秀美的长发。即便是珍贵的心意，却总也达不到心心相印的结果。

日子一天天过去，萧怀明假设的“如果陈永成回来”的情况并没有出现。陈永成在到处流浪的日子里，碰见了一群自称是来自一万年之后的天外来客，他们要尽快修好穿梭机，回到自己的星球。后来，陈永成成了这群“疯子”和地球上顶尖科学家们之间沟通的桥梁，而他们口中的穿梭机真的成了拯救人类的“挪亚方舟”。

本该是首富举行世纪婚礼的那天，变成了超级细菌狂欢的纪念日。尸体表皮的极端微生物随着火化后飞扬的粉末遍地开花，那些被超级细菌附着的宿主们，被迅速催长，养殖场的家禽变成了金刚的大小，水里的小鱼长成了三角龙，还有道路两旁的树木，疯长的枝丫像无限延伸的触手，延伸到每一个可以见缝插针的空间。所有生物在膨胀至本身正常体积数倍之后，就会迎来枯萎和死亡，而贪婪的细菌会接着找别的宿主。就这样，不到一年时间，地球上能躲过一劫的生物，恐怕只有到那些人类从未踏足的地方去找了。

整个城市像是被巫师下了诅咒的丛林湿地，恣意生长的枝叶拽倒了虚弱的根，所有植物都横在街头。那些本来是被人类豢养等待宰杀的家畜，挤爆了他们等待死亡的养殖场。这些变大了的动植物，开始和人类争夺生存资源，空气也因此变得稀薄，氧气瓶成了必需品。突然变异的动物们，时常会因为寻找食物而攻击人类，每一个角落都变得危机四伏。人们常常会被歪七扭八树丛间的一具庞大的动物尸体吓得一身冷汗，因为你不知道它是死了还是停下来休息一会儿。

人类想了各种招数阻止这样的野蛮生长，烧掉死去的动植物尸体、喷洒抑制生长的药物、隔离所有还没被感染的动植物，可是一点儿用都没有，那些被保护起来的正常生物还是会变异，超级细菌似乎无孔不入。

没有人再去通过衣着和配饰去评判他人的身份和阶层，人们都全副武装地出门，速战速决地回到屋子里，枪支等各种防身武器成了必需品，门窗都加了防护网。绝望之下，人们开始寄希望于这不明来源的超级细菌自行消失，毕竟任何事情都要有个完结不是吗?

禁　闭

萧怀明倒是希望这禁闭式的日子不会结束。这一丝不切实际的恶念，源于这场灾难间接拯救了元莱，让她不用再面对那些落井下石的嘴脸。

瘟疫使得他和元莱变得亲密，但萧怀明心里明白，这幸福是如此不真实，瘟疫结束后，一切又会复归原位。

一个形态酷似小猪佩奇的庞然大物，“嘭”的一声趴在了元莱的窗前，它饥饿狰狞的眼神和浑圆笨重的外形产生了极大的反差，元莱怔在了原地，忘了去拿武器，看着这巨兽绝望地拍打了几下玻璃，然后倒了下去。幸好这怪物已经膨胀到了濒死的时刻，拿着步枪冲进元莱家的萧怀明，差点儿被它砸中。怪物的尸体横亘在房子前，像一个肉篱笆，它倒下去时，整个房子都晃了晃。

“我怕你有危险，所以在我家屋顶装了监控。刚刚看到有个东西朝你这……”萧怀明略显尴尬。

“你住过来吧。”元莱淡淡地说。

这出乎意料的话让萧怀明一时间不知该说好还是不好。

“我是说住到一层客房来，这样互相有个照应，一起度过这场瘟疫如何？”

“一起度过瘟疫。”萧怀明重复着，虽然这是非常时期的非常之举，他还是有种有了希望的错觉，是元莱眼中突然涌起的温柔让他有了这样的错觉。这会不会是他们之间的关系可以重新定义的微弱信号？隔在他们之间的外力一下子撤走了，萧怀明又开始了反反复复的犹豫。

那天之后，萧怀明从邻居变成了室友，两人过起了与世隔绝的小日子。无所事事的日子里，萧怀明开始教元莱下厨，吃光元莱实验失败的菜品后，他微微发福了。他想起了元莱刚到孤儿院时把食物往他碗里送的情景，每一顿他都撑得肚皮浑圆。自从发现香菇过敏之后，元莱像外星人一样拒绝着地球的餐食，为此萧怀明担惊受怕了好一阵子，怕她会饿死，可她每天却神奇般的精神抖擞。

“粒粒皆辛苦，万一末日来了呢，每一粒米可都是金子！”萧怀明在元莱鄙视自己什么都往肚子里塞时这样开玩笑。

元莱把这样的日子看成休整身心的假期，她需要这样一段时间来整理情绪，重新出发。元莱很快调整好了自己，她开始制订每天的居家计划——健身、读书、做方案、学习各种技能，一旦瘟疫过去了，她随时准备好“满血复活”。和陈永成的这段插曲更加让她笃信：要维持自身的强大，任何人给予的附加值都是随时会清零的。她也想过是不是要和萧怀明捅破那层窗户纸，可是萧怀明的小心翼翼让她觉得他们之间始终少了那个火花四溅的开关。

什么也撼动不了元莱给自己铸造的铜墙铁壁，陈永成也只是一个溜进去的微尘而已。萧怀明常常会在这样天衣无缝的元莱面前望而却步，尤其是这些年，他只能缩在自己的世界里，不去推那道沉重的门。如果当年他没有离开实验室，没有放弃上升的机会，现在他是不是就能多几分坚定，而少几分犹疑?

萧怀明隐隐觉得，他们朝夕相处的幸福不会持续太久，元莱和他，根本是两个世界里的人，走到一起的概率简直太微乎其微了。即便两个世界偶尔有了碰撞，那也只是短暂的泡沫而已。

萧怀明和元莱都在时刻提醒着自己，这样的日子总有结束的时刻。

结束比他们预想的来得要晚很多，萧怀明原本觉得仓库的粮食是无论如何也吃不完的，直到周围所有能补充物资的店铺一个个遭到哄抢或者大门紧闭，他们才意识到或许得有点儿危机意识了。再后来，屋里变得憋闷，打开窗户外面的空气同样令人觉得窒息，他全副武装地穿越废墟丛林，来到如鬼楼般的永成大楼，历尽千辛万苦，拉回了一车的氧气瓶。

空气变得稀薄之后，那些突然变异的生物好像停止了对人类的包围和攻击。

“没有看见活的怪兽的第 5 天、第 10 天、第 28 天……”媒体这样更新着希望的数字，大家都坚信，一切都会好的。

末日前，人类最后一次集体协作，是戴着氧气面罩清理大街上缠缠绕绕的藤蔓、横七竖八的树干和庞大的怪兽尸体。当然，还有大量的死者等待被安葬，那些被庞然大物攻击而毙命的人，那些因为缺氧或者生病无法及时就医的病人，在孤独中绝望离世。整个世界都沉浸在这场无妄之灾的伤痛中。

政府开始公布一系列重启企划，街道重新显现了轮廓，人们从家里走了出来，如火如荼地重建家园。不得不赞叹，人真是一种坚韧不拔的动物，自我修复能力强得惊人。

空气好像也因为渐渐腾空的街道而充足起来，虽然大家还得间歇性地吸口氧，每个人都觉得离彻底摆脱氧气瓶的日子已经不远了。

禁闭的日子马上就要结束了！人类又扛过了一场旷世之灾，准备迎接新生活的曙光。而这曙光背后，却是另一场灭顶之灾。

末　日

萧怀明的人生中经历过两次末日，第一次是他以为元莱再也醒不过来的时候。

那时他刚刚从蒸蒸日上的永成公司辞职，元莱委婉地批评了他的一时冲动和过于理想化的坚持，然后丢给他一本戈夫曼的《日常生活中的自我呈现》，书页已经卷曲泛黄，还有被书虫啃噬的痕迹。这是当年萧怀明自己买来的一本“古董”，用来启发与人间格格不入的少女元莱，教她人际互动与印象管理。

这次他们掉了个个儿，元莱已经是个出色的情绪管理大师了，而世道却让萧怀明越来越患得患失。

萧怀明作为一名顶尖的医药专家，当然被很多公司争抢，其中一家公司报酬可观，唯一的要求是要他立刻参与到国外实验室的新药研发中。元莱当然希望萧怀明能够重新出发，可偏偏是被她耽误了时机。

萧怀明要签合同的那个星期，元莱在新剧排演的现场被布景砸得不省人事，命悬一线。因为她一向体质特殊，药物似乎对她也没有任何作用，生病了只能等着自己扛过去，以前她就是这么一次次地扛过来的。元莱的身体自我修复的方法就是沉睡。经历了几次手足无措的慌乱之后，萧怀明习惯了元莱的这种特殊体质，每次他都像个等待睡美人醒来的仆人，悉心照料，耐心地等她好起来，而她也总会安然无恙。

这次萧怀明格外担忧，因为元莱伤得很重，靠自我复原显得有些痴人说梦。她伤了脾脏，而且失血过多，最要命的是，医生发现她的血液无法归类到任何一种血型，识别细胞与细胞之间差异的糖链在她身体里根本就不存在！根据她的血液样本，医生只能模糊定义她的血型也许就是科学家预言过的未来会出现的 C 型血。那只是科学家对未来环境和人类进化的一种猜测，那时候的人类，是在严重的生态灾难下勉强生存着的可怜人。

萧怀明做了一个“死马当活马医”的决定——给元莱输 O 型血。接下来的日子，他像是在等末日审判一样，时钟每转动一下都在加剧他的恐惧。整整两周，元莱都没有苏醒的迹象，萧怀明推掉了新工作，泡在病房里，像她以前生病一样，在她床边念叨。“她会醒的，只是需要时间。”萧怀明每天都会给自己这样的心理暗示。所有人都劝他放弃，但他还是守在床边，拿着吉他，把那些属于他们的歌统统弹个遍。

C 型血、新机遇和萧怀明错过的机会，醒来后的“睡美人”对这些都一无所知。

元莱沉睡了很久，她醒过来以后，萧怀明已经老了许多。萧怀明从未告诉过她，自己渡过了怎样的煎熬，以及放弃的新机会。于他而言，这次末日般的经历，是他改变人生轨迹的伟大理由。

但比起萧怀明的初次“末日经历”，第二次的末日，是真真切切的世界尽头，它不会再给任何人反思生活、整顿出发的机会，完了就是完了。新生活还没真正开始，更大的灾难就滚滚而来。其实道理显而易见——地球承载不了这么多的腐坏，也降解不了那么多的尸体。几乎所有空旷的地方，都被塞满了这些死去的怪物，巨型铲车、挖掘机、直升机都火急火燎地日夜作业，掩埋这一切曾让人类社会短暂停摆的耻辱证据。

人总是急于毁灭对自己不利的证据，也不愿意承认，地球已经被人类折腾到了毁灭的边缘。

地球却不堪重负了。起先，习惯了各种机器的日夜作业，此起彼伏的摇晃和响动被人们当成是重建家园的奏鸣曲。后来，震动越来越频繁，地面开始出现大大小小的裂缝，人们才意识到灾难并没完结，它换了身行头，又出现了。很快，地震的区域越来越多，电力中断，没有通信、网络；也没有实时在线的信息共享，机器人和家具一样，成了摆设。仅仅几天时间，人类就从智能时代倒退回了史前文明。

断电、缺水，数着米粒儿过日子。元莱看着萧怀明在院子里生火煮粥，觉得这不是她设想的结局——她本应拥有实现自我价值的人生、一个体面的晚年，然后安详地死去。如今，陈永成的事情给她的打击还没来得及翻页，她刚刚准备好要重新出发，她甚至还没想明白和萧怀明之间厘不清的千回百转，难道就这么完结了吗？她不甘心，真的不甘心。萧怀明比她更容易接受现实，他本来就没什么远大的目标，接二连三的灾难好像并没撼动他的从容淡定。

十年前，守护她的是萧怀明，十年后，世界崩塌了，陪在她身边的还是他。时光带走了她身上的稚嫩、天真，却一直把萧怀明留在她身边。

手机没电之前，萧怀明接到的最后一个电话，是通知他获得了登上穿梭机的资格，而且只能给他一张通行卡，理由是永成公司救了无数肺癌患者的抗癌药，他是最核心的研发者，新的生存空间需要他这样的医药专家，而推荐他的正是陈永成本人。

“现在还会有人给你打电话？”元莱对于这个时候还会找萧怀明的人充满了好奇，毕竟他是个基本没什么交际圈的人。

“诈骗电话。”萧怀明一时不知道该怎么和元莱解释这个匪夷所思的电话。不过从电话那头描述的他本人经历的精准度来看，并不像是恶作剧，况且现在这个时候谁还有这个心思？

萧怀明迅速整理了一下思绪，如果电话内容是真的，那么它传达了两个信息：地球很快就会毁灭；人类已经做好了去新空间的准备，只不过名额有限。而他，幸运地获得了这个资格。至于陈永成是怎么推荐的他，他根本无暇去想。以陈永成白手起家并一路爬到首富宝座的经历来看，即便他跌落了神坛，也不会丧失东山再起的斗志，他一定会卧薪尝胆找到自救的办法，所以，他能有办法推荐人也并不奇怪。现在关键问题不是陈永成怎么推荐的他、为什么推荐他，而是通行卡意味着有活命的可能，但是只有一张。

通行卡只有一张，萧怀明只用了一秒钟就决定自己留下来和地球共存亡。以前，他和元莱之间隔着生活里各种条条框框，现在，他们之间隔着一个世界末日。

“真是敬业的骗子。”元莱看到萧怀明心不在焉的样子更加笃定了，他在应付自己。

又是一阵剧烈的摇晃，门口的车掉进了裂缝，萧怀明把元莱紧紧护在怀里，过了一会儿，地面停止了晃动。

“我们现在算是在一起等死吗？”元莱自嘲地说。他们已经习惯了地球这隔三岔五的暴怒。

“或许我们能穿越时空，去别的空间重新开始。”萧怀明一本正经地说。

“穿越时空？那个宇航局一直宣称的我们快要达成的目标？”

“理论上来说，这一直是可能的，只不过我们要让技术无限接近理论。蛀洞可以连接一系列平行宇宙，只要我们在技术上达成负能量的时空组态，穿越到别的宇宙是可能的。当然了，我们还需要一台能够发出和承载这些能量的穿梭机。”

“我不知道你除了会制药做饭，还是个科幻迷。”元莱觉得萧怀明今天有点儿反常。

“未知和等死，你会怎么选？”

“当然选未知了，谁愿意等死呢？生命是最宝贵的。”元莱脱口而出。

“未知有时也许更可怕。”萧怀明像是在劝说自己。

“比《力微星历险记》里描述的那种诡异空间还可怕？”

“你也追网络小说？”

“当消遣看看，可惜停更了。不过这作者嘴也够毒的，你说我们最后的出路会不会像他说的那样，去那样一个冰冷的空间生活？”

“或许吧。”

“可是，未知代表还有希望不是吗？也许比现在更糟，但也可能更好。”

萧怀明深情地看了一眼元莱：“好吧，我送你去体验未知！”

“你送我？干吗不一起走？”

“我不喜欢挑战未知，还是熟悉的东西好。反正我们最后都要归于尘土，时间早晚罢了。”

几句玩笑，带过了生与死的话题，萧怀明尽量轻描淡写，他不想让离别来得太沉重。元莱却越发不安，她隐隐觉得这玩笑背后隐藏着什么。

死亡和放手一搏，谁都会选后者，萧怀明也会。只不过，他要先成全元莱的选择，这样他才能对自己这么多年的执着有个体面的交代。

如果穿梭机真把元莱带到一个和力微星一样的地方呢？至少她会活下来。也许她会到一个鸡犬相闻的桃花源，或者一个能够永生的天堂，也许穿梭机会半路抛锚，会被蛀洞吞没。未知或死亡是元莱自己选的，如果未知不讨人喜欢，那她也必须承受，每个人都得为自己的选择负责。

《力微星历险记》还没有完结，虽然现在写完它已经没有什么意义，但是萧怀明忍不住要去想一个他认为满意的结尾。似乎守画这个他倾注心血创造的人物，也在某个空间真切地活着，也正在准备迎接未知。

萧怀明在与地球共同灭亡前，脑海里不停翻滚着两个念头：元莱的未来和他那本还没完结的小说。

过气的“斜杠青年”

我是20世纪的流行语，在永成年已经成了“古董”。我还流行的那个年代，年轻一代不满足于一种技能和职业，追求自由随性的成长，以拥有许多种职业身份为荣。打破单一、枯燥，享受多元、无限可能，这是那个时候许多青年的生活态度。

现在的年轻人，提起他们祖辈时的这个称谓，不免觉得有些幼稚。在永成年，很少有人“吃着碗里的又看着锅里的”。每个人在入学之后要逐年通过各种科学测试，在成年之前就会规划好今后的人生路线图。在既定的道路上安分地行走下去，才是最安全的做法。人们不会躁动地想着去尝试什么未涉足的领域，也不会因为一时头脑发热，去花心思学点儿什么感兴趣的新知。

“术业有专攻”，在永成年被做到了极致，人们只需要在自己的领域深耕，不用浪费时间在测试结果已经明确告诉你会“试错”的事情上。

况且，根本不需要什么都亲身尝试，查阅一下已经十分完备的云端数据，就能轻而易举地得到最新的成果，万能机和各种软件、机器已经把人们从种种束缚中解放出来了，还要去释放什么天性呢？天性，也是通过计算早早就摸清了的数据而已。

在孤儿院时，院长就知道萧怀明的智商极高，将来有百分之八十的概率会在生物医药领域大放异彩。他走出孤儿院后，带着他的“人生路线图”顺利地进入了永成公司，在适合他的领域走得顺风顺水。后来，萧怀明为了一个各种测试都算不出其准确数据的怪女孩元菜，偏离了既定的路线，成了个“斜杠青年”，做药、做饭、写小说。我这个过时了的词语，安在他身上再合适不过了。

其实“斜杠青年”本该是元菜。那些基因和心理测试在她身上统统失灵。只有她从孤儿院走出去的时候没有带走任何的“人生建议”。其他孩子都拿到测试结果的时候，院长无奈地对她说了几句“你是个与众不同的孩子，多多尝试，别怕挫折”之类的叮嘱。

“没结果也不错啊，说明你的未来充满了无限可能。”萧怀明当时是这么安慰元菜的。后来，元菜在她的娱乐帝国心无旁骛地深耕细作，而萧怀明代替她成了“斜杠青年”，放弃了规划好的前途，开起了餐馆，写起了书，一不小心又被扣上了“预言家”的帽子。

第五章　交叉小径的花园

我在今晚的镜子里看到了
自己意想不到的永恒的面庞。
循环即将完成。
我等着那个时刻。
岁月像历史一般虚幻。
黎明和夜晚之间
是痛苦、光亮和焦虑的深渊。
夜晚磨损的镜子
照出的脸庞已不是昔日的模样。

——博尔赫斯

穿梭机

穿越时空，首要的问题就是要有足够大的能量，甚至比原子对撞机的能量还要大数亿倍。地球上的科学家们早就搞清楚了这些要素，可还没有找到哪种材料能够承载那么多的热能，按照永成年的科技水平，穿梭机还是停留在理论层面。尽管如此，宇航局还是对人类最终能够掌控时空信心十足，他们宣称，目前的进展非常乐观，对于“负能量时空组态”的研究已取得重大突破，穿梭机在不久的将来一定会问世，时空旅行将会成为永生后，人类打发时间的日常消遣。

穿梭机最终还是没跑赢地球的崩溃。还好，有一群疯癫的神秘人和陈永成及时搭上了线，他们声称是坐着穿梭机来到地球，逛了一圈发现需要面对生老病死，所以他们想要回到“天堂”去——一个永生的空间。如果不是陈永成亲眼看见了密林丛中的穿梭机，他也不会相信这些人的疯言疯语，更不会带他们摸进宇航局，孤注一掷。

“你们从哪儿来？”这是陈永成逃离停尸间后第一次主动开口。旁边这群人实在是令人忍俊不禁。他们着装夸张，像是从历史戏的剧组跑出来的群演，旁若无人地讨论着逃离地球的计划，那一本正经的样子实在很滑稽，可是他们口中的“术语”却像模像样：质能、时空曲率、量子泡沫、平均弱能条件、蛀洞、熵……

“我的遭遇也没什么大不了，每天都会有人被逼疯。”陈永成觉得遇见他们，倒是宽慰了一下自己。

贫民窟小广场上的阳光正好，陈永成已经很多天不见天日了，他想着和这群“疯子”聊聊天，总不会有什么威胁。在得知可能要面临牢狱之灾时，他躲到了这个曾被他称为“阴沟”的地方，他要找一个安全的藏身地，想想下一步该怎么办。谁也不会想到他根本就没离开，而且就躲在这座城市里最拥挤不堪的地方。

“我们来自力微星。”其中一个人友好地冲陈永成点了点头。

“是吗……那是一个什么样的地方？”陈永成现在更加认定了眼前这几

个人精神不大正常。那部最火的网络连载科幻小说《力微星历险记》，虽然他没看过全部内容，但是还是略知一二。

“希腊神殿、紫禁城、金字塔……什么都有。”

“你说的这些都在一个时空里吗？”陈永成忍不住笑出声来。

“总之，是个什么都有的天堂。”

“还有别的吗？比如城市是大是小？什么气候？人都怎么生活？”

“不记得，不记得了，你真烦，你难道不知道穿越蛀洞会发生什么吗？全没了，连贯的记忆全没了，我们剩下的记忆都是碎片。”

“既然那里是天堂，你们来我们这干什么？找罪受？”

“拯救地球！你刚才不是一直在听我们说话嘛？记性真差！我们有个同伴非要来拯救地球，拖我们下水。依我看，现在地球好好的，末日还早着呢，倒是我们，困在这个鬼地方，走也走不了。”

“谁知道呢，末日也许明天就来了。到时候你们就是救世主。”陈永成调侃他们，同时想起了自己的“狗血”经历，他也曾快要被推上“救世主”的神坛，如果不是该死的新药，元莱、财富、永生，这些都还在他的美好蓝图中。

“我们可不想当什么救世主，我们只想修好穿梭机，赶快离开。”

“别只顾着问我们，你是干什么的？”另一个年轻点儿的小伙子打断了陈永成和年长男子的对话，他对陈永成的刨根问底显然不太满意。他们当中没有一个人认出昔日意气风发的首富，陈永成有些庆幸，又颇为失落。

“我？我是这个城市的首富。”陈永成忽然觉得自己很自然地融入了这群人。

“首富？首富在贫民窟，闻所未闻。”他们觉得陈永成肯定受了什么刺激，胡言乱语。

“以前是，现在不是了，你们要早到地球一年，没准儿我真能帮你们修好穿梭机，宇航局我熟得很，我们永成公司赞助了他们不少项目。”

昔日的陈永成的确无所不能，科学家、商人、政客……这些大人物都曾是他的座上宾，他已经爬到了金字塔顶端，却被踹了下来。

这次贫民窟偶遇像一出滑稽剧，两拨儿脑筋不正常的人就这么正经地搭上了线，“疯子们”——陈永成和外星来客，成了彼此的救世主。穿梭机真的存在，陈永成也确实对宇航局熟门熟路。

宇航局模拟了各种穿梭机的外形，八角形、箭筒形、长方形……就是没想到真正派上用场的是个巨型“鸡蛋”。银灰色的金属蛋壳插在密林中的荒地上，这块空旷的田野不大不小，像是为这银色“鸡蛋”定制的停机坪一般，四周高耸入云的杉树成了穿梭机的天然屏障。蛋壳四周堆着一圈儿铁屑，那些声称搭乘过穿梭机的神秘人说，这些铁屑是穿梭机脆弱的外壳，他们敲打了几下，就轻松剥落，散了一地。

“给一个可以抵御大量热能的‘金属蛋’穿一件一击即碎的外衣，这多此一举又天真的行为，简直像是个孩童在玩玩具。”宇航局的科学家们在充分验证之后，不禁感叹，天才和疯子果真是一线之隔。

其实宇航局的人看到穿梭机时，第一反应是被愚弄了，这些人明显脑筋有问题。宇航局是太想实现时空旅行的宏伟理想了，他们居然还因此答应向政府寻求对陈永成的特赦。一无所有的首富疯了，他们竟然也跟着他发疯。

在陈永成再三保证和劝说下，宇航局的人勉为其难地进去看了看，内部的构造更加不可思议，他们戳了戳舱壁上“鸡蛋”的外壳，蛋壳随着手指的力度陷进去又弹回原状，“吹弹可破”的密封舱他们是头一次见到。他们决定一回去就把陈永成和这群疯子送进牢里，可来都来了，不能白跑一趟，至少留下他们浪费政府资源的铁证。他们采集了舱内的构造和材料，回去检测了材料并模拟了空间飞行，才发现了这蛋形穿梭机的神奇。柔软的内舱、成分无法定性的金属、小体积负载大能量……一切都匪夷所思，却通过了“蛀洞”测试，顺利完成了模拟飞行。

后来，穿梭机修好了。其实它根本谈不上要修理，只是需要补充电力、连接一些线路接口罢了。宇航局苦口婆心地挽留这帮天外来客，因为他们需要造出第二个、第三个穿梭机，但他们还没找到方法能够合成出穿梭机的材料，也没参透一个“鸡蛋”能抵御数以亿计能量的玄机。

宇航局参不透的问题，这些自称穿梭机主人的“疯人”就更解决不了，他们的知识仅局限在万能机上人人都能查阅到的基本信息，要不然也不会连个线都接不好了。

“没准儿他们就是误打误撞发现了穿梭机，根据网络小说，臆想出了力微星之类的故事。人类科技的重大突破，居然来得这么意外。”宇航局的人都觉得这些天天吵着要离开地球的人行为蹊跷，甚至比他们还要无知。但是他们还是遵守着契约精神——只是代为修理，并对材料无偿采样。他们不得不耐心安抚这些怪人，同时加紧了突破难题的步伐。

就在两方僵持不下的时候，超级细菌占领了地球。关于“怎么复制出穿梭机”的难题，还是悬而未决。

在禁闭的日子里，有许多人已经预感到了更大的灾难。地球上不同的监测点都抓取到了生态崩溃的证据，各个征兆都在预示着地球即将被压垮。地球要塌了，谁走谁留是一个必须被仔细衡量的重大决定，重大到这份名单分分钟都在权衡、更改，而谁能走进穿梭机的舱门，又好像早在冥冥之中安排好了。

凭借穿梭机通行卡，上帝又玩了一次掷骰子的游戏。

元莱走近穿梭机的时候，立刻想起了倒在她家门口那些体积膨胀数倍的巨兽，这“鸡蛋”胀大了不知道多少倍，一点儿也不像人们脑海里想象的高科技载人飞行器，看上去甚至有些滑稽。

穿梭机外形颇有喜感，内部构造更像是个奇幻世界。一颗颗乳白色的“鸡蛋”高低错落地挂在舱壁上，自动吸附的传送带会把踩上去的人输送到各个“鸡蛋”里去。乳白色的迷你舱内部，整齐排列着一件件胶囊外衣，只要有一件被穿起来，穿梭机的发动系统就会被自动唤醒，随后进入准备起飞模式。

91257，胶囊的数量决定了幸存者的数量。宇航局给这些胶囊编了号，与通行卡上的号码一一对应，每个蛋壳上都标明了号码的范围，走进正确的舱位，找到对应外衣，才能顺利成为幸存者。有些慌乱中不小心走错舱位的人和没有通行卡却躲过防护网侥幸登机的人，在发动系统启动之后，上演了抢占胶囊的惨剧，败北的人要么一命呜呼，要么被扔出了洞口，摔在“鸡蛋”中央坚挺的茸毛上，毛茸茸的地板看着柔软绵密，摔上去却像被针刺一样生疼。

穿梭机升空后，舱壁上挂着的“鸡蛋”外壳变得透明，舱内的人清晰地听着外面的哀号声，看着地板上密密麻麻的毛茸茸的刺突越发笔直尖锐。刺耳的叫声消失后，穿梭机跃进了浩瀚的外太空。

这些胶囊里的人，在穿梭机全速扎进蛀洞之后，被压缩成了圆形的肉片儿。与那些地板上的战败者相比，他们至少留下了完整的身躯。

通行卡

穿梭机通行卡是人类即将通向新世界的门票，地球要完蛋了，但人们总会有办法去开拓另一个家园。有人说，新世界一定会比永成年的丰衣足食、便利畅通更加美好。毕竟获得通行卡的人都是人类社会中的佼佼者，一个由精英组成的新世界，必然会是个富足之地。在恶劣的现实面前，人们只能去憧憬一个盛世。

大家自动屏蔽了危险和未知。在浩瀚的宇宙中，有许多文明的羽衣，人类连它们的边角都还没有触碰到。人类将要去到的星球有可能连生命也没有，文明阶梯的最高处可能是断崖。人们都忽略了通行卡仅仅就是个活命的机会而已，它不保证你不会因为时空旅行而殒命，更加不会许诺一个光明的前途。可面对即将崩溃的地球，人们却为此挤破了脑袋。

谁抢占了先机，谁就有发言权。那些决定名单的人，绝大多数都是最先参与到“复制穿梭机”这个有点儿荒诞的工程中来的，财富、权力、名望，外加格外的杞人忧天，是提高入选率的要素。那些提供了穿梭机的“疯子”们，得到了最优先的选择权，只要是他们想带走的人都可以带走。

一无所有的陈永成，因为当了他们和宇航局之间的牵线人而获得了一张宝贵的通行卡。尽管他苦口婆心地劝说名单制定者们，但对于他想带走的人，还是无能为力。

“这个人没什么用处。”戴着金边眼镜的男子摇了摇头。

陈永成已经口干舌燥说了大半天，眼前这些西装笔挺的人还是不为所动。这些前几个月还在贫民窟流浪的“疯子”们，摇身一变，还真像那么回事，如果不是他们总念叨着长命百岁，如果不是地球即将崩塌，这种得势感应该会把他们拴在这儿吧。

“新世界除了衣食住行，总需要精神食粮吧。精神产品的制造者，难道不重要吗？那些人类历史上伟大的思想家、艺术家们，留下了多少灿烂的遗产？他们是文明的支柱！”

“老子、孔子、亚里士多德、米开朗琪罗、司马迁、马基雅维利、但丁、莎士比亚、李白、汤显祖、毕加索、齐白石……你口中的这个人，能和他们相提并论吗？”

“她……也算是精神产品的制造者吧。”陈永成的理由在这份名单面前显然没有丝毫说服力，他想为元莱要一张通行卡，只能往艺术家上卖力地靠一靠了。

“得了吧，按照你说的，不过是个变着花样儿讲故事的人。人人都会讲故事，我也会。”

“你、你讲的故事能让别人掏钱买单吗？”陈永成一时词穷，想不出更好的反驳理由。

“哈哈，这更可恶，让人掏钱买麻醉剂。什么造梦者、成就别人人生的造星者，按照你刚才描述的他们做的那些什么游戏剧，这些人都该下地狱！”

无论陈永成怎么软磨硬泡，这些人就是不松口。新世界需要拓荒者，那些玩物丧志的玩意儿并不是必需品。

被提名的人，必须经过内部投票后获得至少三分之二的支持率，而元莱的票数连三分之一都不到。审核委员会中大多数人觉得，陈永成提名的两个女人是在浪费他们的时间，侮辱他们的智慧。当然，除了那些“天外来客”，委员会里的其他人都知道他和这两个女人的关系。可他们觉得陈永成好歹也有过带领人类走向永生的雄心壮志，在大是大非面前不该如此私心泛滥和缺乏理智，通行卡可是关乎未来谁将建设新世界的严肃选择。元莱和尔朱旻旻就是两个普通女人，怎么衡量也和塔尖上的人沾不上边儿。

陈永成推荐的三个人——萧怀明、尔朱旻旻和元莱，只有元莱落选了。他本想带着通行卡，扬眉吐气地出现在她面前，理直气壮地对她撒谎说他并不是落荒而逃，而是参与到了一场伟大的人类迁徙计划中，他将带着她一起逃离这摇摇欲坠的地球。无能为力的时刻，陈永成倍感他失去的东西分量有多重，如果他还是那么有钱，早早地砸钱到“复制穿梭机”的工程里，他就有更多的话语权。而财富会买来通行卡，至少他不用像个乞丐一样求别人多施舍一张通行卡。

对尔朱旻旻的通行卡，陈永成本来没抱什么希望，可是他一提到这个名字，其中一人和领头的人耳语了几句，领头的人便表示同意，委员会其他人纷纷跟风，和他提到萧怀明一样痛快地通过了。萧怀明能够获得资格，陈永成并不意外，他的专业能力在这个领域数一数二。而他提名萧怀明纯属是私心，他依然还有东山再起的强烈愿望，只是换个战场罢了，他需要技术过硬的精兵强将。他从头到尾都没有把萧怀明当作情敌，萧怀明的与世无争、懦弱犹豫、临阵退缩都让陈永成觉得在情感的战场上，他根本不是自己的对手。

血脉相连，陈永成当然会推荐自己的女儿，尽管从她懂事起就一直和他作对。虽然她自己改了名字独自生活，并从各种途径与他划清界限，但还是摆脱不了血缘。陈永成早就做好了她落选的心理建设，他们父女一直形同陌路地各自生活，所以，如果让陈永成牺牲自己，把通行卡让给他的女儿，他一定不会这么做。

委员会的那些人会爽快答应，重要原因之一就是穿梭机的拥有者们认定尔朱旻旻是他们的同伴。投票原则当中有这么一条规定：如果这些提供救命机器的人全数同意，其余的人也必须赞同。尽管是霸王条款，那些“疯人”也从没有滥用过，因为地球上的人，按他们的说法，全都和他们没什么关系，所以他们往往比其他人更加客观公正。

这些人中的一人清楚记得尔朱旻旻的名字。与他们一起穿越到地球的同伴们，有的中途走失，有的适应了地球的生活不知所终，只剩下抱团要离开的他们。那些走掉的同伴因为尔朱旻旻名字特别，被他们记住了。

陈永成和委员会的其他人都不知晓这背后的原委。同名同姓，幸运之果就这么掉在了尔朱旻旻头上。

计划中逃离地球的日子越来越近，通行卡也只剩下寥寥几张。这些人在审核委员会中广而告之，他们还有个忘了名字的同伴，和他们口中的“尔朱旻旻”信念相同，结伴而行，忙着拯救地球。如果谁能找到她，将会获得一张通行卡。

没有人去理会这群“疯子”的广告，他们的言语和行为实在是无法令人当真。况且单凭一张纸和几句描述，在灾害肆虐、人人自危的时候去找一个人，希望太渺茫了。

陈永成把这个“沧海遗珠”的画像看了又看，要么真的是个古代女子，要么就是穿了戏服的戏子。“要是这个人长得和元莱一样就好了，这样，自己就能带走元莱，重新开始了。”脑海中一闪而过的幻想，让他觉得悲哀，曾几何时他只能靠幻想来达成目标了。对于新世界陈永成一点儿也不畏惧，也不担心找不到发家致富的途径，令他无比惋惜的是，让他动心的元莱就这么丢失了。

陈永成头一次觉得萧怀明比自己更胜一筹，是在又看到元莱的时候。当时，他的心情就像过山车般冲到顶端又极速下落。元莱在等候登机的队伍中，让他吃惊又兴奋，而他看见了转身离去的萧怀明，便立刻明白了是怎么回事。那一刻，元莱看向他的目光让他无地自容，去解释为什么消失已经太多余，现在的选择已经说明了一切。通行卡他没争取到，拿出自己的，他又做不到。

一命换一命，这么极致的爱，让他自愧不如。

华胥国

尔朱旻旻来到力微星之前，虚弱得像个一吹就倒的纸片。在走多了路都会喘的情况下，她再也不能回到警局工作。她常常靠在窗前的沙发上，一待就是一整天，看着楼下车来人往，看着月升日落。她活过来了，那个敢拼敢闯、机敏勇敢的她却被镜面病毒吃掉了。尔朱旻旻觉得现在的自己像个等死的老妪，人世间的生机勃勃都和她没什么关系了。

“生活就是活受罪。”每次喘到快要窒息的时候，她就会这么想，还不如死了，一了百了。为什么新药偏偏救活了她，她是真的埋怨陈永成不该插手。所以，她拿到通行卡之后没有丝毫喜悦的心情。以她现在的身体状况，即便挨到了新世界也不可能活蹦乱跳地活着了。所以，她决定把通行卡让给萧怀明，至少将来他会一直记得自己的好。

这些自我隔绝的日子，尔朱旻旻反反复复想了很多：和陈永成没完没了的对抗、她在警局因为不按规矩办案而捅的各种娄子、萧怀明和元莱的种种、垃圾场里的“原始人”……她以前的生活虽然并不一帆风顺，但也是精彩多变，现在孱弱的身体强迫她必须告别这些层出不穷的波澜，她觉得自己已经在崩溃的边缘。苟延残喘地活着，她是做不到的。

尔朱旻旻躲过了两次地面塌陷、三个迎面飞来的建筑物残骸、一辆翻滚的货车和无数个大风刮起的小石子、垃圾及不明颗粒，终于到了萧怀明家的门口。她已经分不清是白天还是黑夜，因为走了太久，而且地球已经很多天没有太阳了，隔三岔五的狂风早已把天空定格成了灰色。

地面又开始剧烈晃动，她看见一辆车掉进了地面的裂缝中，而她只能像八爪鱼一样，死死地抓着地面。她看见不远处，萧怀明正护在元莱身上，那些被狂风卷起的不明物体，接二连三地砸到了萧怀明宽厚的背上。

晃动停止了，她改变了主意。元莱和萧怀明互相关切的模样，让她觉得自己太多余了。她刚刚还在想自己让出通行卡的举动会让萧怀明产生怎样的反应，他会不会兑现那个“好”字，哪怕只是在这所剩无几的日子里，自己会不会在最后的时光里拥有一段短暂的温暖。现在，她觉得自己一厢情愿得如此可笑，他根本就不在意生死，他在意的，从头到尾都只有元莱一个人。

怨怼、酸楚、失落、绝望……混杂在一起说不清的情绪涌上尔朱旻旻心头。后来到了力微星，陈永成告诉她，萧怀明本来就有通行卡，登机的却是元莱。萧怀明为元莱舍命这事并未刺激到尔朱旻旻，她以为他们俩都留在了地球，现在元莱活了下来，于她而言就是多了个幸存者，她对萧怀明如果还有那么一点儿怨恨和不甘，也早被蛀洞吞噬光了。谁为谁而活，谁又为谁死去，地球上的故事再也和她无关了，新世界，也许大家都得和她一样，不得不苟延残喘地活着。

尔朱旻旻踏上穿梭机前本来就奄奄一息了，力微星上循环往复的“死而复生”对她来讲，反而比健康的人更容易适应。在营养瓶和能量棒成为日常用品之前，她每死一次，再醒过来的时候，身体就舒适一些，仿佛这自然死亡的过程是奇特的疗愈之旅。若干次死亡后，她竟然复原了，不再大口喘息、步履沉重。多得用不完的时间，渐渐地让她周身都充满了力量。她不用苟延残喘了，甚至比以前更加精力充沛。

化腐朽为神奇，就是时间的游戏。时间的流逝可以抹平一切，当然也包括伤口。

不乐生、不畏死、无嗜欲，这不就是桃花源？恢复健康的尔朱旻旻本以为力微星会变成一个盛世乐土，既然人们拥有了可以随意透支的健康和无限的寿命，那就可以花时间慢慢去实现所有的心愿。

一万年之后，除了不死之身，尔朱旻旻没看到任何改变。这就是拥有取之不竭的时间所要付出的代价吧，她当初想象的繁华世界，倒是在瓦舍游戏里见到了。

“上之道，生万物而不有，成化像而弗宰。君道无知无为而贤于有知有为。”

“君之道，措法务明主长，更礼乐立法度以教百姓，强国弱民乃稳固之根本。”

从激烈争论的两人宽大的袍服和头顶高得夸张的獬豸冠来判断，像战国时代楚国的贵族。

仔细琢磨对话的内容，却像是秦孝公时期的商鞅和甘龙。主张强国弱民、气势汹汹的矮子，分明是被司马迁称为“天资刻薄”的商鞅，强国弱民的主张是他传世名作《商君书》的著名论点之一。

再看看两人案几前的一卷竹简，上面写着“垒君书”，并不是《商君书》。

站在案几前的君王一言不发，身上的冕服是几百年后才会出现的帝王服饰，案几上的青铜纹斛却明明属于商代早期。

早商的青铜、楚国的臣子、秦国的人物和故事内容以及不知哪朝哪代的帝王。这是尔朱旻旻第一次走进怪异的瓦舍，现在她要帮助这个不知道哪朝哪代的帝王，选择其中一个臣子的治国安邦之道，然后处置另一个。按照人类已经历过的文明来看，当然应该选择那个酷似商鞅的臣子的主张。虽然经历了漫长的历史过程，但人类社会最终还是走到了高度发达阶段，建立了现代文明国家。有法制的社会更加稳定，选择这个明显带有法家色彩的建议，往后的走向应该会有很多和已知的历史相似又可控的因素。

可是，这瓦舍里的陈设和人物混搭得如此奇怪，它的故事到底会发展到哪儿，又在哪儿结束呢？尔朱旻旻犹豫了一下，她的理智让她选择弱民强国的主张，潜意识里却有另一个声音让她点了“无为而治”的选项，那是她从小在与陈永成的“战斗”中根植的反骨，果决、霸道、急功近利的父亲没有成为她人生的榜样，相反成了她最想躲避的那种人。她从学生时代就对汉易产生了浓厚的兴趣，后来费了九牛二虎之力跑到祖国边陲的一个小镇，拜师学艺，除了工作，她的时间几乎都交给了所热爱的易学。有时候碰见棘手的案子，她会暗自另辟蹊径，卜筮和科学技术在她这儿成了两条并行不悖的发现真相的渠道。

有一次，在侦破一个绑架案时，她的掐算跑赢了天罗地网般的排查，奇门排盘清晰地显示着罪犯藏身的方位、大致人数和现状，可是在没有实证的情况下，她个人的揣测和笃定并不能作为行动的可靠依据。情急之下她单枪匹马擅自行动，没有成功营救人质，反而打草惊蛇负了伤、背了处分。上司训诫她，这是个理性的智能时代，不能靠迷信和直觉撞大运。

伤愈后，她不再把这些被时代所摒弃的古老认知方法带到现实中，唯一听她讲这朴素又玄妙的仰观天地、俯察人事的推理法则的听众，就是萧怀明，他总是侧耳倾听，笑而不语，不知道是认同还是反对，就像他对男女之情的反应一样寡淡。

尔朱旻旻还记得萧怀明有一天难得兴致勃勃地对她的爱好做了精辟的总结：科学与易术，从思维本质的角度来看并没有那么大相径庭，六十四卦循环往复的规律、爻位变动的指向等理解宇宙的方式与物理的磁场、化学的化合、天文学的斗转星移是异曲同工的。

那个时候，尔朱旻旻认定萧怀明和自己在精神世界的深处是有着某种共振的。他们也曾讨论过：如果在文明起始的花园，我们选择了另一条交叉小径，历史会是什么走向？是有良田美池桑竹之属、人人怡然自得、民无嗜欲、国无帅长、高度自治，还是会因为散漫和迟缓，在历史的某个阶段就自动消亡？文明的起始如果是传说中和谐大同的“华胥国”，那么辉煌的秦汉、包罗百川的隋唐帝国等泱泱大国都会不复存在了吧。

第一次走进瓦舍，游戏就给了尔朱旻旻一个“圆梦”的机会。理想国近在眼前，虽然场景荒诞不经，但谁不想过把指点江山的瘾呢？

过于逼真的场景，让她一度忘了这是游戏。力微星上消失的声色犬马，这里全部都有。

按下“无为而治”选项后，周围环绕着一排大字：“欢迎来到水雷屯瓦舍，根据国王的选择，美丽富足的华胥国就在你眼前。”真的是华胥国！一个她自己都觉得虚无缥缈的乌托邦。

尔朱旻旻手中亮起一张任务卡，终极任务竟是彻底摧毁这个地方！她有 10 年的时间，在华胥国里寻找破绽，在规定时间内让它彻底消失。当然，这 10 年是虚拟的纪年，时间在瓦舍里只是一个提示进度的螺旋光标罢了。游戏里没有明确的打击目标和任务进度，但每一次选择和铺排都决定了日后能否找到机会一举完成终极任务。

一个充满不确定性的游戏，尔朱旻旻做了很久的心理建设，才能确认瓦舍里那些鲜活的脸庞和有温度的肉身只是游戏里的工具人。“假的就是假的。”刚开始，她必须时刻提醒自己，因为一不小心就会不由自主地融入那人声鼎沸、充满生机的画卷，而忘了终极目标是撕毁它。

新手尔朱旻旻很快败下阵来。通关的难易程度，与瓦舍里设置的世界文明程度并没有直接关系，繁复还是简单，古老还是先进，只不过样式不同罢了，简单的可能更坚韧，先进的也可能更经不起折腾。

水雷屯瓦舍消失又出现，反反复复了许多次，成为人们记忆中最难攻打的瓦舍之一。它对于尔朱旻旻意义重大，这是她第一次独自完成终极任务。后来的瓦舍，她有了搭档元莱，也越发得心应手，但水雷屯瓦舍里她初尝任务的蹩脚和华胥国的一草一木却历历在目。这间瓦舍，像是为她量身定制——她熟悉的历史、幻想过的“理想国”、和萧怀明讨论过的假说。还有最特别的一点：关卡起始的那道选择题，在之后的瓦舍里再也没有出现过。

后来，尔朱旻旻想明白了，新事物出现之后，总要想法子吸引大家去参与其中。毕竟，瓦舍刚刚出现的时候，没有人敢贸然走进这个蛋形的“怪物”里去，探险是需要诱惑的。大家纷纷挤入瓦舍之后，瓦舍内就只剩下一阵天旋地转，被旋风刮到哪里由不得你选择。

最后一次进入水雷屯瓦舍，尔朱旻旻已经加入了神圣同盟，受了系统训练，也去过其他瓦舍闯荡。华胥国已经被其他国家袭击过许多次，里面的景致和人物也有了明显的变化。她判断华胥国已经来到了自给自足的顶端，人人都是老子笔下“夫唯不争，孰能与之争”的状态。这样一个没有锐气和棱角的世界，是怎么躲过一次次袭击而日臻成熟的？尔朱旻旻这次没有急于出招，在耐心观察了一段时间后，她制定了最终的策略——召集外力，来摧毁这个内部和谐的世界。

尔朱旻旻召集了一群头戴羽冠的野蛮人洗劫了这里。这是她打通一个个边陲军镇，集结起来的没有身份、没有土地的幽灵战士，最重要的是，他们没有灵魂，他们的灵魂被尔朱旻旻封存在一个个蛋壳里。在任务结束之后，这些幽灵战士还没来得及享用胜利的果实，灵魂就被击得粉碎。

华胥国起始于“邻国相望，老死不相往来”，也完结于它的与世无争。水雷屯瓦舍的最后一幕，是弱肉强食的惨剧。那些骁勇的侵略者在灵魂被击碎之后，变得更加不可理喻，频繁的争斗几乎耗光了所有人力。战斗、饥荒、疾病，很快让华胥国成了一片荒野。

避难所的标识亮起之前，尔朱旻旻怅然若失地走在一片荒芜中，她一直走一直走，但没找到一个活物。冥冥之中她觉得这一关快要结束了。

水雷屯——天造草昧，物始生而难。在事物初生的阶段掐灭它，总比壮大之后更容易。当时尔朱旻旻按照瓦舍名称的意义，推测这一关应该比较简单，里面的世界确实和“始生”对得上号，可让它覆灭却并没有那么轻松。

一丝生机也寻不到的荒原上，结束的画面萦绕在她眼前，原来比起厮杀的惨烈，悄无声息才是最可怕的。

繁华一梦

瓦舍去得多了，尔朱旻旻习惯了各种倾颓前的景象，水雷屯瓦舍里的荒原在她心中慢慢被淡化和覆盖。人类在地球经历了一次末日，来到力微星后偏偏还要体验更多次。贫病、饥荒、战争、瘟疫都被浓缩在了瓦舍游戏里，这个游戏像脱敏疗法一样，让对地球毁灭心有戚戚的幸存者们摆脱创伤后遗症。

瓦舍见得多了，尔朱旻旻也找到了一些规律：瓦舍里的世界绝不重复，每间瓦舍都是不一样的时空，且每个时空内的元素都是怪诞混搭的。就像水雷屯瓦舍，里面有楚国的臣子、秦国的故事和距秦朝几百年后的服饰陈设。所有的瓦舍，终极目标只有一个——摧毁它们。而且这些瓦舍的名字：泽火革、风山渐、天风姤、雷风恒……全部用易卦命名，名称中也或多或少暗藏着线索。

瓦舍毁得多了，对于那些繁华盛景尔朱旻旻也越发麻木，反正都是假的。通过游戏的方式，她反复经历治乱兴衰，在力微星上，容颜不会老去，但她的内心早就是个沧桑的老者了。

各国的联合机构——神圣调停局全面管理瓦舍之后，瓦舍成了围城。普通居民想进去，神圣同盟中的有些成员想出去。普通人对于那些多姿多彩的时空还没体验够，甚至有人还没敢走进去，瓦舍游戏就成了一项官方的事业，断绝了普通人“做梦”的机会。而那些千挑万选的官方玩家，时间一长，对神圣同盟内部密集的训练考核、必须要遵守的游戏规则和拼贴的时空逐渐产生了疲惫感。尤其是犯了规之后所接受的惩罚更加剧了他们的厌倦感——一遍又一遍地甄别那些已经发生的故事，把记录仪里的通关记录拆分、整理、归类。

日复一日地“做梦”，或者不停地快进、倒退，去看那些别人的梦境，确实很倒胃口。梦是不能变成现实的，瓦舍里的世界再丰富细腻都会化为乌有，那些受罚的闯关者不理解神圣调停局为什么要大费周章地记录、解释“梦境”，这种行为显然毫无意义，他们从中既发现不了任何游戏与现实联结的桥梁、找不到梦想成真的法宝，也总结不出什么通关定律。

最具迷惑性的瓦舍，是那些大部分元素都采用历史真容，只掺杂进了少量“不合时宜”的时空。玩家往往会按照真实的历史走向去推波助澜，可结果常常事与愿违。尔朱旻旻吃了这样的教训之后，每次走进瓦舍之前，她都会默念：忘掉那些史书，忘掉先入为主的判断，忘掉所谓的真实记录。

“知识成了绊脚石，真是讽刺。”尔朱旻旻后悔没有听元莱的判断，她之前在瓦舍里还言之凿凿，认为自己对于这段“繁华大宋”的历史再熟悉不过了。

她们刚刚走出来的瓦舍，简直就是《东京梦华录》的情景再现：街坊交错，店铺、酒楼、勾栏瓦肆日夜不息，一片安居乐业的盛世之景。游戏的起点是元宵节的夜市，从皇宫门口到街廊，灯山一起点亮，锦绣流彩，廊两边的山棚画着各种人物形象，有的是神仙故事，有的是卖药问卦的百姓生活。参加完大朝会的各国使臣也出现在热闹的街市上，大辽国的使臣头戴金冠，帽檐儿又尖又长，像金色的莲叶；西夏的使臣身穿红色窄袍，佩戴着金蹀躞；还有那些长须高鼻、骑着骆驼的，一看就是回纥人。街两边，还有那些杂耍的、说书的、吹奏的，在沙地上写谜语的，招蜂引蝶、追呼百虫的，各种奇技巧术吸引着大家驻足观看，到处都是嬉笑声。勾栏瓦肆里的说书人，也都眉飞色舞地比画着。

“北宋亡于靖康之变。”尔朱旻旻对记忆中的历史记载再笃定不过了，金军南下，这个盛极一时的平民社会毁于外来的力量。如果她再仔细端详完那些山棚上的画卷，或者听一听说书人说的内容，她可能就不会这么“入戏”了，那些版画中有几幅明显不属于这个时代，说书人讲的居然是《红色娘子军》的故事。

“简老早就说过历史‘死’了，他的个人区块从他进过瓦舍之后就再也没更新过。那个时候，瓦舍还没被官方管起来。你现在的反应和他一模一样。”元莱的脑子里没有残留着史书上正儿八经的记载，她认为这里的东西太细碎，人物也很繁杂，最好的办法应该是让他们去争抢有限的资源，在内斗中消耗殆尽。无知反而没了负担，元莱不知自己是该感到高兴还是悲哀。

在游戏里，满脑子史料的尔朱旻旻决策失误了。后来她在别人的通关记录中看到，这间瓦舍毁灭的种子的确是元莱预判的内部竞争。

瓦舍全部毁灭的瞬间，会释放出五颜六色的光芒，像是无数个探照灯被同时点亮，除了刺眼的光，再也看不到别的什么。那些光束渐渐散落成一粒粒微小的尘埃，又变成一个个小光斑，在瓦舍周围的空间游走，然后向更远的地方散去。

尔朱旻旻站起身，拿起能量棒，发送了信号。瓦舍周围，其他几拨正在通关的神圣同盟成员也同时发送了信号。很快，永成公司不同站点的专业团队开始了提取养分子的工作。力微星被这些“星星”点亮的日子开始了，尔朱旻旻的战绩也实时传输回了神圣同盟，能量棒上她所能领取的营养瓶数字也立即发生了变化。她按灭了信息，连看一眼都懒得。由她主导的策略没有奏效，如果不是直接令瓦舍消失的通关者，营养瓶的数量每次都是固定的，只能算是打游戏的工钱而已。

元莱心里明白尔朱旻旻情绪低落的原因，在一个她自认为烂熟于心的历史时空，却始终不得要领。对于战利品——营养瓶，尔朱旻旻应该和她一样，不再会为激增的数字而兴奋了，“一夜暴富”的滋味儿，她们都已经体验过了。

尔朱旻旻想起了自己成为“暴发户”的经历。满天的光斑绕着她转，她定了定神，扫了一眼能量棒上闪烁的数字，揉了揉眼睛，又仔细地数了数，这才确定不是因为头晕眼花而多数了几个零。一夕之间，她变成“富人”了，没等她消化完这突然激增的“财产”，下一个喜讯又来了，神圣调停局自动调高了她的级别，在神圣同盟里，她不再是入门级的通关者。进阶之后，九州国的最高机构大宰府也向她表达了祝贺，并邀请她加入九州国的治理机构，尚书、中书、门下各有不同的职位供她挑选，而且都是头衔不低的位置。

消灭一个瓦舍，“罪魁祸首”会有无限的红利。闯关的玩家，人人都希望最后一根稻草是自己放上去的。所以当元莱有争议性地加入神圣同盟时，尔朱旻旻一点儿也不奇怪。元莱被破格录取，意味着又多了一个竞争者。而且别人经过层层筛选、使出了浑身解数才赢得了闯关的资格，她因误打误撞搞垮了第一间瓦舍，就可以越过所有测试，这机会未免来得太容易了。

在神圣同盟的成员们议论纷纷的时候，对于神圣调停局的决议，尔朱旻旻没有表现出丝毫不满和震惊。这个女人可以让自私自大的陈永成动了心，可以让萧怀明为她牺牲性命，可以未经任何准备和训练就消灭一间瓦舍，她就是可以任何事情都轻而易举，就像现在，陈永成依然在不停地对她抛出橄榄枝，只要她愿意，分分钟都可以和他共享“营养瓶帝国”。“这些眼红的人，很快就会输得心服口服了。”元莱的实力，尔朱旻旻在地球上就见识过了。

其实从日后的通关记录来看，每个玩家之间是没有什么竞争性可言的。他们根本不会出现在同一个场景中，甚至不在同一个年份。瓦舍游戏像个莫比乌斯环，交错循环，根本无法截出确切的起点和终点。进入瓦舍的人只是闯进了一个个历史带圈的不同站点，扰动了旋转的圆环，如果这干扰不够强烈，就不会打破系统的稳定，圆环会持续循环，直到被某次剧烈的扰动肢解，继而被终止。但这能造成系统崩溃的干扰究竟是哪一次，谁都说不准。

所有的玩家，都是给系统制造 BUG 的黑客。大家都在不同的地点、以不同的方式绞尽脑汁地挖着宝，谁的铲子正好铲掉了最后一抔土，谁就是那个终极通关的幸运儿，会分得最多的营养瓶。

红色“避难所”标识的亮起，就是成为幸运儿的信号。只有终极破坏者所看到的信号是红色的，其他玩家的眼里，避难所的标识是忧郁的蓝色。一旦亮起警示，就要赶快根据指示狂奔到避难所，然后在天旋地转中退出游戏，回到现实。

除了终极通关者那美妙的“暴富”体验，每个人获得营养瓶和能量棒的数量是根据在瓦舍里耗费的时长和精力决定的。当然，在瓦舍里想了多少办法、出了多少力、流了多少血汗、该得到多少报酬，这些都会根据通关记录，由神圣调停局来核准。

神圣同盟成员之间，报酬是互相保密的。除了非常亲密的队友，他们绝不会和别人交流这个信息。如果非要说力微星上也有财富的概念，那么手中的能量棒和营养瓶就是财富的标准，用这个标准来看，尔朱旻旻和元莱都是标准的“白富美”。

瓦舍有了门槛之后，只有少数人还能去体验那“繁华一梦”，也因此有了跻身“富裕”阶层的机会。大多数的居民老老实实地在营养瓶的生产线上挣得饱腹的机会，还有一些投机者，各有各的门道儿，做起了有关瓦舍的“黑市”生意，得以糊口。

当然也有一些居民完全不在意有多少营养瓶和能量棒。没有营养瓶也不会真的饿死，只会像刚来到力微星那样，死去之后经过无比漫长的时间复活，再死去，再复活，过程极端难熬罢了。没有能量棒，大不了不出门，或者出去被撞得鼻青脸肿，然后再自行恢复。这里没有真正的死亡，恢复只需要时间，而力微星上最不值钱的东西之一就是时间。

力微星上的一切都单调至极，因为食物和游戏，居民们终于有了些许区别。尽管人口有限、参照条件不尽如人意、一些评判标准很值得商榷，人们还是默认了他们最熟悉的阶层划分。大多数人都愿意相信，只有少数人才能先知先觉，让改造力微星的最终理想变成现实。

元莱从来不认为自己属于那一小撮儿风口浪尖上的引领者，她加入神圣同盟和尔朱旻旻有着共同的缘由：她们只是想在“梦境”里混日子而已。如果哪间瓦舍碰巧是她们经历过的生活，那么就可以在游戏里改写“历史”。曾经的遗憾在游戏里得到补偿，这未尝不是一种虚幻的满足。

改造力微星，还不如沉迷游戏来得实在。

养分子从天而降，下一次说不定会有土壤、种子、牛羊，再多几间瓦舍消失，也许就会多几条线索，指引人类找到驾驭力微星的机关。一万年过去了，最初的“繁华一梦”依然没实现，官方还是用这些老掉牙的愿景来安抚民众，让他们安于现状，耐心等待奇迹。

各国政府机构和神圣同盟局的管理者们，在最后一间瓦舍出现之后都十分焦虑。让力微星繁荣起来——他们始终没能实现这个目标。现在，他们把宝押在了这最后的机会上。他们只记得周易一共有 64 卦，想当然地推断游戏会完结在第 64 间瓦舍。他们强迫自己相信，完结之日，总要有点儿什么惊天动地的大事发生。

在力微星上，尔朱旻旻学乖了，她再也不会大张旗鼓地去宣扬和别人不一样的认知。她私下对元莱表示过那些推断的偏颇，因为易卦是生生不息、连绵不绝、周而复始的。如果力微星上的科技赋予了游戏无限的生命力和自主权，它很有可能不会完结在大家预测的最后一关。

如果说瓦舍里的故事勉强可以算作是通常认知中的历史，只按着它自己的逻辑不断发展，最终成为一个似是而非的世界。混乱的时间线和毫无规律可循的存续状态，与人类记忆里任何一款程式清晰的游戏都迥然不同。

人们开始觉得不是玩家在操纵瓦舍游戏，而是游戏在牵引闯关的人。

闯关的人来了又走，而游戏，或许会在不断新生的时空线上永久接续下去。

贪吃的蛀洞

我会让所有物质闻风丧胆，一旦靠近我，光也无法逃脱。我从死亡中诞生，一个垂死的恒星塌缩成无边的黑暗，就成了我现在的样子。吞噬别的物质就是我的存活方式，当然我也必须计算能吃下多少东西，不然会被撑死。靠近我的东西越多，我能选择的也就越多，但是对着迎面而来的东西张开嘴已经成了条件反射，我也恨自己为什么总会吃掉自己并不想吃的。

这颗大“鸡蛋”过来的时候，我又忘了计算，一股脑儿吃掉了很多人类的故事，有些很难消化，不得不又排泄出去。进来时它们也许是完整的，走过了我的消化道就只剩一些还原不了的碎片了。无论我事先怎么计算好维持自身所必需的能量，却还是忍不住贪嘴，所以我会死亡。

随着排泄运动，我会一点点儿蒸发掉。那些蒸发出去的被人类称为“熵”，他们把无法还原的物质和信息，都扣上了“无序”的帽子。从无序中还原有序，一直是人类的野心，但至今也没做到。我蒸发掉以后，在宇宙中飘浮的还是那些不可言状物，没有任何意义可言。

人类降落在力微星之后，把他们丢失了记忆这件事全都怪罪到了我头上。我承认，有些破事儿确实是被我贪嘴吃了，而我对于到底吃下去了什么是一清二楚的，不像这些幸存者，有些事是他们真的忘了，有些事是他们自己不想记起。人本来就是健忘的，我只是意外地加速了一些进程。

第六章　神圣调停

有行魏尔伦的诗，我再也不能记起。

有一条比邻的街道，我再也不能迈进。

有一面镜子，我照了最后一次，

有一扇门，我将它关闭，直至世界末日降临。

——博尔赫斯

记忆也会掷骰子

穿梭机在湍流层顶附近打了几转，一挺身，就冲过了卡门线。迷你舱内上百号人摇摇晃晃，像药盒里的胶囊。越过卡门线之后，舱外地板上那刺耳的哀号消失了。等人们再向外张望，发现外舱地板上刺突已经不见了踪影，簇新的绒毛在悠闲地摆荡，刚才的一切仿佛从未发生过。

气温急剧下降，人们都往中间挤，靠近“蛋壳”壁的一圈儿变得宽敞起来。元莱走到外圈儿去躲清静，她这才近距离看清楚舱壁的样子，离远了看起来平顺光滑的表层下，藏着极其微小的点状颗粒。她摸了摸舱壁，顺滑得像镜子的表面，完全没有凹凸不平的触感。她的手反复在舱壁上画了几下之后，那些点状颗粒瞬间亮了起来。与穿梭机刚起飞时，舱壁短暂的透视感迥然不同，这些颗粒连成了一个不规则的网，像是要吞掉站在舱壁下端的元莱。

亮起的颗粒之网吸引了所有人的目光。布满舱壁的网由不同形状的模块组成，而且在不停地变换位置，一会儿聚合成一个巨大的多面体，一会儿又散落成无数个碎石。

颗粒的魔方只是舱壁的“开机画面”。穿梭机跃出大气层之后，传感器把穿梭机外绝美的景象实时传输到舱壁上：半明半暗的暗红色圆球，正在被巨大的冰块轰炸，散落之后的残骸放射出彩虹色的光条；极光秀刚刚落幕，一个披着豹纹外衣的星球又转到了眼前，暗色的斑块儿中间镶嵌着金灿灿的熔岩，点亮了那些黑色的部分。穿梭机路过了浩渺的深蓝和几个或静或动的旋涡，然后在一个快速转动的旋涡边上，绕着那喷薄而出的白色棱柱转了个弯儿，驶向一片幽渺的静谧中。

摇晃停止了，穿梭机平稳前行，稳当得让人有了已经停靠目的地的错觉。舱壁上是一片深邃的墨色，连尘埃的微光也没有，气温似乎也在回升，人们三三两两地走动起来，陈永成犹豫了好久，还是决定向元莱走去。

对陈永成来说，元莱上了穿梭机完全是意外之喜，想想萧怀明的举动，又让他有了一种过街老鼠般的羞愧感。贪生怕死，这不是人之常情吗，况且他也曾积极努力地想为她争取一张通行卡。如果他还是首富，要带走几个人应该轻而易举，他极力讨好那帮“疯人”的过程不堪回首，也让他不停告诫自己，到了新世界，一定要想方设法东山再起。大家这次站在同一起跑线，他坚信能跑赢别人。

“这里像不像《白日菊》里的暴风舱？”陈永成想了好几个开场白，觉得这个最好，游戏剧是他们美好的初遇之地。

元莱沉浸在刚刚游历过的宇宙奇景中，突然有种“人生结局本该如此”的宿命感。巨大的“蛋壳”、悬空的“鸡蛋”、伸缩的云梯、笼罩的颗粒之网……穿梭机上的这些陈设让她有种莫名其妙的熟悉感，她忍不住要去抚摩舱壁，好像早就知道要这样唤醒它。

“除了外壳都是白色，哪一点儿像了？别生拉硬拽了。《白日菊》里不会死人，这里抢不到装备是会死的。”元莱很恼火陈永成打断了她的思绪，她刚刚盯着舱壁上深不见底的墨色，仿佛下一秒就会想起一个惊天大发现一般。

陈永成把她从天马行空的宇宙中拉回了苟且的眼前。

“我只想要冷静一下想想下一步该怎么办。那种情况下，我确实……谁知道后面会有这么多变故。末日都来了，过去的事情，我们就让它翻篇吧？”陈永成看元莱不再搭话，自以为是地解释他的不告而别。

“行了，纠缠这些事情，你不觉得没有必要了吗？”元莱侧过身，不想再继续对话。

“新世界，一切都会从头来过，我们……”陈永成很明显感觉到元莱的厌恶，还是心有不甘地补了一句。

“我是我，你是你。我很累，要休息了。”元莱打断了陈永成，席地而坐，闭上了眼睛。

陈永成识趣地走开了，心里想着来日方长。元莱的反应他并不奇怪，她应该还在生自己临阵脱逃的气，还在拿自私的自己和刚刚为她牺牲活命机会的萧怀明做比较。时间会冲淡一切，等她气消了，等他在新世界东山再起，等她尝够了孤身一人的滋味儿，她总会谅解自己的。

舱壁上还是一片墨海。元莱闭着眼，快速回想了在地球上的日子。萧怀明告诉她，穿梭机没准儿需要穿越蛀洞才能找到新家，蛀洞是会吸食一切的。他提起蛀洞是要安慰她，即便上了穿梭机也不一定会活下来，所以不必歉疚。“说不定有什么神秘力量突然间力挽狂澜，地球就活过来了呢。”元莱记得，萧怀明刚说完这句玩笑，地面就又剧烈地晃动起来。

不管是死了还是顺利到达新世界，她必须对自己以往的生活做个总结。元莱预感到这趟旅程会让她变得很不一样，不管日后的生活会是怎样惊天动地，她还是会永远记住与萧怀明有关的那些时光。她想起了他们一起从孤儿院到贫民窟的同甘共苦、萧怀明在她隔壁“站岗”的点点滴滴，想起了那短暂的禁闭时光。

元莱想起得越多就越害怕，她才刚刚失去就觉得万劫不复，要怎么面对今后的漫漫长路？“不如掉进黑洞，或者干脆清空大脑。”她沮丧地想。

穿梭机又开始剧烈摇晃，它一头扎进无边黑暗中之后。元莱觉得自己的脑袋好像被敲开了，撕裂般的剧痛反倒令她兴奋不已，她突然希望就这么死去，不要什么新生和未知，只要一个确定无疑的结局。从上了穿梭机开始，后悔和遗憾就不断啃噬着她的神经，逼迫她承认独自苟活是一个多么错误的决定。

元莱并没有得偿所愿。等她醒来，穿梭机已经成功越过了黑暗，来到了力微星这个“求死不能”的地方。蛀洞关上了一扇扇记忆之门，元莱丢失了许多鲜活的记忆，却对遗憾之情记得一清二楚。她丢失的，大部分都是她人生中的懵懂，至于那些她最不想记起的痛苦，反而留下的最多，那些记忆的残片里，全部都是萧怀明和她的抱憾终生。

其实之前在地球上，元莱的记忆就并不完整。她的记忆起始于一间浅绿色的房间，右边躺着一个戴着呼吸机的老者，左边站着几个穿白大褂的人。她还在琢磨着自己是怎么躺到这儿的，年少的萧怀明就气喘吁吁地冲了进来。

萧怀明告诉她，因为吃了一个包子，她过敏晕厥，昏睡了好久。她现在是孤儿院的一分子了，是萧怀明把无家可归的她领回了孤儿院。然后，她听萧怀明讲述着他们的偶遇和短短几天时间里她是如何把孤儿院搅得“鸡飞狗跳”的趣事。他还叮嘱说，看回去之后别的孩子怎么做，她学着样子就是了，千万别再惹事。

从此以后，萧怀明成了元莱的守护神和逐步适应人世间的“拐棍儿”。元莱很快就领悟到了“拥有一个完美人生”的要诀，她以为一个精致、体面、毫无差池又不断前进的完美女人，才是她的“启蒙老师”萧怀明所期待的。

孤儿院和贫民窟的日子，与元莱后来的跌宕起伏相比，显得平淡又短暂。很久之后她偶尔想起自己刚到孤儿院时的出格行为，连自己都觉得荒诞。在萧怀明还自作主张地拿回了她退给老师的报名表，替她申请了出国深造的机会，又拿出所有家当买了一张去程机票。他说等元莱回来的时候，一切都会好的。元莱不知道出国后萧怀明又在那间小屋熬了多久，她负气般几乎没怎么和他联系过。

生活的确变好了，她回来之后，住进了一间洒满阳光、窗明几净的公寓，在摩天大楼里朝九晚五地工作。萧怀明成了永成公司最年轻有为的研发人员，前途大好。元莱觉得萧怀明是刻意不想让自己见到他捉襟见肘的一面。于是，她也学着样子，只让他看见自己完美的那一面。

他们就这样从挤在同一屋檐下的亲密自然变成了有距离的生疏，从同屋变成了邻里。元莱学着那些职场精英的样子，规划好了蒸蒸日上的路线，可萧怀明却忽然急流勇退了，他从永成公司退出了。她才刚刚戴好“完美女人”的面具，不遗余力地朝着更高更强的山峰攀登，他又不想齐头并进了。

这些成为职场精英之前的记忆，统统被蛀洞吸走了。元莱脑海里剩余的人生像一部浓缩的“名著快读”，紧凑得让她觉得喘不过气。完美的形象、有条不紊的生活、一丝不苟的掌控，是标准的独立女强人。由于丢失了前半段的记忆，她一直搞不懂萧怀明对她不离不弃的缘由，她是那么若即若离、自私冷漠、寡淡无趣，而萧怀明从不问结果也从不要求什么，只是一味地对她好，永远以她为先，永远支持她的决定，永远在她陷入困境的时候第一时间赶来。

萧怀明和她，是两个世界的人，至少从她残余的记忆里看是这样的。萧怀明善良、无私、不流俗，而她兢兢业业地维护着体面，算计好了每一条路径，倒是和陈永成臭味相投。萧怀明什么都为她做了，却始终没敢越过那道界限。陈永成只是穷追不舍了一阵子，就让她卸下了防备。

元莱讨厌记忆里那个自己。她紧紧抓住了自己根本不需要的，却放掉了真正的宝贝。他们的故事缺了前半段儿，显得她冷血十足。

元莱觉得记忆里的自己错得离谱。如果不是因为末日到来，萧怀明和她，可能最终会在各自的世界渐行渐远吧。

瓦舍出现之后，人们开始备份记忆，以防哪天记忆又丢失了。元莱没有往数据库里增添一行资料，也没有开辟个人模块保存她的私人档案。

一万年过去了，元莱没有记录下任何地球上的过往，可那些关于萧怀明的种种，她一刻也没有忘记过。

幻象世界的操盘手

穿梭机、蛀洞、平行时空……这些本来与日常生活离得十万八千里的事物，成了与力微星上所有幸存者都息息相关的主题。在记忆被洗劫之后，瓦舍成了造梦的机器，动动手指就能改变“历史”，随意地改写、消除。游戏里的一个个平行时空，令参与其中的人有做了主宰者的幻觉，只不过不是创造一切的“上帝”，而是制造灾难的地狱使者。

起先人们发现力微星上多了一个显眼的蛋形“大怪物”时，都避之不及。硕大的蛋壳上，开了几个椭圆形的洞口，看过它的人，无一例外都想起了载着他们来到这儿的穿梭机。“这洞口会不会突然吐出个舌头，像穿梭机上的舌形云梯，然后就把人卷进去，带到别的地方？凭空出现这么个‘怪物’，是不是在预警着什么惊天动地的变数？它是活物还是死物？力微星是不是要灭亡了，这难不成是又一艘‘挪亚方舟’？以后是不是隔段时间就得到新的星球定居？”

人们的各种猜测越来越不着边际，各国政府悄然派出了顶尖的科学家组成了临时考察小组，探测的结果是：大蛋壳只是一块材料类似树脂的死物，没有生命迹象，也没有有害的物质。

官方对此次的探测过程只字未提，也不打算采取进一步行动，就这样默认了它的存在。大家一般选择绕道而行，但几个“倒霉”的人在出行的路上被力微星上独有的旋风刮进了瓦舍，之后和尔朱旻旻的首次经历一样，懵懵懂懂做了选择题，开始了游戏。

“力微星上出现了平行时空，人人都可以当历史的操盘手。”在尝到做梦的甜头之后，人们蜂拥而至。瓦舍里有神奇世界的消息传开之后，官方不再沉默，宣称这是科技在奔向极致路上的又一次飞跃。

那段日子，营养瓶和能量棒的生产线常常由于人手不足开开停停。人们都去游戏里吃喝拉撒了，什么九州国、金枝国、欧罗国全成了空壳儿。最恐慌的人，是那些一心想着改造力微星、忧虑人类命运的主事者们，人都没了，还谈什么重建美好家园。

即便在无聊至极的力微星，元老局也不能容忍沉迷游这种方式的无所事事，于是，瓦舍从大家害怕的不明物体、误打误撞进去的游戏屋，升级为力微星上管控最严的神圣事业。

因为瓦舍的出现，力微星上有了新的产业链，围绕游戏通关的产业多半都需要官方授权。无论是泱泱大国九州，还是弹丸小国新月，所有的国家都加入了为瓦舍而建立的联合机构，一个为了打游戏而组织起来的“联合国”——神圣调停局。

第一间瓦舍消失之后，力微星上发生的改变，顺理成章地让神圣调停局找到了冠冕堂皇的借口：瓦舍通关的确事关重大。力微星将随着瓦舍一间一间地消失而产生可喜的变化，最终会被改造成我们所希望的样子。

游戏和繁衍有了交集。无论神圣调停局的借口听上去多么缺乏依据和经不起推敲，但居民们在抗议了一阵子之后，还是乖乖回到了各自原本的生活中。

瓦舍出现和消失都没有定数，有可能明天就没了。比起一时的痛快，大家还是选择了索然无味的安稳。有本事的人，跨越了官方设置的门槛儿，加入神圣同盟，继续在瓦舍里冒险。一万年以来，神圣同盟成员的数量从无增减，神圣调停局强迫症一般严守着“139”这个数字。有退出，就要有补充；有人来，就必须有人走。

“这测试结果离我们的门槛还差得远。”

“难以想象她是怎么过的关……避过了所有需要动刀动枪的厮杀时刻？”

“根据她的个人陈述，好像根本就没经历什么厮杀。”

“她在地球上是干什么的？”

“元莱……元莱……我有印象！首富未婚妻，CU 娱乐的掌门人。”

“操纵别人的人生，这倒是她擅长的。”

“那不就是幕后黑手。”

“之前那个叫KY，那个当红一时又人设崩塌的新星，后来跳楼了，那就是她的手笔。”

“如果她能用其他手段一直所向披靡倒也不是不行，体能这些都可以练的，毕竟在这里，每个人都有的是时间。”

“我同意，毕竟是让第一间瓦舍消失的人，她一定有特别之处。”

这是神圣调停局专门为了商议是否让元莱入选神圣同盟而召集的表决会议。那个时候神圣同盟刚刚成立不久，离139个名额还差那么几人。

官选的通关者，这是合法进行游戏的身份认证，也是特殊的荣耀。通关者要通过如特工进阶般的层层选拔，才能成为其中一员。入选神圣同盟的人，也会得到本国政府机构的特别关照，会得到高级定制的营养瓶、能量棒，会享受一些别人没有的待遇，会在一夕之间变成带着光环的人。

这光环元莱根本不稀罕，她加入神圣联盟，就是为了继续在游戏里沉迷，在官方还没限制通关者的时候，她十分幸运地消灭了第一间瓦舍，不管是凭本事还是瞎猫碰上了死耗子，她都有了别人没有的资本。她也纠结了一阵子，因为实在不想重蹈覆辙，她还记得自己在地球上是怎么被推到聚光灯前，后来又怎么被陈永成连累落入人人喊打的境况的。

可是，如果不获得这个资格，她就再也没法做梦了，她在第一个梦里看见了萧怀明的脸，即便知道那不是他，她也想再看一次，或许，下一次他能换了别的装束出现呢？没有什么会无缘无故出现，元莱自从在瓦舍里走了一遭，她就觉得这神奇的瓦舍里一定还有点别的什么，与萧怀明牵连着，与她的前世今生纠扯着，等着她去发现。

神圣调停局以过半的票数，通过了让元莱加入的决议，第一间瓦舍消失毕竟有里程碑式的意义。元莱摸了摸手中的调停勋章，觉得自己离和萧怀明相见又近了一步。

“还记得我吗？”参与会议的其中一人出现在调停局门口。

“棉花？”元莱有些吃惊，不过转念一想，对于通行卡，各有各的拿取之道，没什么好意外的。

“几万年我们都没变，你还是那么幸运，可以不费吹灰之力改变规则。”棉花的语气里满是不忿。

“你还记得 KY 的事儿。”元莱叹了口气，看来蛀洞也把这段不堪回首的记忆留给了棉花。

“我倒是想忘了。你有没有发现，越是你想忘了的，蛀洞就偏要给你留下。”棉花此时对元莱已经没有了恨意，她在地球上就拿元莱没办法，而在力微星上，爱恨都显得有点儿多余。

“对不起。”元莱没有再多说一句，就转身离开了。

这句迟来的抱歉让棉花大跌眼镜。在她的印象中，元莱是个工作“机器”，从没见她露出过什么伤感的情绪，是见了棺材也不掉泪的狠角色。她最好的挚友 KY 的死，真的能够全部怪到元莱头上吗？当时元莱明明让她在真相和前程中抉择了，是她自己选择了后者，她此后顺利地按照公司给她的人设前进着，可是在鲜花、灯光、欢呼声中，她总是恍惚看见 KY 笑得肆无忌惮的脸，渐渐又扭曲成令人毛骨悚然的幽怨之眼，这双幽怨之眼像精灵一样跟着她，穿越人群，来到她的梦魇里。

如果不是偶遇棉花，元莱几乎忘了她也曾做过别人的“人生推手”。棉花和 KY 就是 CU 娱乐的两颗棋子，棉花在选秀中不幸拿到了和最好的朋友成为竞争对手的剧本。两个流量小花不停互撕，当时确实制造了不少话题。但棉花并不知道的是，这剧本的代价是一切尘埃落定之后捧出一个流量明星，而牺牲另一个。

比赛结束的那一天，就是 KY 人设崩塌的开始。事态的发展，就像米兰昆德拉《玩笑》中的小说情节。这对曾经彼此扶持、共渡难关的挚友，在预设好的敌对剧本中入了戏，慢慢有了嫌隙。事态的发展也如事先预设，棉花 C 位出道，KY 被爆出许多黑料，人设崩塌。

这个剧本并没有就此完结，KY 倍受打击，得了抑郁症，从 27 楼一跃而下，死在了去看她的棉花面前。棉花没有来得及解释一切，也没有来得及帮 KY 重建人生。棉花觉得她欠世人一个真相，但并没有牺牲自己的前途去换这个澄清的机会。KY 事件只是元莱作为“人生推手”中一个微不足道的案例。在她亲手建造的娱乐帝国中，KY 和棉花，和其他被捧到舞台中央的人一样，都是供人消遣的玩偶，他们必须根据剧情需要，站在合适的位置，而且随时可以被取代。

元莱对这些人生悲喜剧都没有什么感觉。她本来就麻木不仁，对喜怒哀乐反应迟钝，这些在她面前就是过眼云烟罢了。

元莱觉得造化弄人，她曾在地球掌控别人的命运，现在她又自投罗网，加入了神圣调停局，预备在瓦舍里继续编织故事，拨弄改变命运的指针。

她想起了意义非凡的第一间瓦舍，那里擦亮了她心里的死灰，也令她轻而易举就跨过了那神圣的门槛。这瓦舍好像能窥探她的内心，所以给了她一个再合适不过的诱饵，好让她继续沉迷。她和尔朱旻旻搭档之后，分享过彼此首次历险的经历，瓦舍的情境同样也戳中了尔朱旻旻熟悉的事物，实现了她曾经幻想过的假说。

“寄语故人情，知我心相忆。”如果游戏能读心，瓦舍会是一个补偿遗憾的避难所吗？元莱突然希望，有一天，在某间瓦舍，她最大的憾事能够重演，到时她将看到改天换地的结局。

魔法屋中的“历史”

元莱跑进“天风姤”瓦舍的时候，神圣调停局还没有成立，那个时候，“瓦舍是游戏”的消息刚刚传开，人们将信将疑，只有少数的冒险家敢走进去一探究竟。即便官方已经宣告瓦舍无害，那些在蛋壳穿梭机里目睹了抢占求生胶囊惨剧的居民们还是在观望。

瓦舍，对大多数人来说，还是需要敬而远之的庞大障碍物。第一间瓦舍还是冒险者的乐园，离全民参与的盛况还有一段距离。

元莱跑进瓦舍，是为了躲避穷追不舍的陈永成。自从登上穿梭机，他就燃起了重拾旧爱的斗志，尤其他在力微星重回“首富”宝座之后，更是加紧了攻势，反正有的是时间。

元莱从九州国搬到了泰勒斯国，又辗转到了金枝国，最后甚至打算混进对其他国家都采取“非必要不往来”政策的新月国。或无论她走到哪里，陈永成都会频繁地出现在她面前。财富的确可以延伸一个人的手脚，地球上是金钱，这里是营养瓶，只要舍得给，哪里都能生出眼线。对于一个自信爆棚的人，元莱觉得什么都讲不通。

“咱们赌一把，走进去或者试试再接受我。你要走进去，我就不再找你了，从此以后让你安静地待着，怎么样？”陈永成又犯了一个赌徒的错误，他觉得元莱再讨厌他，也不至于以身犯险。瓦舍这个奇异世界，目前还有很多不确定的因素。

陈永成已经跟着元莱绕过了大部分金枝国的路，再往前走就到那道无形的屏障——全息墙了。

全息墙是力微星上人类可以涉足空间的界限，是耗费多少能量都无法击穿的大门。吃过亏的人们，在全息墙的边缘竖起了明确的标示，像边疆的界碑。瓦舍就在界碑的旁边，它所在的位置像是在提醒人们，这里和全息墙一样，不可跨越。

元莱围着瓦舍转了一圈儿，握紧了能量棒，朝着中间的洞口走了过去。后来元莱想起这一幕，觉得还得感谢陈永成的穷追不舍，如果不是他，她是不会走进去的，她既没有那么大的好奇心，也不想再碰上什么未知的体验。算起来，助她一臂之力进入神圣同盟，又让她变成“幸运儿”的，也是陈永成。

闯入全息门之后，元莱被强大的光束刺得睁不开眼，眩晕中她觉得身上一下子重了许多，像是披上了厚重的盔甲，头部也被罩了个严实。失去知觉前，她好像看见了几个晃动的身影，耳边滴滴作响的报警声越来越大，越来越急促。不间断的报警声中，她好像听见有个声音在喊某个人的名字，可是等她醒过来，那名字是什么，却死活也记不得了 。

“南朝四百八十寺，多少楼台烟雨中。”

“百年霜露奄离披，一旦功名不可为。”

元莱记得她是选择了这两句诗里的前一句，招来了那些光束和隐形盔甲。“欢迎来到天风姤瓦舍”，她刚刚看清这几个大字就失去了知觉。

等她再睁开眼，已经站在了珠帘锦曼、金花贴地的玉寿殿。元莱下意识地摸了摸头，动了动四肢，发现自己还是之前的装束，但之前那疲惫的感觉不见了。

元莱打量了一下屋内的陈设，这像是后宫中妃子的寝殿，看这穷极旖旎的布置，这里的主人一定是个受宠的妃子。屋内散发着甜美的果香，这香味她很熟悉又记不起来在哪儿闻过。推开殿门，是片开阔的园林，园林中央有一汪池水，池水中立着彩色的山石，透过山石上的洞，元莱看到了山石那头亭子的一角，亭子内朱漆画屏风的后面隐约有个曼妙的身影。

元莱有一瞬间怀疑自己穿越了时空。冷静下来后，她想起自己点了一下闪烁的光标，而且不管她在这玉寿殿里怎么走，眼中都会看到一个闪烁着的螺旋光标。后来，她仔细观察了好一会儿，这个光标在以极其不易被觉察的速度缩短。把这些线索串联起来，这里似乎是一个比力微星还虚幻的世界。正在她思索其中玄机的时候，螺旋光标旁重复闪现起一行大字：你的终极任务是摧毁这个时空，时间是二十年。

元莱就这样将信将疑地开启了她的瓦舍之旅。她逛完了皇宫，又走进了街巷，觉得这里像是史书上的建康，那个被宦官一剑毙命的皇帝，好像在她参与制作的一部古装戏里见过——一个昏庸暴虐的南朝皇帝。光标提示她去哪儿，她就偏朝另一个方向走，在活了的史书里闲逛，体验复活的“历史”，这感觉多么美妙，为什么要去摧毁它呢？元莱根本没把终极任务放在心上，在不知不觉中，时间被浪费得所剩无几。

当元莱看见这间瓦舍的主角萧恒登场的时候，螺旋光标熄灭了。城门下，由上千甲士跟随着，骑着马一身戎装的萧恒，分明是萧怀明，可那身行头和身上的气息又是如此陌生。混战开始了，城内血流成河，元莱按照蓝色光标的提示来到了所谓的“避难所”，接下来的感觉她很熟悉，和来时的步骤差不多，天旋地转之后，她又回到了力微星，站在了瓦舍的门口，像从未离开过一样。

元莱转头看了看蛋形瓦舍的洞口，又绕着瓦舍走了好几圈。她在脑中整理了一下这趟匪夷所思的经历：这不是穿越时空，也不是白日做梦，光标、提示、时间标尺、必须完成的任务，这是官方宣称的游戏没错了。

瓦舍，好古老的名字，里面却是高科技的极致之境。这游戏难不成还能读心？几千年来在元莱脑海中挥之不去的萧怀明，带着主角的光环，就这么出现在眼前。官方为什么要弄个这样的游戏屋？这是成熟的科技，还是和居民们玩的什么隐藏实验？它刚问世的时候，为什么不大方地告诉大伙儿里面的实情，而是等人们误打误撞进去才来解密？

元莱努力回想在瓦舍中的每一处细节，但是她是怎么进去又是怎么回来的，已经记不清了。就在她试图榨干每一寸记忆的时候，瓦舍边角处的洞口吐出了一个人，瘫在地上一动不动。

元莱走过去，推了推瘫在地上的人，没有任何反应，对此她已经免疫了，刚到力微星的时候，除了她，每个人都沉睡了好久，她总比别人恢复得快。她现在要做的，就是安安静静地等待，等着这个胖子醒过来。元莱仔细打量了几遍，认出这个人就是九州国中书局鼎鼎大名的顾问简老，是数据库中拥有记忆区块链最多的人。

简老醒了过来，喝了一瓶元莱递过来的营养瓶，长长地出了口气。

“我是简伯杨。”

“元莱。我认识您。”

“九州国的？”

“嗯。”

元莱在心里在琢磨，要不要向他分享这次经历，关于瓦舍还有太多疑点。

“你也刚从里面出来？”简老先问出了口。

“对，比您出来得早。”

“天涯一去无穷已，蓟门迢递三千里。”

“南朝四百八十寺，多少楼台烟雨中。”

“看来我们去的是不同的地方。”

“咱们像不像在对暗号的特工。”

“我这个体型，当特工困难了点儿，我还是适合和故纸堆打交道。”

“我看过您的区块，您应该是力微星上拥有记忆最多的人了吧。”

“咳，山外有山……你都到了什么地方？”

“皇宫吧，有玉寿殿、城门，还有一堆士兵要攻城。”

简老陷入了沉思，自说自话：“天下丧乱，四方兵起。尔朱荣……河阴之变，潘妃的玉寿殿？萧衍讨逆？”

“一间瓦舍竟然承载了这么多时空。”简老说的那些，元莱一知半解，但是可以肯定的是，他们去的地方，年代并不重合。

“尔朱荣的帐中出现了明清的物件儿，还有历史记载他明明是肤色白皙、容貌秀美，这和我看见的丑陋黝黑的矮子完全对不上啊。那小皇帝，吟咏的居然是唐诗！”

“这就是游戏而已。”元莱劝慰简老，也提醒自己那张熟悉的脸就是游戏里的人物，切莫当真。

“游戏？设计者呢？这么对待我们的历史？！”简老有些气愤，他觉得他钻研了大半辈子的东西受到了践踏。

“您确定您的记忆全部都是真实的？一点儿误差也没有？”

元莱的反问让简老沉默了。蛀洞挖走的不仅是信息的完整性，也吞噬了人类对自身记忆的自信。

“历史死了。”简老哀伤地承认。数据库的建立曾一度让他兴奋不已，他不停地记录，把所有的心血交付出去，希望与每个人分享那些与人类自身有关的历程。“历史应该被铭记。”这个观念，是他毕生的信仰。

简老站了起来，活动了一下已经酸麻的腿，径自走了。他觉得没有必要再分享什么，之前他对残存的记忆还留着些许自信，作为这个星球上寥寥无几的对人类历史了如指掌的人，他曾盲目地觉得无上荣光。这个叫元莱的人却一语道破，人们凭什么相信他记忆的权威性？那些他反复思量、妄图恢复的真相，别人可能是当作故事和游戏来看，况且，他就真的确定，他记住的是千真万确的？人类曾经的和正在经历的生活，早晚会变成一个个没有归属的符号，像芯片的代码一样，被随意地取用、篡改、合成、消费，瓦舍的出现已经昭示了，这样的幻象时代就要来了。

属于瓦舍的时代的确来了。进去的人越来越多，大家传得神乎其神，瓦舍成了人们口中的魔法屋。

从避之不及到趋之若鹜，没有人再去追究官方那些不怎么说得通的解释，大家忙着体验这新鲜的玩意儿。

随着事态的发展，神圣调停局一步步提高了瓦舍的门槛儿。他们先是收起了自由开放的口子，瓦舍的各个洞口有了森严的守卫，进入瓦舍，必须拿出本国官方发的工时认证，一时间，领救济瓶的队伍少了，营养瓶生产线上挤满了工人。

第一间瓦舍消失之后，门槛又被抬高了，大多数人要和游戏永远说再见了。因为，大量营养分子的涌现和停滞了几千年的繁衍突然间有了起色。

游戏有了高尚而严肃的意义，门槛儿就是必需的。

这门槛儿，对于日后想加入的人来说有些高不可攀，元莱轻轻松松地迈了过去。一万年之后，游戏进行到了第六十四间瓦舍的时候，被千挑万选的通关者只剩下了九个人。

漫长的一万年里，游戏越发逼真，场景细节在升级，速度在加快，闯关开始前的选择题不见了，玩家一进去就会立即被传递到一个既定的时空。随着闯关次数的增多，游戏里的社会形态也越来越丰富。

游戏和真实，已经分不清楚了。大家开始相信官方宣扬的“人类必胜”——虽然现在还改变不了力微星上的生存空间，但我们从未放弃，一直在迂回曲折地与它的死气沉沉抗争。科技在飞速前进，瓦舍就是明证，我们的努力从未停止，终有一天，力微星上会万物复苏。

并不美好的“相遇”

五次进入天风姤瓦舍之后，元莱完成了终极任务。她去看了简老的历史区块链，认真研究了“史料”，可是对她完成任务好像没什么帮助。

“寒冬时节，萧恒天天五更天起床，批阅奏章，留心政务，如履薄冰。他这个皇帝来之不易，先帮别人打了江山，而后藏起锋芒割据一方，待养足了实力后看准时机，一击即中。北方内乱四起，南方有个暴虐的昏君，萧恒带着千军万马去讨伐南方的昏君萧榕。萧榕暴虐成性，杀人如麻，臣子们人人自危，所以昏君落难时，大臣们几乎都选择了归顺萧恒。”这些都是元莱玩出经验后，设计的线路。

萧恒的励精图治并没有那么简单。起初，他只是想讨伐昏君，为被杀害的兄长报仇，然后拥立新的小皇帝继位。直到他在深宫，瞥见萧榕的爱妃巧晖，这一眼，埋下了萧恒王朝覆灭的种子，当然，巧晖只是一个由元莱控制的棋子。萧恒的相貌，简直和她的萧怀明一模一样。这里不是永成年，没有摩天大楼和万能机，只有刀剑和战争。这个萧恒眼里的锐气和老谋深算，和萧怀明的淡然全然不同。

游戏给了元莱一个熟悉的脸孔，而把这个人的实质连同他存在的时空全都抽走，填进了别的东西，这是在提醒她，除了通关，别的都是假的。所以，当她再次见到萧恒，只恍惚了那么一会儿，就毫不犹豫地抛出了她的撒手锏巧晖。虽然是游戏，元莱也只能在她的伪装身份下，对巧晖好言相劝，进行诱导。她必须耐下性子，把游戏当成真实发生的事情，把这些粉墨登场的游戏角色当成活在她周围的真实人物。

萧恒的勤政，被认为是吸取前朝灭亡教训的自然之举，在他执政的前期，任用清廉，积极纳谏，百姓安居，政治清明，这个王朝很快达到了鼎盛时期。可萧恒还是没有办法打动巧晖，他不明白死去的前朝暴君有什么地方能让巧晖如此守节。

“他是皇帝，我也是皇帝。他是个昏君，而我是个明君。他到底有什么好？”

“明君？你现在所有的治国之道，他都用过。”

萧恒还是不甘心，他想尽办法取悦巧晖。巧晖出身市井，萧恒为了排遣她的寂寞，特意在皇宫中搭起了市集，真实再现民间生活。不久又大兴土木，为巧晖修建极其奢华的宫殿，还给她的亲族加官晋爵。他做了这一切，巧晖依旧无动于衷。朝野对勤政爱民的皇帝做出的这些不理智的行为议论纷纷，巧晖又成了祸水。因为在前朝，那位昏君也做过一模一样的事情来取悦她。萧恒的持续讨好并没有博得美人心，最终刚烈的巧晖吞金自杀，死法和昏君一模一样。

萧恒马上就要变成昏君，巧晖却退场了。“还真是个比真实生活还要难搞的游戏。”元莱有点儿沮丧，她觉得游戏开始前的终极任务根本就是鬼扯，一个王朝的覆灭哪有这么容易。比她沮丧百倍的是萧恒，他站在她的棺木前，面如死灰。

萧恒在巧晖下葬第二天，突然皈依佛门。群臣不得不捐钱给寺庙，“赎回”皇帝。此后，萧恒四次出家，四次被赎回，他不再和群臣抗争，而是到处修建佛寺，精心研究佛理，不理朝政。晚年的他，不近女色，不吃荤，还号召子民都皈依佛教。很快，国库空虚，群雄四起，叛军长驱直入，而给叛军打开宫门的正是萧恒本人。萧恒从遇到巧晖起，就觉得被一种无形的力量控制着，身不由己，他亲手葬送了江山，起因是一个一生都在抗拒他的女人。

皈依佛门、大建佛寺、突然性情大变，这些都不是元莱操纵的，一切人物的选择都是不能被随意操纵的，只能使用各种手段和装备，在暗中引导。

元莱在后来的瓦舍中也试过直接干掉关键人物，从而让他主宰的空间覆灭的方式，可这种过于直接和野蛮的路数，常常是野火烧不尽，后继者很快就会出现。一个死去的首领，并不足以让这个地方毁灭，只有彻底掏空一个地方，让它自身变得腐烂，人力难以回天，这才是通关的方法。

“草树非一香，花叶百种色。寄语故人情，知我心相忆。”这是萧恒消失在世人视野前，吟诵的最后四句诗。

笃信佛道的萧恒，内心涌动着最汹涌的欲望。江山覆灭的时刻，元莱在这个悲情皇帝身上找到了萧怀明的影子。确切地说，在巧晖吞金自杀之后，萧恒的眼神里就已经没有了锋芒，透着万念俱灰的从容，那种不疾不徐的淡定元莱再熟悉不过了，那是不选择未知而无惧赴死的萧怀明，是送她上穿梭机而没有流露出丝毫悲痛的萧怀明。给叛军打开宫门的萧恒转身走进茫茫大雾的背影，分明就是雾霭中的萧怀明，是她在机舱门口目睹的最后一眼。

元莱突然间明白了萧怀明之前所做的一切，永成公司原本就是他的“江山”，是因为自己那次意外，所以他才退出了公司吗？那间面馆不就是他躲避这世界的“佛寺”吗？还有他对这世界的疏离，都是自己造成的吗？

萧恒消失后的林间小路上，亮起了通往下一关的指示，元莱就这么不费一兵一卒地过关了。

天风姤瓦舍最终消失于一个快要跨越进现代文明的半开化世界，消失于两种截然不同的文明之间。这个世界和萧恒王朝的场景已经是天壤之别。实验室里的针剂和吉普赛人的神奇药丸，都声称自己是救世主的秘方，他们之间找不到对话共融的渠道，而元莱给原本就鸡同鸭讲的局面又添了把仇恨的火，抛出一个“唯我独大”的诱饵，这样，两种都无比自信的人群便要争个你死我活。

接下来便是天雷撞地火的生化战争，元莱逃往避难所的时候，地面上已经是杳无人烟的地狱了。

后来听尔朱旻旻解释这些瓦舍名字的含义，天风姤的主题是相遇：一男一女的相遇、不同风景的交替、天上地下的交融。相遇，这个字眼首先引起的联想不该是美好的未知吗？春风拂过花朵、一段关系的开始、新鲜的体验等。而瓦舍里的相遇是宿命的种子，开出的是毁灭之花。

“只不过是游戏！”每一个世界遭遇毁灭的时候，元莱都这么安慰自己。见得多了，她对那些千姿百态的消逝和毁灭也麻木了。

与尔朱旻旻的初次经历一样，元莱始终有个“瓦舍会不会读心”的疑问。后来即使她经历过更复杂的图景，铭记心头的，始终是那个和“相遇”有关的世界。

每当她忆起初入瓦舍的惊异和魔幻，思绪就总会扯到萧怀明身上，想起他们的相遇。关于他们最初的相遇，元莱在记忆里找不到丝毫线索。是怎样的相遇，让萧怀明对她如此无怨无悔？是来势汹汹的一拍即合，还是悄无声息的惊鸿一瞥？元莱揣着故事的后半段，却怎么也合不上一个称意的开头。

加入神圣调停局之后，元莱再也没在新出现的瓦舍里碰上一张熟悉的脸。每一次瓦舍消失时刺眼的亮光，都会让她应激般地记起地球毁灭前的一幕幕——满城的尸体、缠缠绕绕的藤蔓、戴着氧气面罩的行人……鼻尖也会飘过一抹独特的香气，是一抹奇异的果香。这味道，似乎勾起了某种模糊的记忆，她分明在某个遥远的时空，闻到过。

不可信的传奇

在地球的永成年，人们是会严格地把我们和科学数据、历史资料、真实记录区分开。虽然我们也会以史料记载为依托，但在成长的路上，我们不自觉地就会开始想象、演绎，为了让我们听上去跌宕起伏、动人心魄，总得有些曲解事实的成分。自从力微星上出现了瓦舍游戏，人们对那些辛辛苦苦从记忆中聚拢起来的历史故事更加丧失了信心，渐渐地，他们对待数据库里那些规整的历史记录，也像对待我们一样。在人们眼中，一切都成了传奇。

几千年之后，数据库中新增了瓦舍通关的传奇板块，我们的队伍又壮大了。那些瓦舍中的传奇故事，与史料板块里的版本相比，甚至有着更多细节支撑，真与伪，在力微星上是个过时的命题，享受每一个传奇，才是人们现在的态度。不能参与游戏的人，会去数据库里看那些编撰好的瓦舍传奇，他们明知我们大部分都不可信，还是沉迷其中。因为神圣调停局是不允许任何通关记录外泄的，那些通关传奇多半是人们的想象。

对于数据库中源源不断出现的我们，官方也只是睁一只眼闭一只眼罢了，因为他们也看了那些传奇，大多数根本没在游戏中出现过，有些恰巧撞上了部分情节，有些猜对了某间瓦舍的时代轮廓。那些传奇的素材，有史料板块里的“原版”故事，有口口相传的关于游戏的信息，官方不想让民众发现的秘密，那些传奇故事里都没有。

我们再怎么离奇，再怎么高产，也只是在瓦舍游戏的边缘打转，关于瓦舍的那些疑问和谜团，在我们身上是无论如何也找不到的。

第七章　最后的瓦舍Ⅱ

你的肉体只是时光，不停流逝的时光，

你不过是每一个孤独的瞬息。

——博尔赫斯

记忆竞赛

在神圣调停局经过了系统地训练和心理建设之后，每个闯关人都变得冷静多了。尔朱旻旻还记得她第一次看到瓦舍名称的时候，那难以抑制的激动心情。比起其他初进瓦舍的玩家，“水雷屯”“水天需”“地水师”……光是这名字，就让她有了无限的亲切感。后来，她根据这些易卦名称的暗示，猜中故事走向后，就越发有种“众人皆醉我独醒”的窃喜。

神圣调停局的各种课程，归结起来都是提醒大家，不要流连忘返，摧毁它才是终极目标，里面的世界都是假的。虽然这指令清晰明了，但准确无误地执行却没那么容易。通关的技巧和虚拟的案例，在瓦舍里独一无二的景致前，都变得无比苍白。树起心理防线抗拒诱惑，是一个十分漫长的过程。

玩家各有各的心思，各有各的痼疾，通关的进度在神圣调停局成立初期并不理想。大家很难在实际执行的时刻，避免沉溺其中。

力微星上死气沉沉的气氛一下子被瓦舍搅动了，拜占庭帝国最后的战役、群雄并起时期家常便饭一样的屠城、浩浩荡荡的十字军、大唐盛世、鼎盛时期的奥斯曼帝国……每个人都蹚进了不同的历史长河。

“我就站在巴黎的捷运大楼前，亲眼看见了‘红五月’的开端。”

“我被挤在‘消费社会不得好死’的标语下面。”

“我就在隔壁阳台，看着马丁·路德·金被一枪毙命。”

这是亲历者在讨论同一个瓦舍山风蛊，这些碎片是世界各地的1968年，那是红色风暴席卷全球的一年。但他们看到的只是历史的镜像，变形的影子，那个高喊着存在主义名言“我们可以做许多白日梦，可以失败，可以哭泣，可以光芒万丈，直至幻灭”的人，不是家喻户晓的学术明星萨特，而是个裹着头巾的老妇人；瓦舍里的“五月风暴”摧毁了那一眼就能叫出名的白色教堂，可是历史记录中的圣心教堂，地球毁灭前还在蒙马特山顶俯瞰着蓬皮杜艺术中心和巴黎圣母院。

随着通关作战次数的增多，眉飞色舞、喋喋不休的分享者越来越少。刺激、激动、沉迷渐渐演化成通关的战术、装备、秘籍，对每间瓦舍共性的探究和瓦舍消失后新增奇迹的理性期待。

闯关者变得理性，让力微星变成另一个地球的虚幻希望却越发强烈。进去的人不像开始那般沉浸其中不忍下手，而是努力地找寻破绽，毫不手软地毁灭它。神圣调停局几千年来的管束和训练终于有了实际的回报：改造力微星和摧毁瓦舍这两件事紧密地联系在了一起。尽管缺乏佐证，它还是成了力微星居民的共同理想。

在神圣调停局缔造共同理想的路上，那些关于瓦舍的戒条也逐渐成了神圣同盟的成员们自觉奉行的法则：按时参加课程、接受各种考核结果、不随便打听别人的经历等。其中最重要的一条，就是要保证通关记录的完整性。所有人都曾因违反这项规定而受过严厉的惩罚，记录的缺损程度决定了处罚周期。

这惩罚听上去有些小儿科，要去整理别人的闯关记录。但每个坐在暗格里，日复一日对着全息屏盯到眼睛流泪的人，都会切身了解到它确实是个很特别的酷刑。

这项酷刑的刑期有长有短。闯关者们搞不明白，他们进去之前明明反反复复检查了记录仪是否正常运转，返回后的记录还是会有明显的断裂。

保存记录就是记忆大赛。每个人出了“蛋壳”的洞口之后，第一时间就要上缴记录仪。然后，通关者会趁着记忆还足够鲜活，飞奔到神圣调停局的实录大楼，口述探险的每一个细节，如果口述的经历加上记录仪上的记录还拼凑不出完整的故事，惩罚就是必需的了，不吻合的部分越多，刑期就越长。

尔朱旻旻经历过这处罚的最长刑期。那是在她刚刚考入神圣同盟之后不久，进入了一个酷似迈锡尼文明的西方世界，因迫不及待地饱览史前居民的精湛工艺而忘了打开通关记录仪。处罚结束之前，她不能再进入瓦舍。只能坐在屏幕前，日复一日地整理别人的记录，犹如看一场场历史大片。

起先她也觉得这哪里算是惩罚，简直就是享受，像看旅行纪录片一样，体验不一样的风貌。但关卡数量和无聊的日子比，毕竟是有限的。后来，她一遍遍地看不同的人出现在同样的地方，还有那些如出一辙的毁灭方式：篡夺、厮杀、美人迟暮、英雄末路，治愈不了的疾病、清除不了的毒瘤、被践踏得不堪重负的生态……她就这么一帧一帧地看，像堆积木一样，把这些素材打乱、归类、整理。而且如果遗漏了任何细节，他们的处罚期就要呈几何倍数地延长。

虽然不明白这么做的意义是什么，每个受罚者还是照做了，神圣调停局的权威是毋庸置疑的。有的成员开玩笑说，力微星上实在是太单调了，单调得连处罚都找不到花样，所以他们就在这里毫无目的地整理。

被罚得多了，大家总结出了规律：记录的损毁是不可避免的，丢失了多少记录都是随机的。所以，人们只能想办法缩短刑期。控制不了记录仪，就只能训练记忆力，最好能练就过目不忘的本领。

人人都想变成一面镜子，能照出瓦舍的各个角落。只有记录大楼里的工作人员知晓这些声称是力微星上记忆力超群的人们，总是会记不得一些记录仪里出现过的画面。他们也百思不得其解，无论关卡的人物和故事有多么简单，时间有多么短暂，口述的人还是会略去一些重要的部分。可是在平日的训练课程里，他们中的不少人，确实已经做到了过目不忘。

瓦舍的洞口像是个过滤器，总会滤掉点儿什么，让记录仪丢失记录，让记忆丢掉全貌。

关于瓦舍，总有解释不通的机理。后来大家才明白，神圣同盟局的那些戒条，就是变相封口，禁止人们再去琢磨这些没用的问题。因为曾经唯一的那次关于瓦舍的官方发布会，就是个活生生的教训，问题一开闸就会一发不可收拾。

“为什么瓦舍消失会产生养分子？”

“就像黑洞蒸发会释放元素，这是种对粒子的大赦。一个巨型空间一旦消失，困在里面的东西就都跑了出来。”

“粒子大赦？为什么不干脆多制造点儿这些粒子装进营养瓶里去，而要通过瓦舍聚合起来，还要费劲地让它消失？”

“这个……力微星上多无聊，打打游戏不是挺好？”

“瓦舍的设计团队都由什么人构成？历史学家？科学家？生物学家？”

“团队的成员都是一直变化的，没有固定的名单。”

“游戏难道还在不停升级？”

“对，对，升级是必需的，必需的。”

“瓦舍里的内容呢？据亲历者说，那些场景没有忠于历史本来的面貌，像是信手拈来的混搭。这也是设计团队的理念吗？”

“不必纠结这些细节了，我们今天的焦点应该是科技的杰作和更加美好的未来。瓦舍里的世界——就当是历史的哈哈镜，游戏嘛，不必太认真。”

“那些味道和触感是怎么做出来的？研发的成果能不能继续用在我们的生活中？如果游戏人物逼真到了这种程度，以后这种智能工具人会不会取代我们，甚至控制我们？”

“游戏人物只活在游戏里，放心吧，我们做出来的游戏，怎么能反控我们呢？”

神圣同盟的官方发言人棉花在回答了演练好的几个问题之后，被几个记者问了个措手不及，再答下去，恐怕就不能蒙混过关了。她只是个会说话的花瓶而已，花瓶哪能知道那么多？她对什么都不会追根究底，这是在地球上就养成的生存习惯。棉花到现在还没意识到，这样的生存习惯，虽然让她活得轻松，有时却会招来大祸，就像她不假思索地选择了公司给她铺好的路，却失去了挚友 KY。这场发布会，也埋下了她日后被牵连的种子，当关于瓦舍的谎言被戳穿，她稀里糊涂地就被划进了人人喊打的队伍。

发布会之后，铺天盖地的关于瓦舍的报道几乎都用了同一个标题——历史的哈哈镜。

哈哈镜里，除了扭曲的镜像，不会再有别的，可瓦舍里是有味道的。据说，人类的感官世界，嗅觉记忆是最精密和久远的，很多记忆都是和气味联系在一起的。游戏里的时空碎片因为气味的助威而显得越发真实。雨后泥土与青草混杂的气息，篝火里燃烧的木屑的焦香，有酒有肉的饭香……这些和地球有关的嗅觉记忆，是所有游戏玩家的“气味慰藉”。这些气味在力微星上都是不存在的。

除此之外，瓦舍里还有真实的触感。拥抱的体感和温度，被胖揍一顿的痛感，湿衣的黏腻，被扬起的尘土迷了眼，被刀剑划伤的口子疼得近乎晕厥……一切都真实无比。

发布会过后，各种质疑铺天盖地而来，力微星上掀起了探密瓦舍的风潮。大家试图从各种渠道了解瓦舍的真相。

在这阵风潮涌起又平息的整个过程中，神圣调停局始终保持缄默。因为他们知道，普通民众不会有机会再去照一照这“历史的哈哈镜”，这一时高涨的热情不会保持多久。而神圣同盟的成员们，上的第一堂课就是，不该问的，一句也不要问。

搭　档

之后不久，官方便发表声明，除了神圣同盟的官派玩家，其他人不得入瓦舍。那些在瓦舍开放期间痴迷于此的人，在 139 个名额满员之前，挤破了头想要加入神圣同盟，有的人快成了考试专家，却总也通不过。

那些已经“见过世面”却被拒之门外的人，还有那些还没来得及走进去的好奇者，对于关起门来的花花世界，总是心有不甘。于是，禁令之下，有人另辟蹊径，瓦舍之旅，逐渐发展成了一个暴利又高危的黑市生意。

力微星上，在营养瓶、能量棒生产链，以神圣调停局为主导的游戏事业之外，又壮大起一股新势力。他们和正规军一样组织严密，笼络了各国的不安定分子，收纳了原本散落在各处贩卖通关记录、闯关秘籍和神圣调停局训练课程的私人生意。法外之徒被网罗之后，交易有了保障，根据货品的珍贵程度有了明确的标价，那些以前十有九假的通关记录和内部课程，现在全部能保证货真价实，那些付得起天价的客户，也一定会被送进瓦舍。

真货的代价之一就是昂贵。一分钟的通关记录会花掉一个人近一个月的营养瓶，内部课程就更昂贵了，因为会买它的人，是怀有“替补梦”的少数派，如果那 139 个人中有人离开，他便会再去搏一搏。真正称得上“一秒抵万金”的，是一趟瓦舍之旅，那不是普通人节衣缩食若干年就能攒够的数目，这些“富豪”客户，一万年来，总共加起来也只有 26 个人。

比金钱更有力量的是处罚。神圣调停局的内部人员，不断有人因为黑市交易而受了“极刑”。一个不能真正死亡的力微星，最严重的处罚方式也只能是让人日日忍饥挨饿，彻底被剥夺营养瓶和能量棒的使用权。这些人只能回到刚来力微星时的日子，醒着挨饿，饿死了再自我重生。

即便这样，还是有人前赴后继，铤而走险。买了瓦舍之旅的高级客户，通常是在某间瓦舍彻底消失的时候暴露的。瓦舍消失后，那些服饰上没有特制徽章的人会被一眼看穿。即使去虚幻之境走了一趟之后什么都没了，他们还是觉得值得。

如果没有禁令，也许所有人都希望活在瓦舍里。永远活在游戏里，比在全息射线统治下的力微星，感觉要舒坦得多。那些在管制前已经体验过瓦舍的人想不明白，官方为什么要设计这么一个包罗万象的装置，再通过它的毁灭来释放养分子。干脆就让大家都拥进去，活在虚幻的游戏里不好吗？比起单一的营养瓶，游戏里什么吃食都有，也有各种各样的口感，连饱腹之后的饱嗝儿都残留着食物的香气。

为了提高效率，神圣同盟之通关人员组成了三三两两的搭档，自愿组合，随时拆伙。如果某组搭档长时间没有任何战绩，会被强行拆开，在等待新搭档的期间，他们都不能进入瓦舍。

初次搭配的时候，元莱是被剩下的那个。因为所有人都知道，她没有经历过任何筛选，凭借第一间瓦舍消失的光环，就这么平步青云了。对所有的课程她都漫不经心，成绩落后。关于第一间瓦舍里发生了什么，她也说得轻描淡写，让人更加确定她就是撞上了好运，什么本事也没有。元莱自己也这么认为，在这些各怀绝技的同僚面前，她的确一无是处，没人会选择一个帮不上忙的人做搭档。

“我们组队如何？”尔朱旻旻礼貌地拒绝了几个人的邀约后，向落单的元莱发出了邀请。

“我？我会拖你后腿的。”元莱此时并不想和一个优等生搭档。

“游戏罢了，我只想找个熟人一起。况且，在你身上好像有点儿神秘的力量，你总会遇到奇迹，咱们谁帮谁还不一定呢。”

“谢谢你的宽慰。”

“我记得你内心感情淡漠，这样的状态最适合游戏了，不会一不小心就把瓦舍里的世界当真了。”

在力微星上她们第一次偶遇的时候，元莱说过自己是个情感匮乏的“机器人”，尔朱旻旻说得没错，这样的她与苍白的力微星契合得十分好，她要保持这个优势，才能安心地在这儿活着。

“如果你不在意我派不上用场，我当然乐意。”

“放心吧，我有信心，我们绝不会被拆伙的。”

尔朱旻旻故意做了个掐指一算的动作，逗乐了元莱。曾经的情敌，几千年之后竟成了最亲密的战友。如尔朱旻旻所说，她们之后真的成了黄金搭档，其他组的人分分合合，甚至有人换了好几个伙伴，她们还在一起并肩作战，而且越发默契。

元莱并不像她自己所说的一无是处，她是个故事大师，善于设计各种情节、装备，迅速识别故事里的各种角色，判断他们的重要性，牵引着故事走向结局。尔朱旻旻则熟知历史、身手敏捷，擅长破解各种困局。元莱的冷静稳妥会在关键时刻把她们拽回正轨，尔朱旻旻的勇敢和孤注一掷的豪气又会在千钧一发之际促成她们最后的成功。

时间是可以扭转一切的。漫长的时间竟让她们成了生死与共的关系。尽管游戏里没有真正的死亡可言，只要回到力微星，无论多深的伤口早晚会愈合。可游戏世界里的刀枪棍棒、灾害病痛造成的伤痛却是那么真实，许多通关者都有过濒死的体验。力微星上没有疾病和死亡，游戏却复原了这种体验。

元莱和尔朱旻旻在一次次面临危险绝境的时刻建立了日久弥坚的默契和信任。这也是其他神圣同盟成员不停更换搭档的根源，缺乏默契和信任的搭档在游戏中面对抉择和危险时，往往会彼此猜疑、争论不休，内耗会降低效率。

离风暴眼越远，危险就越少。可是要想加快通关速度，就必须主动进入斗争旋涡，才有机会让毁灭的因子发酵，尽快促成瓦舍的完结。进入风暴中心，搭档之间有时甚至需要以命相托。

元莱和尔朱旻旻进入地火明夷瓦舍的时候，踏进的是举世闻名的君士坦丁堡。她们在金角湾登陆，马尔马拉海还是一片蔚蓝，从四周的景致和保留下来的建筑物看，这里的确是那个后来最受游客青睐的旅行打卡地之一。但眼前高耸的托普卡帕宫却是乱入了进来，这间奥斯曼帝国苏丹的官邸是15世纪才动工兴建的，后来她们经历的攻城，那些西欧联军和威尼斯舰队，按照历史记载，属于13世纪初那次臭名昭著的十字军东征。不过这种时空错位她们已经见怪不怪了，如果哪间瓦舍和她们记忆中的历史完全吻合了，那可能才更加奇怪。

“前无古人，后无来者。”尔朱旻旻默念了一句，暗示自己不要让记忆影响了判断。这个她以前来过若干次的旅游胜地，实在是印象太深刻了。

“看样子他们准备攻城了。”元莱指着远处的帆船舰队说道。

火炮被使用之前，攻城一般用的是尖头塔车、木桶、树干之类的土办法，破开城门。而这次海战，面对的是绵延几千米的城墙，对于当时的君士坦丁堡来说，是最坚不可摧的防御工事。这支舰队从远处看上去军容壮阔，走近了才知道船上的士兵已经极度疲累萎靡，如果再想不出攻城的妙法，恐怕就要打道回府。

迅速判断局势之后，元莱和尔朱旻旻兵分两路。元莱留在攻城的这边伺机而动，尔朱旻旻混进城里，煽动守城的一方，对城下浩荡的船队展开攻击。城墙上的箭矢像火种一样纷纷落下来，逼着耗尽精力的士兵们振奋精神。看着乱作一团的队伍，领头的几人中，有两人提议暂时退守，一个像卡西莫多一样驼背，面部扭曲的老人，却坚定地表示了反对。

“就差一步了，我们离该死的热那亚人就差一步了！不能退！”这个看上去已经风烛残年的老人十分坚定，他要夺回属于威尼斯的利益。启程之前，他指着船队明确地告诉那些为了信仰而战的骑士们：“不付钱，不开船！”现在，他又坚决地要向前进发。不一会儿，混在士兵中间，体重较轻的元莱被迫成了“敢死队”的一员，他们要迅速跳过连起来的船帆，攀上城头，攻占弓箭手们的高地。虽然只露了半张脸，尔朱旻旻还是认出了自己的搭档。

“放箭啊，放箭！”旁边的弓箭手在不停催促着恍神儿的尔朱旻旻。

尔朱旻旻放了几支空箭之后，引起了同伴的不满，眼看元莱和另外一个敢死队员就要攀上来了，旁边的弓箭手瞄准了元莱的眉心。

电光火石之间，尔朱旻旻的箭抢先一步，落在了元莱的右肩，元莱就这么掉了下去，落在了船帆上。是元莱极力怂恿那个驼背老人必须攻城的，她一直在老人耳边诉说被热那亚人欺负的种种，成功煽动起了仇恨，现在她自己却被仇恨之剑射中了。

君士坦丁堡陷落后，尔朱旻旻是在死人堆里找到元莱的，她已经连张口说话的力气也没有了，她们几乎是在屠城士兵就要杀到眼前的最后一刻，连滚带爬地赶到了避难所。

之后，元莱没有问尔朱旻旻为什么要对自己放箭，尔朱旻旻也没有解释。尔朱旻旻的箭不落在她的右肩，别人的箭就会穿过她的眉心。元莱掉下去的时候，她知道就算不省人事，尔朱旻旻也会找到她。

“万一我们哪天真的死在游戏里了呢？”在后来的关卡中，尔朱旻旻也曾命在旦夕，她们顺利通关之后元莱发出了这样的感叹。

“死在游戏里，你也会拖我回来的，力微星会让我活过来的。”尔朱旻旻安慰惊魂未定的元莱。

元莱和尔朱旻旻在成为搭档之前，在游戏里并没独自面对过什么生死时刻，那些单打独斗的日子太短暂了。有了搭档之后，生死考验就这么隔三岔五地出现了，但不管多么危在旦夕，她们总会一起回到避难所。而其他人不停更换搭档的原因，除了战绩之外，最重要的是彼此在关键时刻的信任危机，但从来没有人承认过这一点。他们或主动或被动地中止合作，申请上的理由总是千篇一律，为了通关。如果谁说，关键时刻搭档置自己的生死于不顾，会让人笑掉大牙，游戏怎么会真的死人呢？

如果有一天，玩家真的在瓦舍里丢了性命，一个会杀人的游戏，会让人望而却步吗？

瓦　舍

精于易学的尔朱旻旻早就发现，瓦舍里的故事轮廓和重要线索暗含在了每间瓦舍的名字里，它们都是按照易卦的规律设置的。易卦的卦名要么暗示着这关的难度，要么暗示着瓦舍的时空背景和通关的关键。比如水雷屯瓦舍，卦名已经暗示了这是事物的初生阶段。瓦舍被官方限制之前，元莱自已进入的天风姤瓦舍，它毁灭的重要元素，就是萧恒和巧晖的相遇，上乾下巽，君王和长女的相遇，卦辞也表明“勿用娶女，不可与长也”。

火泽睽瓦舍，衰败于“反目成仇”。

山地剥瓦舍，时空背景是个小人当道的乱世。

火雷噬嗑瓦舍，关键的事件与刑罚和牢狱相关。

易卦的卦辞里，暗含着这个瓦舍的信息、通关节点、事件走向，有的卦象干脆明示了通关的秘籍。有的信息明确一些，有的信息需要在卦辞、爻辞、八卦类象的指示中仔细筛检。

最简单的象征数理，存在于最复杂的高维空间，这就是造化神奇之处。可惜的是，幸存的最后一批人类中，只有尔朱旻旻看得懂这玄妙，那些历史学家关于这种古老的文化，留下的记忆也只有概念化的寥寥几句描述，关于周易浩瀚庞杂的内涵，已经几乎湮灭了。

尔朱旻旻也没想到，自己成了独苗儿。她没有去数据库里分享这些烂熟于心的东西，因为她清楚地记得在地球上因为用“歪门邪道”断案而背的处分，她不想成为力微星上的异端，在这个科技至上的星球上，没有人会花时间去研习那些需要耗费脑力的东西，数据已经替代了所有感知，人类已经理解不了复杂演算之外的朴素智慧了。

“瓦舍的设计者中，有着和自己志趣相投的高人。”尔朱旻旻猜想着。

“火水未济……最后一间也未必是完结。”尔朱旻旻看着面前的激光墙，对元莱说出了自己一直以来的思虑。她很早之前就觉得官方的结论下得太早了。

全息墙上是已经被击溃的瓦舍——雷风恒、泽山咸、水风井、泽地萃、风天小秀、山雷颐……

“按卦序讲，也是六十四卦中的最后一卦，对吗？”元莱问道。

“孺子可教。”尔朱旻旻拿腔拿调逗趣说。

“我可没什么‘慧根’，是听你碎碎念多了，耳濡目染的。”

“这也只是我的猜测，毕竟这里的环境，各方面都和地球差异太大了。解卦讲究仰观天文、俯察地理，这里哪有什么天文、地理。”

“我也不相信这最后一间瓦舍消失后，我们会有一个光明的未来。”元莱哀叹道。

“也许真的没有未来。未济，按卦象来说是事未成，所以这一关我也没把握。最坏的情况，就像我们困在这儿一样，会无限循环，永远打不过去，只能看着它一次次地出现、消失。”尔朱旻旻若有所思地说。

“没有希望，就不会失望。”元莱心里也是忐忑的，如果这真是最后的瓦舍，萧怀明和她熟悉的生活，会不会出现呢？

“如果按卦象讲，火在水上，君子以慎辨物居方。通关的要诀应该是让事物各得其所。”尔朱旻旻推测道。

“各得其所？在人类社会中，这可是最难达到的平衡状态。况且终极任务是毁了瓦舍，要怎么各得其所消亡？”元莱觉得这是个极难达成的任务。

“不过，也得进去看看具体情况，也许答案与卦象、卦辞都无关，而是暗含在爻辞、卦序里。”尔朱旻旻回想自己这么多次预判，也不是次次都准确无误。

“也和我们进去通关的时间、走哪个洞口、第一个场景在哪里等因素有关，对吧？”元莱很自然地接话，她已经十分熟悉尔朱旻旻常常挂在嘴上的套路了。

每次她们聊起与瓦舍名称相关的事，尔朱旻旻就神道道地说着她听不懂的词，渐渐地，她记住了一些高频词句。尔朱旻旻也曾兴致勃勃地要给她“传道授业”，但她说自己没那个脑子，记不住，也分析不了那么多，还是交给机器省事儿多了。

尔朱旻旻确实证实了这些她参不透的东西的威力，她曾在进入瓦舍前就清楚描述出了瓦舍毁灭时的事件，在顺风顺水的关卡准确预测到她们必然失败的结局，也在好多个令人迷惑的十字路口选对了方向。就像这次，事关重大的最后一间瓦舍通关者选拔，考核还没开始之前，尔朱旻旻就告诉她，她们一定会过五关斩六将，如愿以偿地走进去。

神圣调停局早在最后一间瓦舍出现之前，就开始了通关者的选拔。瓦舍有了准入门槛儿后，官方设置的训练课程之一就是历史课，那些来自各国的历史学家，为神圣同盟成员恶补历史，以便于他们在关卡中能够预判故事的走向。后来，课程被叫停，因为神圣调停局发现，数据显示，这些讲课费高昂的历史学家反而让通关率降低了，那些属于遥远地球时代的线性时空的“史实”，好像并没有派上多大用场，有时候反而适得其反。

“可以基本判定这就是最后一间了吧。”

发言的是神圣调停局的局长，一个身材矮小目光如炬的老太太。这是她出席的为数不多的会议，旁听会议的通关者们也没几个见过这个几乎不怎么露面的首脑。

“对！九州国的几个历史学家都肯定这是易经六十四卦中的最后一卦。”

“这些卦还有先后顺序？”老太太似乎对这个论断并不太认同。

“应该是有的。他们对中间的顺序记不太清了，但对开头和结尾两卦，还有总共的卦数是很清楚的。”

“未济……”老太太看着全息墙上“火水未济”几个大字若有所思。

关于最后一间瓦舍的预测，只有这几个空洞的字眼儿。那些专家们已经不再敢妄下论断了？对于之前的瓦舍，他们已经闹过笑话了。瓦舍那些奇怪的名称，他们也是一知半解，猜测越多，只能越露怯。

“汉语里有个词儿叫‘同舟共济’吧，未济……没有同舟共济的意思？”老太太自言自语，却没有一个搭话。

尔朱旻旻好几次想站起来告诉这些人六十四卦的正确卦序，告诉他们火水未济里暗含了多少信息，告诉他们这些古老的智慧依然派得上用场。但元莱轻轻地按了按她的手，提醒她别那么冲动。

“希望这最后一间瓦舍打完了会有奇迹出现。靠你们了！”老太太犀利的眼光扫过后排的九个通关者。她走出会议室前，对旁座的官员低语了几句，要保证这九个人一个都不能少，因为他们将在众目睽睽之下走进瓦舍。提前做好应对方案，以防有人死去。

瓦舍是会死人的。这也是神圣调停局成立的初衷之一：掩盖这个信息，并且杜绝死亡事件发生。起因是各个国家的人口数据监测员陆续上报了那些莫名其妙消失的人，然而力微星上并不存在真正的死亡，瓦舍与死亡几乎同步出现，仔细推敲一下就很容易得出结论。

后来通关记录仪里的影像也证明了事实确实如此。所以139个神圣同盟成员，时常需要被补充，其原因并不全是正常的优胜劣汰，极少部分是发生了各种意外，再也回不来了。

这些年，官方死死地封锁着消息，把关于瓦舍的一切限定在神圣同盟的管辖范围内。只有神圣调停局内部少数高层知晓，游戏其实是一次次生死考验的历险。他们像选拔特工一般挑选通关者，加入神圣同盟的人都开玩笑说，力微星真是一个无聊到极致的地方，连玩个游戏都如此大费周章，他们的日常课程，根本就是在训练敢死队。

如果瓦舍里是一段段真实的历史，那么这些时空是怎么叠入力微星，又是怎么凭空消失的？穿越时空如何变得和走进一间屋子一样简单？这些时空又是怎么混搭起来的？如果历史其真实的样子是瓦舍里所呈现的样态，那些数据库里堆砌的“史料”又该作何解释，难道是每个人的记忆都出现了问题？这些由真实死亡引发的一连串疑问，直到最后一间瓦舍出现，还是未解之谜。

对庞大的黑市生意网，神圣调停局一直没有采取任何措施，他们给这些法外之徒起了个专属名字——游离者。这些游离者既没威胁到瓦舍的秘密，也没破坏力微星上有序的生活，反而刺激了人们更加卖力地去赚取营养瓶和能量棒，增添了给神圣调停局内部适当换换新鲜血液的机会，瓦解他们，实在没有必要。调停局只在意那 26 个“豪客”，这些人都是在本国举足轻重的人物，要不然也不会花得起这个价钱去探险。严密监控他们的动向，才能在他们殒命瓦舍里的时候，第一时间封锁消息，做好善后。

神圣调停局里知晓真相的高层，都恪守着原则，绝不走进瓦舍。他们可不愿意冒这个险。其他的官员，有的在衡量着打破规则的严重后果，有的则在揣测是不是另有隐情。

那些高层担心的事情始终没有发生，各国的豪客们都安然无恙地回来了，他们那些应急预案一个也没用上。

这场游戏即将抵达终点，真相完好无损，战战兢兢守着秘密的那些人，还以为终于快要高枕无忧了。

最后的游戏

九个“天选之子”进入瓦舍那天，是力微星上人数最多的一次集会。闪烁的能量棒海洋，五花八门的服饰，像个 cosplay 大会。元莱恍惚觉得像回到了登上穿梭机的那天，她已经很久没有见过这么多人了，这样的人山人海莫名让她有些恐惧。围观群众像看猴子杂耍一样在对他们评头论足，各个国家的人都辨认着来自他们本国的“英雄”。

“九州国真是阴盛阳衰啊，两个女的。”

“还有个首富。”

“他不算，花钱的看客罢了。”

“看来给神圣调停局赞助了不少。”

“那个是金枝国掌握技能最多的工程师，力微星上这些官方机构和达官显贵的豪华宅邸，多半是他搞的。”

“豪华？多一些机关和射线罢了，没有这些哪儿都一样。”

“怎么还有个老年人？”

“老年人？你没见过他们的宣传帖吗？他可是训练出这群人的狠角色。”

“那个女的，看着好面熟啊。”

“你看漂亮女人都面熟。”

“最后一间瓦舍里会是什么？这个游戏就这么结束了？”

“反正从头到尾我也没目睹过真容，都是道听途说。”

“以后连故事也没得看了。”

“我们只是旁观者，少了谈资而已，那些神圣同盟的通关者们会更难熬吧，他们是一直参与其中的人。”

“神圣调停局会解散吧？”

“那些做黑市生意的游离者也得跟着解散喽。”

“最后一间瓦舍的消失，会带来翻天覆地的变化，他们是这么说的。”

“如果什么也没发生呢？如果我们又回到营养分子极端拮据的日子怎么办？”

“也许会出现几万年都采集不完的原料，或者出现新的生物。别这么悲观，我们得有点儿信心，改变总会发生的。”

力微星上近乎全部的居民都在讨论瓦舍，这个做梦的机器，在这些“英雄”通关之后，也许就永久停用了。瓦舍的消失和力微星上会发生的变化之间有什么连接的机关，官方始终没有解释，人们只能不断猜疑，又不得不自我催眠。

九位玩家走进瓦舍之后，欢送的人大多四散而去，也有不少人席地而坐，看样子是打算等着英雄归来。守卫瓦舍的人觉得这些人只是象征性地坐一坐，以这种方式和瓦舍告别，待腻了自然就会走了。

瓦舍的通关时间从来就没有定数，可能几个月，几年，十几年，甚至上百年，通关者是不能掌控自己回来的时间的，没有人可以按照自己的意愿中途退出游戏，除非螺旋光标熄灭，避难所的标识出现。几天之后，那些席地而坐的人多半还在，神圣调停局强行赶走了瓦舍周围等待的民众，并且严禁闲杂人等在看得见瓦舍的范围内活动。

守卫者对瓦舍周围严密监控，生怕有人抓住这最后的机会闯进去。但其实管理局高层对于强行闯关并没放在心上，他们最担心的事情，还是九个通关者能否安全回来。

从天风姤瓦舍走出来之后，元莱就没停止过再见到萧怀明的幻想，走进瓦舍的那刻，她既希望愿望落空，这样她可以给这无休止的执念画上一个句号，又希望梦想成真，这样她就可以证明这一万年来的执着是有意义的。她就是在这样的忐忑纠结中来到了地球毁灭前的二十年。

直插云霄的摩天大楼，交错盘亘的公路，衣衫板正行色匆匆的男女，不绝于耳的人声、车流声、万能机的铃声……一切都是那么熟悉。

“我们会看见他吧？”元莱的声音很轻，眼前的景象燃起了她微弱的希望，她很害怕再次落空。

“如果我们待得够久的话，也许会。”这熟悉的场景虽然也对尔朱旻旻冲击不小，但她此刻显然比较平静。

“这种车，我没记错的话，在我创办永成之前就停产了。”陈永成指着路边一辆银灰色的轿车说。

元莱深呼吸了几下，平复了一下激动的心情。她并没有准确无误地落在记忆最深刻的那个年代，她来早了。

这关的难度也可想而知，他们那些伎俩在已经渐近纯熟顶端的现代社会面前，有点儿像螳臂当车。

“自从你加入，我们就被困在了这里。”尔朱旻旻对陈永成发泄不满，虽然她也知道通关与否和陈永成其实并没有太大关系。她只是习惯性地去故意激怒他。

陈永成看向元莱站的方向，诚恳地说了一句：“对不起！”从上了穿梭机开始，他就不知道对元莱表达过多少遍歉意。自信爆棚的人，往往会忽略最显而易见的原因：元莱不再接受他，并不是出于不肯原谅。

元莱避开陈永成，径直向前走去。陈永成只是她碰上的诸多不顺意的事情之一，像遇上倾盆大雨没带伞、项目方案被客户否定这么普通，一个逃婚消失的未婚夫，并没有成为她的人生疮疤。事过境迁之后，元莱觉得他们之间已经没有什么关系了。

摧毁熟悉的一切还是有些残忍，还好都是陌生的面孔，可是元莱还是有一种即将“亲手毁掉自己”的不适感。在寻找破绽找不到突破口的情形下，他们选择加入恐怖分子阵营。

这时候，全球已经是个共同体，国家更像是区域管理机构，所有人都是世界公民，可以随意选择和自己谋生手段契合的地方生活，财富是衡量一切的标准，一切规则和管控都是为了创造更多的财富。大家都深信科技的发展能够彻底解放人类，对人类迈向永生充满了自信。机器人已经遍布生活各方面，基本解放了人类的手脚。

与时代洪流对着干的恐怖分子，多半是被科技红利挤到边缘、无法适应智能社会的异类，他们的脑海里充塞着20世纪的边界概念，对那些已经享受了科技红利的富人们憎恨不已。那些以前只在新闻报道中见过、需要被清除的不安定分子，现在成了他们的同伴。

未济瓦舍的关卡，就开始于这个人类已经变得无所不能的大同国。大同国，与他们记忆中的国度十分相似——AI时代、永生、科技大跃进、宇航局的野心、绑定身份ID的万能机……有些地方却又与记忆迥然不同，世界公民、活跃的恐怖分子，还有用汽油的轿车……最奇怪的是，这里的人一日三餐只有五颜六色的药片和形态各异的瓶子，这些也完全不在他们的记忆清单里，在他们记忆里的永成年，食物还保留着它该有的形态，大同国的口粮，让他们想起了力微星上的营养瓶。

“药片、瓶子，下一步力微星上的改变，该不会就是多些药片吧。”游戏怎么能完全和现实重合呢？元莱恍惚了那么一阵子，立刻提醒自己清醒过来。

在立贞年，科技和财富已经把整个世界保护成了一块铁板，他们东游西逛了一阵子，仍旧觉得无处下手。恐怖分子那些东一榔头西一棒槌的破坏行动，就像给巨人挠痒痒，靠这些零星的敌对活动，离摧毁这里差着十万八千里。

“和之前那些瓦舍相比，人类的那些脆弱之处，都被机器包裹得严严实实。”尔朱旻旻有点儿丧气地总结道。

“总会找到突破口的。”陈永成进来之后的表现，一点儿也不像初出茅庐的通关者，倒像是个熟悉套路的玩家。

陈永成说对了，他们还是找到了突破口，就是煽动那些恐怖分子团结起来，干一场惊天动地的大行动。

于是，一次策划周密、轰轰烈烈的绑架行动开始了，目标是首富王立贞的儿子。强悍的女首富拒绝天价赎金，双方僵持不下。恐怖分子对他们落脚城市的市民承诺，赎金的一半将平均分配给这城中的每个市民，一时间，他们得到了大部分市民的默许和支持，俨然成了这城市的主人。

首富的背后也有一帮精英分子，坚决反对她对恐怖分子低头，这种抢夺方式一旦成功，那还会有下一个、下下一个富人遭殃。这已经不是单纯的绑架事件了，恐怖分子的举动，确实戳到了这块铁板的脆弱之处：财富的高度集中。压力之下，首富做出了一个疯狂的决定，她利用财富，把恐怖分子落脚的城市几乎夷为平地。

持久的城市保卫战开始了，元莱留在了恐怖分子的队伍里，尔朱旻旻加入了营救大军，陈永成则混进了首富的医疗团队。谁也没料到，恐怖分子不得已成了城市的守卫者，他们现在也有些骑虎难下，后续的事情，和他们绑来的孩子，似乎一点儿关系也没有了。

那孩子坐在窗户前，一点儿胆怯的样子都没有，好像周围端着枪的悍匪都不存在。他目不转睛地看着元莱，眼光随着她的一举一动而移动。

元莱被看得浑身不自在，她回头看了一眼这孩子，可他丝毫没有退却的意思，依旧肆无忌惮地打量着元莱。

这孩子已经一整天不吃不喝了，嘴唇已经干裂了。他已经得知了自己被放弃的消息，但一点儿也没有表现出害怕和伤心的样子。

元莱有些同情这孩子了，她递过去一瓶水和一小盘药片儿，这次这孩子居然没有像之前对待别人那样把递过来的东西打掉而是接受了。

“我见过你！”男孩的笑容舒展而灿烂。

元莱心里涌过一丝暖意，这目光是那么真诚、善意和美好。

“这是游戏！”元莱默念一句，目前她的任务是静待争端升级。

本来一起简单的绑票勒索，升级成了对富者的讨伐。陈永成又给这剑拔弩张的态势加了把火，他在女首富的药里做了手脚，让她看起来像由于急火攻心暴毙而亡。

一夜之间，所有人都从旁观者变成了战争的参与者。这场政府默许的对恐怖分子的征讨，最后还得靠大同国的联军收场。战役被联军平息，但是在两个超级大城市已经变成废墟后，联军才出面收拾残局。

未留下任何遗嘱的首富留下了巨额财富，其中一部分被政府用来无偿资助有潜力的各类研发团队，大同国的政府觉得这些投入将来能带来巨额的回报，一些项目也许能改变人类的未来。陈永成很容易就拿到了资助，他那人类“永生”的宏大理想蓝图，加上一个他在地球时就已经成功研发出来的抗癌药方，显得是那么真实可信又令人期待。

元莱和尔朱旻旻认为是监工和看客的无用之人，成了通关的功臣。这些天降的财富，打着疗愈人类所有疾病的幌子，被用来研发足以毁灭地球的超级细菌。

陈永成在游戏里又成了世界的焦点，一个从政府手里骗了一大笔钱的恐怖分子，集结了浩浩荡荡的追随者，带着细菌培养皿和自己的部队，到处流亡。拥有了如此传奇的经历，全世界的恐怖分子都视他为精神领袖，为他打掩护。其间，他们遭遇了数次惨烈的战役，但大同国政府始终没能如愿，这些丧心病狂的恐怖分子就像擦不去的污点，成了政府的心病。

除了以陈永成为首的幽灵一般的恐怖分子，世界的其他地方也并不太平，许多年从未有过的局部骚乱、莫名奇妙的污染物泄漏、不明病毒……这些新闻报道中的各类人祸，仿佛在立贞年过去之后一下子层出不穷。这些蹊跷的灾祸，说不准就和神圣同盟的同伴有着某种勾连，元莱在看到这些报道的时候，总是这么无端联想。他们是在和那些降落在世界其他地方的其余六位通关者赛跑，看看谁幸运地成为那让一切崩塌的最后一棵稻草。

首富的遗孤就这么跟着恐怖分子四处流亡。他总是喜欢黏着元莱，不声不响地跟在她身边，眼里只有她，即使面对厮杀、死亡和颠沛流离，也无动于衷。他超乎年龄的老成和异于常人的淡定，反而让元莱觉得这孩子才是她的定心丸。

一次被围剿途中，元莱为了保护小男孩，连累了大家撤退的进度，螺旋光标忽然发出了警示，他们不得不进入避难所，退出关卡。

回到力微星之后，元莱没有为通关而忧虑，反而担心着小男孩的命运，她倒下以后小男孩去了哪里？有没有活下来，顺利地长大成人？下一次他们再回到瓦舍，又会站在什么时空？她和这个孩子还会不会再相遇？元莱既渴盼又害怕，心里隐约觉得他还会出现在瓦舍的故事里，又不想在这个结局已经注定是毁灭的大戏里看到他。

在瓦舍里，元莱总共有两次深陷进了剧情。第一次是在天风姤瓦舍，她看着萧恒的脸，无法不想起萧怀明，但她很快就把自己从这该死的怀旧情绪中拉了出来，帝王将相的故事，与她曾经的生活没有半点重合。这一次，时刻保持理智似乎没那么容易，这孩子身上有种让她觉得非常亲切的气息，不自觉想靠近。

“下一次进去，拿出细菌培养皿，找到合适的宿主释放出去，我们的任务就完成了。别再为别的东西耽搁了通关的正事。”陈永成这是在提醒元莱，他心里想着如果再进去，千万别再碰到这个害人的孩子。

“我们再进去，也许是五年、十年甚至百年之后的场景了，培养皿也许早就成化石了。”尔朱旻旻表面上是在给陈永成泼冷水，实则在变相安慰元莱，这孩子就是一个游戏里的小插曲而已。

“如果下一次我们要毁灭的是自己呢？毁灭我们全都记得的那些生活。”

“瓦舍里都是幻象，沉浸在幻象里，不如改造现实。游戏里哪来的真实生活？”陈永成对改造力微星还是抱着无限的希望。

“你在哪儿都是改变世界的强人。”尔朱旻旻用嘲讽的语气对陈永成说，这次通关，她和元莱已经成了配角。

“如果再进去不是我们离开的那个年代，恐怕一切都要重新来过了。”陈永成根本没有在意元莱的感伤和尔朱旻旻对他的厌恶，他满脑子都是怎么通关。自从他主导了之前的进度推进，又意气风发起来了。入戏的也并不仅仅是元莱，陈永成在游戏里又体验了一次东山再起的感觉，这一次他制造的是夺命的细菌。

游戏并没有太捉弄他们，再次进去的时候，还是那个他们离开时的世界。细菌培养皿依旧在陈永成隐藏好的地点，安然无恙。那些恐怖分子依旧活跃，在得知下落不明的领袖回归之后，之前跟随他们的人又闻风而来。

时间只是过去了几年而已，唯独那个让元莱牵挂的小男孩彻底消失了。一切都变得越来越熟悉，元莱总觉得哪里不太对劲儿，又找不出是哪儿出错了。

“微小的细菌释放出去，找到宿主之后，它会频繁分裂，直至超过星球的重量，使它彻底毁灭！”超级细菌培养成功的指示条上，附加着这样一句说明。

“彻底毁灭！看到了吧，快到终点了！”陈永成有点兴奋。

“你确定这是最后的关卡？”尔朱旻旻在光标亮起的那一刻偷偷地起了一卦，卦象显示的并不是完结，而是反复。

“肯定是，‘彻底毁灭’，这指示够清晰了！我们会赶在其他人之前让瓦舍消失！”陈永成十分笃定。

“如无意外，这个瓦舍就会消失了。”元莱的语调里，有些哀伤和不舍。

元莱莫名伤感起来，这里的一切都和她曾经生活过的地球太相似，还有那个小男孩，她太想看一看他有没有安然无恙地长大成人。然而，让所有人沉迷于其中的瓦舍游戏就要完结了，他们有幸成为官方选定的“终结者”，希望如人们所愿，这一切结束之后，力微星上会有奇迹发生。

“我找到他了，在一个孤儿院。他长大了，过得很好，还有了心仪的玩伴，以后他们会幸福的。”尔朱旻旻对元莱说，“别太入戏，这只是游戏。”

元莱感激地看了一眼尔朱旻旻，感谢她体谅自己的心思。

瓦舍消失，里面所有虚拟人物的人生也就到此为止了。

元莱还是没忍住想要亲自确认一眼的冲动，她去了孤儿院。阳光下，一对看不清面庞的少男少女在嬉笑着。

男孩说：“我会陪着你、保护你，直到世界末日。”

女孩笑着跑开了：“才不要，我可不想看到世界末日！”

男孩快步跟上去：“那我就陪着你，到你变成老婆婆，满脸皱纹。”

他们来到了一堵矮墙下面，男孩先把女孩托了上去，跟着自己也跳了上去，坐在了女孩旁边。

女孩看向墙外：“那更不要了，满脸皱纹，好丑。”

男孩指了指天空："那以后只能送你去不老不死的天堂做神仙了，哈哈哈。"

女孩若有所思地看着男孩："做了神仙，就是我保护你了。"

男孩突然很认真地看着女孩："小时候救过我的女英雄，就长你这样。"

女孩被逗乐了，跳下了矮墙："女英雄？哈哈哈，那以后，我来保护你吧。"

男孩在后面追："当心啊，下次不许这么跳了，小心崴了脚，你慢点儿。"

女孩越跑越近，元莱一怔，使劲揉了揉眼睛，那分明是和自己一模一样的脸，只不过多了点儿胶原蛋白和稚气。男孩随即跟了出来，那善意和美好的目光，分毫未改，在颠沛流离的日子里曾是她的定心丸。这是她梦里的萧怀明，那个和她残存的所有记忆碎片都拼接不起来的萧怀明——稚气未脱的少年，充满活力，又无所畏惧。

梦里的人，就这么走了出来。元莱的执念在她最没做期待的时刻，倏忽间出现了。

萧怀明怀着希望的幸福表情扯得她一阵阵心酸，无论是在地球上，还是在这诡异的力微星上，老天都在和她开玩笑。

瓦舍里的模具

在地球的永成年，我们已经遍布人们生活的每个角落。不仅是各类生活用品，就连各式各样的人体模具也在不停地翻新，这些人形模具最后都加载上了机器之心，成为合格的智能机器人，应用于公共导航、监测、采集数据、短途运送、家用娱乐等，悄无声息地占满了人们的生活。那个时候，极少部分的人形模具，形态逼真，价格昂贵，能够执行简单的指令，放在家里是个新鲜时髦的摆设，与一般的家用智能机器人相比不够经济实惠，只有那些富人才会买来当个消遣。

无论外形多么渐近真人的样子，我们还是模具。与那些全息影像中的物件和人影不同，我们是有触感的，是实在的存在。关闭开关之后，我们只会静止，而不会消失。即便人们看得见也摸得着，我们还是和那些虚幻的影像一起，被划归为没有骨血、没有生命的假东西。

假的真不了。我们，只是人们模拟生命的工具，他们才是主宰者。

我们也没想到，时间颠覆了我们的境遇。来到力微星之后，瓦舍游戏里的模具，不仅看得见摸得着，还有了味道和骨血。我们体会到了生命的滋味儿，声色形俱全原来是如此美妙。人们再也不说什么“假的真不了”之类的瞧不起我们的话了。

游戏里的人形模具，杏眼蛾眉、身姿曼妙、顾盼神飞，简直比那些玩家还要有精气神儿。更妙的是，我们也会泪光点点、汗如雨下、血脉贲张。有个初入瓦舍的玩家，第一次拿剑刺向一个人物模具，看着眼前的模具倒地后，摸了摸还有余温，衣襟上也有被喷上的鲜血，一脸惊异和茫然。“我杀人了吗？”当时他是这么自言自语的。

假亦真时真亦假。玩家们分辨不出真假，干脆把假的当成真的。时间久了，他们不再纠结于“这么真实的模具是怎么制造出来的”这样无解的问题，走进瓦舍，我们就是真实的，走出去之后，我们就不复存在。

在瓦舍游戏里，我们有了生命，和人们一起哭、一起笑，并肩作战或者剑拔弩张，人们有时是朋友，有时是敌人，但再也不是主宰者。我们看着一波又一波的玩家，来了又走，在游戏的世界里，他们只是过客，而我们才是主人。

第八章　无限的阶梯Ⅱ

制作宇宙节本那骇人的蓝图
在独一无二的书中，那无限的热情
他树立起他的样板，高尚而
激昂，提炼着，说出最后的诗行。

——博尔赫斯

终　章

守画是力微星上的通关大Boss，这回却成了游戏屋的暗中保护人。当她看见明怀笑年少时的脸，便明白了一切，她们要毁灭的果真不是梦境，而是她的生活。时间线和守画开了个玩笑，她不了解故事的起点，游戏的开始，明怀笑还是个孩子，难怪那孩子如此亲切，难怪那笑容如此熟悉。蛀洞夺走了他们童年的记忆，一万多年了，守画陷在结局中，一遍遍责问自己，为什么做了一个如此错误的抉择？现在真相大白了，这是个开始就编排好了的故事，始作俑者是她自己，是她亲手掐灭了幸福生活的火花。

萧怀明在他的黑皮本上继续写着《力微星历险记》未完的结局，这是他在山摇地动的日子里，唯一的慰藉。末日不会让他死得像一枪毙命那么干脆，饥饿、寒冷、疼痛轮番折磨着他，逼迫他自我了结。

可萧怀明有个执念，他就是要坚持到生命的极限，“和地球共存亡”是他把生的机会让给元莱时，为自己打的一针麻醉剂——和地球同生死是多么悲怆！他要坚持着，看够这末日的景象，牢牢地记住，将来在某个时空，把这旷世奇景讲给元莱听。文字是他应对恐惧的最后武器，只要他的手还能拿起笔，他就要不停地写，他和元莱这辈子有缘无分的遗憾，都被弥补在了小说的结局里：

不是所有的生物都适合做超级细菌的原生体，他们按照线索找了很多地方，结果都无法达到迅速繁殖、大规模传播且无法抑制的效果。

守画从中作梗了许多次，以致他们寻找细菌原生体的任务总是出各种各样的岔子。同伴们发现守画故意拖延进度时，游戏里的明怀笑已经改变了人生轨迹，走上了另外一条岔路，这条路上，他不再是等待多年的备胎。守画引导了游戏里的自己先对明怀笑表白，他们成了青梅竹马的爱侣。这条路上，没有出现守画日后的未婚夫，因为被表白后的明怀笑在爱情的鞭策下，斗志昂扬，自己奋斗成了首富。守画旁观了自己的“另一种人生”：一出校门就嫁为人妇，成为贤妻良母相夫教子，过着与世无争的幸福生活。

女主在游戏屋里终成眷属。这样的结局似乎跟《力微星历险记》悲观、暗黑的风格不搭。萧怀明停下笔，撕掉了这一页，他鄙视自己求而不得，只能通过文字发泄。他原本设想的小说结尾并不是这样的，况且，他的文字既不能决定元莱的未来，也改变不了世界。

穿梭机那头的世界，已经和他这个将死之人没什么关系，除了写点儿字来打发时间，在末日来临之前他什么也做不了。这和他想象的弥留之际一点儿也不一样，按他的想象，应该坐在洒满阳光的草地上，回忆着他这辈子和元莱从开始到诀别的种种过往，然后，被一颗闪着火焰光芒的飞石击中，瞬间就化为灰烬。这些天，他的想象被现实击得粉碎，眼前除了乌突突的废墟，一切有生机的颜色都消失了，他即将成为这荒原上的一堆粉末了。

写什么其实都不重要了，地球毁灭之后，所有的东西都会灰飞烟灭，这个黑皮本上的内容也根本没人会看见。此时此刻，人类所有的痕迹都被磁暴、断电抹得干干净净，计算机、机器人、云端等这些设备中的档案都不复存在。只有这个纸质笔记本，还见证着萧怀明的过往，那爱得十分卑微的过往。他刚刚撕掉的结尾，便是游戏里的守画代替他说出了这辈子没来得及当面对元莱表达的情意，他还是只能通过这种虚幻的方式来完成他的另一种人生。

萧怀明直到元莱登上穿梭机前，也没有大胆地说出他的渴望，这辈子他总是在一厢情愿地为元莱瞻前顾后。“思索的巨人，行动的矮子”是他给自己一生的总结。

在火水未济瓦舍里，元莱终于看到了她遗忘的那段童年。游戏中的场景，和她的梦境、记忆里的蛛丝马迹糅合起来，捏成了一个她想要的真相。

又一次进入瓦舍之后，元莱又成了通关的绊脚石，她总是有意无意地拖延着寻找超级细菌寄生体的速度。“未济，未完成，没有完结……”她脑子里总是想着尔朱旻旻对最后这间瓦舍的猜测，从她上一次从瓦舍出来之前看到年少的萧怀明和少女元莱之后，她就把这“未完结”的揣测当成了定论。她觉得未完结的，是自己和萧怀明之间的故事，可能她之前想错了，一万年来，她一直纠结于这刻骨铭心的情感是从何源起的，现在她越来越强烈地感应到这故事或许还没走到结局。

回忆在她身边像花瓣儿一样层层展开，她无法抗拒去浇灌它们，好让它们绽放出极致的诱惑。把脑海中的记忆碎片安插在游戏里陌生的情节中，像断了的记忆珠链一下子串联了起来。一个立体的萧怀明慢慢浮现出来，她贪婪地想要再多留一会儿，多看一些，游戏已经展示出了他们的渊源，她更迫不及待地想看看后来的故事，她和萧怀明是在什么时候起渐行渐远的呢？故事的开头这么浪漫美好，后来她怎么就狠下心来放弃了本该最珍视的东西？

元莱最初还强压着心中那些火苗儿，不停地提醒自己，瓦舍里都是假的。后来梦中的萧怀明跑了出来，她就把理智统统赶走了，游戏和现实，她再也不想费劲去辨认孰真孰假了，她已经被孤独和思念煎熬了一万年，即便游戏全是假的，把它当成真的又何妨。

螺旋光标的闪烁频率越来越快，闪得人心惶惶。为了速战速决，尔朱旻旻提议他们三人去不同的地方寻找合适的寄生体，成功后会合。元莱根本没想着完成任务，她在这有限的时间不知道能补回多少失去的记忆。

元莱像个出窍的魂灵，成了自己生活的旁观者，她本想做个安静的观众，不动声色地看完她丢失的人生，但当她发现游戏里的自己站在了人生分岔路口的时候，重来一次的机会诱惑着她参与其中。如果从一开始，她的世界里只有萧怀明，没有别的纷繁世界，是不是就不会变成后来那个被现实裹挟的女强人？萧怀明又会是什么样子呢？在现实中，她和萧怀明还没真正开始，就已经画上了句号。面对这重来一次的诱惑，她太想体验一下未知的风景了。

元莱引导游戏里的自己先对萧怀明表明了心迹。这一次他们是两情相悦，她是幸福的主妇，他是保护她的骑士。元莱生了第一个孩子之后，周围的世界变得熟悉起来，有些场景和记忆中的片段重合起来，可又不是那般严丝合缝，总有些细节和她脑海里的现实有出入：萧怀明领到第一个月薪水的时候，送她的第一个礼物，是个奢侈品手袋，而在现实里，萧怀明挣到第一笔钱后，送她的是个费尽心思淘来的古董相机；萧怀明不再温润如玉，而是变得直接、进取，争分夺秒地想要变得更强，他在拼尽全力积累财富、维持体面，这个萧怀明简直就是陈永成的翻版。

永成大楼变成了怀明大厦，永成年变成了怀明年，陈永成从这个故事中蒸发了，取代他的是年轻有为的首富萧怀明。唯一没变的，是萧怀明对元莱一如既往的好，他是个完美丈夫。这个无可挑剔的萧怀明，反倒让元莱越来越清醒地意识到，这和那个安然接受死亡的萧怀明，只是长了同一张脸罢了。

天风姤瓦舍的萧恒和这间瓦舍里的萧怀明，都不是元莱记忆里那个人了。

“终究是镜花水月。”元莱劝慰自己，梦中的人变了形，梦就快要醒了。

陈永成发送了信号，召唤她和尔朱旻旻会合，他已经找到了合适的地方。元莱的梦，终于要结束了，不管是记忆里的萧怀明，还是游戏里她的另一种人生，都会随着螺旋光标熄灭。

停尸房里，腐烂的尸体蜷缩成一个球，尸体上脓疮遍布，像一个大马蜂窝。这死状陈永成记忆犹新，一万年过去了，那一个个马蜂窝还是时常跳到他眼前，让他想起最后那段不怎么光彩的时光。

“尸体滋生细菌，是完美的培养皿。”这把他彻底拉下神坛的恶心东西，居然是超级细菌的温床，那他的药不就是地球毁灭的元凶？这只是游戏，陈永成提醒自己，可是尸体扭曲的形态和记忆中分毫不差，那躺在第一排第一个的尸体，脸上有十三个“马蜂窝”，他清清楚楚地记得当时也数了的，也是十三个，倒霉的十三，当时他的心里是这么想的。除了故事的主角，细节几乎踩遍了他记忆里每一个痛点。

“这是……永成公司的受害者？”尔朱旻旻看着其中一具尸体，惊叹不已。尸体的脸已经惨不忍睹，但她记得那手臂上独特的文身：一条红色的一头两尾蛇，那狰狞的面孔让她当时看了一眼就浑身不适。这个人是她在贫民窟里曾擦肩而过的一日游的导游，那天，她犹豫了好久，还是走进了元莱的故居。

记忆里的未解之谜——她染上镜面病毒的源头，游戏给出了一个合理的解释。这巧合让她觉得太狗血，她在那个被陈永成称作“阴沟”的地方待了那么久也没中招，怎么也没料到会在这个阴沟里最干净的地方染上了病毒。游戏里的情节在围绕着她真实的记忆展开，这让她觉得毛骨悚然。

“没错！让我一夜之间一无所有的受害者。不过，这只是游戏，我们都不要对号入座。”陈永成的回答打断了尔朱旻旻的思绪，他看了看元莱，这句话他也是对元莱说的。

这些场面很容易让他们想到现实的过往，在他努力保持清醒从中找破绽的时候，他觉得元莱也应该有一样的挣扎，毕竟他们的过往里有那么多重叠的部分。静静旁观自己的人生是一件多么熬人的事情！

当他看见永成大厦那熟悉的玻璃转门，陈永成有种抑制不住地想要重启人生的冲动：叫停新药研发，在一发不可收拾之前刹车。但玻璃转门上的大字很快让陈永成清醒过来——怀明大厦，在这里，有他熟悉的事物、生活，但主角不是他。

“我现在想要和你调换生活，是不是很无耻？”陈永成想起了一万年前，他在万念俱灰的时刻，对身旁的萧怀明发过的牢骚。而在这间瓦舍里，萧怀明果真过上了他的生活。

所以，那个让他恨得牙痒痒的停尸间里，只有掩面顿足的萧怀明，承受着当年他所承受的痛苦，这又让陈永成有些庆幸。

既然是游戏，一切都只是游戏中的工具，他们三人这样自我安慰。

至于这游戏到底是怎么如此精确地再现了他们曾经生活的图景，非要搞清楚这些也没什么意义，力微星上的不可思议他们已经见识得太多了，神秘力量在这个地方像风力、电力一样普遍。

超级细菌已经放置在了最合适的地方，很快他们就要通关了，这个瓦舍会像其他瓦舍一样只留下满天的光斑。

接下来的场景，又和他们的记忆重叠了：地球被超过正常体积数倍的动物尸体和枯死的植物所占据，整个世界的生物都在争夺氧气，那股尸体散发出的诡异的香味又要把他们拽入这场“假戏”中，元莱掩住了口鼻，默念着，快结束了，就快结束了！

超级细菌袭击地球之后，地震和海啸一起袭来。在山崩地裂中，红色的避难所标识亮了起来，他们成功了。

燃烧的火焰噼里啪啦地落下来，火焰雨把整个天空照得通红。

火光熄灭后，大地沉入了冰河，落入无尽的黑暗之中。厚重的盔甲罩上来的时候，元莱才想起来，她或许该留在外面与地球共存亡。

瓦舍消失了，走出瓦舍的他们心有余悸。与毁灭擦肩而过，这么紧急地奔向避难所的情况，他们在其他关卡中已经很久都没碰到了。那些真真假假的记忆如排山倒海般涌来，一时间，他们无法把自己从那末日之景中抽离出来，那场面太过震撼，元莱曾无数次想象过地球的最后时刻，原来竟是如此简单粗暴——瞬间掉入黑暗。

萧怀明跌入黑暗的那一刻，手里还拿着他那个黑皮本，其中的一页日记这样写道：

今天我按照你的形象创造了我的女主人公守画，惩罚你对我这么多年的折磨，是你的转变和冷漠塑造了一个瞻前顾后、没有脾气和骨气的我，让我一直活在你的影子里。现实一次又一次地告诉我，你早已不是当年那个雪地“精灵”了，孤儿院只是个虚幻的伊甸园，而我一直走不出去。每次现实叫我醒来的时候，心底里却有个坚定的声音叫我继续沉醉，仿佛我们只是走差了时空，仿佛你会在另一个地方，像我深爱你一样念着我。

力微星上没有我，没有家，也没有那些人间烟火气，只有虚幻的游戏和无止境的时间。守画，她只能活在记忆阴影里，被困在无始无终的空间里。这应该是部有些阴暗的科幻小说，对于我，却是对现实的一种补偿。停不下的等待，说不出的表白，莫名的懦弱，无法在现实中化解的死结，都扭曲成了小说里的情节。而我，可能永远也不会对你诉说这些无奈和挣扎，就像我的守画，永远不能和另一个时空里的爱人相守一样。时空，就是折磨人的游戏。

这小说的结局该怎么写呢？我在想，这小说的终章，应该完结在我放弃爱你的那天。

序　幕

UR 年的一个下雪天，年少的萧怀明第一次体验到了宿命的神奇，之后他的生活就陷入了混乱。有时他觉得自己就是带着某种魔咒出生的，老天在给予了他某种离奇体质的同时，也赋予了他面对这些非常情况时与生俱来的淡定。萧怀明并没觉得含着金汤匙出生有多么幸运，他从记事起就被各种陌生人簇拥，司机、保姆、保镖、私教……母亲在他的成长过程中常常缺席，记忆里都是些来了又走的人。常年与陌生人相处，让他小小年纪就很老成。

所以，当他一下子从天上跌到地底，跟着一群恐怖分子流亡时，也没觉得有多么难挨。孤儿院里的粗茶淡饭和儿时家里那些严格按照食谱制作的料理，一样能填饱肚子，孤儿院的老师和宿管与之前那些私教和保姆也别无二致，都是他身边的过客罢了。萧怀明从小就习惯了，到了一定的时间，身边的人总是会换的，他从不哭闹着去祈求什么东西，也从不挽留什么。

遇见元莱之前，无论周遭多么波澜壮阔，都激不起萧怀明心里的一丝涟漪。在他的生命中，内心的起起伏伏，几乎全都与元莱有关。在他幼小的心里投射进第一道温暖的，是那个长得一点儿也不像绑匪的干练女子，他看到她第一眼，就想靠近她、信任她，就觉得她会保护自己。他童年里最幸福的时光，就是和这个他想要紧紧依靠的“绑匪”逃亡的日子。

如果非要追溯萧怀明这一生的种种离奇，故事的起因就是他儿时遇到的这个只有代号的女子，她就像是个故事里的人，在非常的境遇中突然降临，又在某天消失得无影无踪。

萧怀明数着那个人消失的日子，觉得他们的故事并不会就这么结束。他数到脑海里那个人的形象渐渐变得模糊，数到觉得那些日子可能就是一场梦。孤儿院的高墙隔绝了他不切实际的幻想，他长大了，在平淡的日子里，长成了一个翩翩少年。那个逃亡故事都快要被他遗忘了，可那个企盼着再见到的人，却迟迟没有出现。

萧怀明打消了离开孤儿院的念头，习惯了这里单调又充满约束的日子，每周五都会出现在饭桌上的饺子让他觉得踏实。他早就发现了高墙角落的暗道，走进去会穿过一段荒无人烟的小路，然后会看到一片宽广的空地，后面是黑压压的树林。这暗道后面的荒地是他的秘密基地，他喜欢在树林里游走，像是玩迷宫游戏。但每次他都会神不知鬼不觉地回去，从没想过要离开。

萧怀明原本以为今后的日子应该就是这个样子了。可一场大雪送来了他的缪斯，他的心又起伏不定了。那天的秘密基地美得像仙境，只因有一个“精灵”在雪地上蹦蹦跳跳。当他走近看清了后，惊讶地发现，这张脸和他记忆里那个“绑匪”的面容十分相似。少女告诉他她是来拯救地球的宇宙少女，她的胡言乱语和眼前的情景吻合得恰到好处，慌张又认真的表情让人忍俊不禁却又不想揭穿这番离谱的说辞。

这场大雪，似乎扭曲了时空。那张相似的脸，在萧怀明的童年时光，分明有了岁月的棱角，还有那一丝不易察觉的饱经沧桑之后才有的黯淡。现在，这张脸洗去了所有岁月的磨砺，稚嫩又天真，她说话的样子，好像从没来到过人间一样。萧怀明怔怔地看了好半天，无法抗拒再次走近她的渴望，但他心里明白，时光是不会倒流的，他们是迥然不同的两个人。

“你从哪儿来？谁把你送来的？你多大了？爸爸妈妈呢？是谁给你穿了这么一身奇怪的衣服？”

对于这些问题，元莱一个也答不上来，因为她也不知道自己是谁，是怎么到的这儿，她甚至连爸爸妈妈是什么都没有概念。园长收留了她，把她来时的一身行头一件不落地上交了，从发簪到衣服，居然全都是古董。大家猜测过这个长相精致的少女应该是受了什么刺激，也许是被盗墓或走私古董的父母遗弃的孩子。

一个查不到任何出生和成长记录的失忆少女，就这样走进了萧怀明本已平静的生活。从到这里的第一天，元莱就被贴上了“稀奇古怪”的标签，只有萧怀明为她的“离奇”而痴迷，小心翼翼地维护她的与众不同。

“墙是用来干什么的？每个地方都得有门吗？”

“是用来划定界限的，来挡住你不能看见的东西。有了墙，才有了门，我们都得从门来出入。”

“我们为什么要吃这么多东西？”

“不吃东西会饿死啊！”

“人都会死吗？”

“是啊，我们都得长大、变老，然后死去，不过园长说，将来我们也可能长生不老，医学可能会攻克所有疾病。”

“将来？那是多久？医学又是什么？”

“很远很远。你吃香菇过敏失忆了，就得靠医学让你恢复，医生是个伟大的职业。”

“失忆？”

“从病房醒来之前的事情，你不是都忘了吗？我把你带到了孤儿院，他们拿走了你的衣服，你一口饭也不愿意吃……这些事儿，你都想不起来了。还有，在那之前你是在哪儿生活，都有什么人照顾你……”

“你刚刚说的职业，是什么？”

“就是工作啊，我们以后离开这里都得工作，比如，园长，她照顾我们就是工作，医生的工作就是救人。只有工作才能有东西吃，我们才不会饿死。”

“那以后我们都做救人的工作吧！”

“那你现在就得好好吃饭，以后才能好好工作，做你想做的事情。”

这样的对话，在元莱初到孤儿院的日子，天天都在上演，她像一个初生婴儿一样，对这个世界充满了好奇和不解。

大家觉得她是个精神有问题的少女，她拒绝进食，没有笑容，没有眼泪，连基本的整理洗漱都手忙脚乱。后来被阿姨逼着咬了一口包子，她觉得好吃极了，狼吞虎咽地连吃了好几个，结果却住进了医院。院长对这个与众不同的女孩很是头疼，其他孩子也都把她当成怪物一般看待。只有萧怀明会不厌其烦地回答她那些连幼儿园小朋友都不会有的疑问，陪着她适应集体生活，带她进入“人间”。

元莱吃包子昏倒那天，萧怀明听到医生委婉地表达希望渺茫的时候，他恨自己的力量太小，如果他现在是个治病救人的医生，一定能想出救她的办法。

“从没见过她这种血型，死马当活马医吧。”那天，萧怀明脑海里不断地想着医生的这些话入睡了。然后，他做了一个十分离奇的怪梦：梦里只有一片灰茫茫的广阔土地，地上都是裂开的沟壑和灰烬，土地的尽头是一片海水，水面一丝波澜也没有，好似凝固了的果冻。几棵枯树下面，有两个人对着海的方向靠在一起。萧怀明拼命地跑，想要跑到土地的尽头，看一看那两人的脸，但他跑了许久，却还在原地踏步。忽然，其中一个人转过了头，尽管那人脸上还残留着灰烬的痕迹，萧怀明还是看清了她的样子，是元莱。

几天之后，元莱奇迹般苏醒了。萧怀明此后却常常梦见这个场景：废墟之中，一切都像被按下了停止键，枯藤、灰烬、裂缝，一切生机丧失殆尽。他觉得这是惊恐的后遗症，差点失去元莱，令他极度恐惧。

元莱把陈永成带到他面前那天，萧怀明又梦见了同样的废墟。废墟边缘的水面上，是一个个他熟悉的人：童年遇到的那个眼里总是含着哀伤的女人、灵动天真的雪地“精灵”、内敛冷酷的职场精英，还有这天刚刚带着喜讯站在他面前的首富未婚妻，这些人一起向他涌来，最后定格在了那个靠在枯树下疲惫的元莱。

这次梦里的每一处细节都格外清晰，天空的颜色、沟壑的纹路、枯树的枝杈、元莱脸上的表情……惊醒之后，他把梦中的景象记述在了他的小说《力微星历险记》里。

“她要嫁给别人了，这次是真的要失去她了。”梦醒之后的萧怀明，当时是这么想的。

漏　洞

《力微星历险记》里的故事漏洞百出。人类留住记忆的浩大工程开始之后，数据库中有关这本小说的内容，已经分不出哪些是萧怀明的创作，哪些是人们自己的臆想，哪些又是人们根据力微星上的生存境况添油加醋编织出来的新情节。

尔朱旻旻推测小说的作者是萧怀明之后，元莱反反复复看了好多遍，把那些事件来回拆解、比对，尤其是书中有关“明怀笑”的细节。如果其他情节无法再区分是原作还是新编，起码带有这个名字的地方，很有可能是最初的故事。她把与这个名字有关的情节排列起来，发现有很多地方还是和他们现在在力微星上的生活惊人地一致。她越看就越觉得故事的女主守画，正如尔朱旻旻所说，分明就是自己。所以她想，不妨就按照故事的发展，拼出一个关于她和萧怀明完整的过往。

尔朱旻旻一直在琢磨的是，她记忆中的萧怀明，一点儿也没看出有“先知”的潜质，那么这些故事情节，他是怎么未卜先知的？其中又有多少宿命的巧合？《力微星历险记》的其他读者恐怕都没有他们这样复杂的感觉，那些细节恰巧就敲在了他们记忆的痛点上，可又无从考证。

元莱已经忘了，末日之前，萧怀明告诉过她自己是小说的作者，是蛀洞吸走了这关键的记忆。萧怀明除了会做药、做饭、写小说，还是个预言家。火水未济瓦舍里的少年萧怀明，说要把元莱送到不老不死的天堂去。这个片段小说里没有，她的记忆里也没有，可元莱就是笃定那是真实发生过的往事。

未济，既济，元莱问过尔朱旻旻，简单来说就是，未完成和已完结。在数据库里的《力微星历险记》中，游戏屋即将被又升级了数倍的新玩具所取代，AI 精灵守画也完成了使命，即将乔迁新的星球。

被大家记忆复原的小说是有终章的，但力微星上的猜测还在继续，居民们都在等着最后一间瓦舍消失之后的“奇迹”，尔朱旻旻觉得事情不会就此结束，而元莱从瓦舍出来之后，一直在对记忆、瓦舍和小说里的每一处细节冥思苦想：哪些是真实存在过的，哪些是游戏的杜撰。她关注到的细节越多，就越发迷惑，她越是想从中摘出真实，就越合不上那些机关。以前，记忆留给她的线索太少，现在，她又淹没在这些真假难辨的头绪中。

剪不断、理还乱，元莱倒没觉得这些纠缠在一起的线索多么扰人，事情变得复杂，往往是真相大白的序幕。

元莱在家埋头整理线索的日子，外面的世界已经揭开了骚乱的序幕。九个通关“英雄”进入瓦舍前，局长最担心的事情，还是发生了。

“九个人变成了八个。神圣调停局交不出人来，欧罗国的政府也没发表任何声明，好端端的人不见了。我亲耳听见的，老头的搭档嘴里念叨着，掉下去了、掉下去了，然后就被调停局的人带走了。你们知道吗，新月国和金枝国的人口调查局都在疯传，他们的户籍上无端少了好多人，就在瓦舍出现之后。其他各国估计也有类似情况，我们一直被蒙在鼓里。难怪要管制，这是个杀人的游戏！在游戏里死亡，然后呢，能去哪里呢？被困在游戏空间里了吗？等待游戏重启？可是这不是最后一间瓦舍了吗？力微星上的全息墙都会把人撞得七荤八素，游戏里随便什么机关、射线、粒子，都能致命吧？”

游戏会死人的传言散播开来之后，各国都不断有人站出来证实，周围的熟人、同僚、朋友确实在瓦舍出现之后消失了。人们揣测过各种不着边际的可能：加入了某种保密事业；参加了神奇瓦舍的升级研发；参与了某种官方的伟大实验……但是所有人都不会想到意外死亡这个情况，力微星上是不老不死的。

现在，谜团解开了，他们死在了瓦舍里。神圣同盟的成员，也有人偷偷泄露消息给媒体：某个瓦舍的某次通关，他们的搭档就没能回来，调停局的解释十分敷衍——延迟返回、自行退出、违规除名等，并要求他们对外三缄其口。各种各样的传闻，汇集成了汪洋大海，官方小心翼翼筑起的堤坝眼看就要决堤。最后，一个通关“英雄”的采访，冲溃了这谎言的大坝。

“按照您的说法，你们其实是经历了一次地球毁灭的过程，对吗？”

“是的。”

印加国的通关者达尚吉多还沉浸在刚刚描述过的场景里，再次看到这末日前的景象，依旧让他心有余悸。海啸的浪淹没了一个又一个高地，往后退是一个个不断开裂的万丈深渊，远处是茫茫的烟尘。他在奔向避难所的路上，瞥见了自己失散的搭档，正在拼命地抓着挂在悬崖边上的一个衣领，仅几秒钟，他就被吸到了悬崖下面翻滚的火海中。达尚吉多没有上前去拽他的搭档，他根本来不及思考，也来不及抉择，只是靠本能在和末日赛跑。

“您说您看见欧罗国的菲力掉了下去，那我可以理解为他是葬身在游戏的火海里了吗？”

“现在看是的，我们在瓦舍里碰见了他的家人，之后不久，我们就失散了。我猜他最后拼死抓着的是他的妻子，他提过，他最后悔的事情，就是独自上了穿梭机。”

“瓦舍里出现的是地球毁灭前的生活？”

“是的，不过我们进入的地方，是毁灭的许多年前。”

“你没有碰到熟悉的人和事？”

“我？我是孤家寡人。”

“避难所是一个什么样的地方？”

“就是游戏最后逃生的狭小空间，我们顺利退出游戏的通道。”

“通道？像是我们来到这里的蛀洞？照这个说法，你们不就是在经历一次次的穿越之旅？”

“穿越？”这个提法让达尚吉多想起了进入和退出瓦舍时的极度不适感，那种感觉似曾相识，虽然没有他们降落力微星时那么狼狈不堪。“你这个提法倒是很贴切，就是穿越！我们会受伤，也会死人！他们像训练敢死队一样训练我们，因为瓦舍是会要人命的！现在一切都解释通了！好几次，我都命悬一线，现在想想，我们就这么浑然不觉地站在死亡的边缘。可恶，太可恶了！”

采访者看了一眼达尚吉多，他激动的样子和进入瓦舍前的淡定形成了鲜明的对比。即便力微星上的居民都声称自己早就活腻了，但若死亡真的来临了，恐怕人们还是会想尽一切办法求生。

“讲一件您印象深刻的经历吧，我是指命悬一线的。”

“有一次，我差点葬身火海。那次是因为我故意没有插入控制棒。核反应堆爆炸了。就差那么几步，我就葬身火海了。”

“难道是著名的切尔诺贝利核电站爆炸？”

“算是吧，可它的发生地并不在古老的苏维埃共和国境内，我不知道那是什么地方，看周围的环境，更像是在斯堪的纳维亚半岛。但事件的大部分细节，确实如你所说，像极了那场人类历史上糟糕的核爆。这个瓦舍，就在这儿结束了。”

达尚吉多和他的搭档，因为让火雷噬嗑瓦舍消失，一夜间成了富翁。现在他想想，他们的暴富，很有可能建立在真实的毁灭之上。

“瓦舍里并不是真实发生的历史，可以这么理解吗？”

“当然了，这毕竟是游戏，虽然是会死人的游戏。瓦舍也有瓦舍的规则，比如，限定的时间和避难所。时间用完了，就必须回到避难所。现在看来，那些没遵守游戏规则的，或者没来得及回到避难所的通关者，统统都死在了游戏里。”

“你们就从来没怀疑过这一点吗？我是说，有人在瓦舍里回不来了，同伴消失了，这不是显而易见的吗？”

“力微星上有那么多不可思议，都探究清楚了吗？以往的常识都被全部推翻了，谁还会去在意那些无关紧要的。”

“无关紧要？这可是人命！我们是最后一批人类，每一个人现在对我们来说可是无比珍贵。”

“珍贵？生老病死的循环都没了，我们还能叫人吗？”

“您刚刚不是还在为差点儿和死神擦肩而过而感到愤慨吗？如果不仅仅是通关者，瓦舍里会不会还有别的真实的生命存在？只是你们不知道，然后在不知情的情况下，消灭了一切生机？”

达尚吉多听到这儿，离席而去。采访在一个不太愉快的氛围中结束了。采访者最后的质问，戳中了达尚吉多的痛处，他刚刚还在想，官方的谎言把他们变成了领着营养瓶的刽子手。

采访过后，人们不再对消失的人口追根究底，而是开始抵制神圣调停局对瓦舍的管制。一批又一批的民众在调停局门口示威，居民们要求官方公开“游戏记录”等所有信息，并且重启瓦舍游戏，对所有居民无条件开放。

人们好像转身就忘了瓦舍会让人丧命这件事，一万年单调乏味的不老不死之后，他们太向往往昔那富有质感的人类生活。他们天真地认为，官方可以改良游戏，避免伤亡，即使无法改变会面临死亡的事实，只要好好研究通关记录、做充足的准备，还是能够安然无恙。死亡，毕竟是小概率事件。

轰轰烈烈的全民暴动愈演愈烈。营养瓶生产线上已经空无一人，停摆的还有力微星上的大小机构。除了少数知道瓦舍并不掌控在人类手中的官员和一些追随者之外，几乎每个人都陆续参与到了这场运动中。还有些置身事外的人在观望，比如，陈永成，他的仓库里还有大批的营养瓶，他在等待时机，看看能否再发笔“战争”财。

知道秘密的高层左右为难，他们以为秘密会随着最后一间瓦舍的消失而被永久埋藏。现在，他们又盼着之前的推断是错误的，盼着新的瓦舍凭空出现，盼着力微星上再多一个不可思议。但是这次他们并没等来奇迹，力微星又回到了他们最初登陆的样子。那些静坐的示威者忍受着饥肠辘辘，饿着死去，又空着肚子醒来，拒绝接受官方发放的救济瓶。他们前所未有地团结，没有一人退出这场没有尽头的拉锯战。那些传说中存在于瓦舍内的多姿多彩的世界在精神上支撑着他们。

活在力微星，不如死在瓦舍里。这场运动中最难熬的，其实不是这些目标明确、意志坚定的示威者们，而是依旧不肯妥协的官方高层们。真相令他们骑虎难下，秘密说还是不说？这个问题煎熬着他们，不说，恐怕无法收场；说出来，又怕万一哪天瓦舍又出现了。保守住这个秘密，他们或许能挽回一些颜面。如果他们和普通民众一样，什么也掌控不了，那么他们存在的权威和意义又该上哪儿去找呢？他们总不能也灰心丧气地说，我们只能这么活着。毕竟，他们一直告诉所有人，有一天，人类会凭自己的力量，把这里改造成熟悉的家园。

不存在的守画

我叫守画，是《力微星历险记》里的主人公，一个生活在孤单星球，不老不死的女英雄。我生活的地方，那死寂的模样来自作者萧怀明梦中的荒原：干裂的地表和茫茫无际的黄沙占据了全部视线，此外再无其他色彩。

萧怀明把我放在这么个鬼地方，却把现实里那个和我长得几乎一样的元莱宠上了天。我日复一日，像个冷血的工具，在游戏屋里冲锋陷阵，躲过一次又一次的险境，毁灭了一个又一个比力微星上好看得多的地方，然后又回到现实中的荒原，等着下一次的历险。我多希望萧怀明也把鲜艳的白日菊写到我家门前，再给我安排几碗热气腾腾的阳春面和一个对我呵护备至的爱人。可是，我什么也没有。

元莱开着冰蓝色的越野车飞驰在高速路上的时候，在工作现场三下五除二地解决困难和纠纷的时候，挽着陈永成的手臂出现在光彩夺目的厅堂的时候，我都在游戏屋里战斗。萧怀明这个作者，不肯把元莱生活中的光鲜分给我一点儿。我真不明白那些小说迷是在追捧什么，什么 AI 精灵，我就是个灰头土脸的“妖精”，困在无限的时间里受罪。那些书迷们说我的名字起得真好，守画，守住诗情画意，多美的名字。萧怀明其实是从一堆碎纸片上歪七扭八的词语中，玩了个颠词倒字的游戏，随随便便就给我起了个名字。“画手”，这个词才是我的原型。

诗情画意，我也想去这么一个地方生活，力微星我早就待够了，可萧怀明迟迟不写我的结局，元莱离开之后，他写了那么多的尾声，最后都被他团成了废纸。幸好人们后来续写了下去，他们真的在末日之后来到了一个叫力微星的地方，他们不仅篡改了萧怀明已经写好的我之前的人生，而且还给了我几个不错的出路。

在其中一个结局中，我终于离开了力微星，定居在一个新的星球，作为第一批拓荒者，我随心所欲地埋下精挑细选的种子，种树、种花、种雨雪……种一切我想要的，像个创世的上帝，自由地创造着属于我的新世界。

第九章　超级细菌Ⅱ

阿里奥斯托告诉我在那漂移的月亮中

是梦，是丢掉了的无法理解的

时间，是可能的

和不可能的，是同一事物。

——博尔赫斯

西瓜雪

17 世纪，微生物出现在了列文虎克的透镜下，人类才知晓世界上存在着无孔不入的细菌，在我们的身体和生存空间里到处安营扎寨。细菌，降解生命，也活化生命。由于大多数的细菌处在生物链的最底层，以至自大的人类忽略了一个事实——它其实比人类更古老。人有了足够的氧气才能存活，可是细菌比人类灵活得多，那些厌氧菌和极端微生物，它们在没有氧气和极端的自然条件下也能安然无恙地繁殖。

那些在恶劣条件下也能旺盛生长的细菌，被称为极端微生物，瓦舍游戏中的细菌培养皿里，孕育的正是这种超级细菌，它的繁殖能力和自我保护能力比地球上已知的最有耐力的微生物还要强悍数十倍。瓦舍给陈永成提供了一个可以最大限度发挥特长、突破边界的土壤。超级细菌在显微镜下，和一般细菌的结构、分裂过程并没有明显的差异，看似厚度普通的细胞壁，实际上却能抵御各种射线，就像力微星上的维度墙般铜墙铁壁。小而轻的芽孢，可以在极度严寒和炉火般的炙热中轻盈地四散开来，快速萌发，顷刻间就覆盖整个环境。

作为一个资深的生物医药专家，陈永成第一眼就认出了这细菌的灵感雏形，那是在遥远的古希腊时代就被亚里士多德提到的“西瓜雪”，一种耐寒的雪生藻类，罕见的嗜冷细菌。它不仅抗冻，还顶得住极端高温；它是生产者，也是消费者，能生产自身需要的有机物，也能消耗寄生体的营养物质；它唯一摒弃的，是大部分细菌都具有的分解功能。换个说法就是，这种超级细菌能抵抗分解，它会驱赶那些能够降解腐坏物质的细菌，让入侵之处变成尸体的海洋。

陈永成见证着细菌培养基里的交合过程，这微生物生长和突变的方式让他觉得自己以前的狂妄自大显得十分可笑，他一直相信前辈们的信条：在显微镜下，地球上所有的灾祸都能被掐灭。

人类最终会全面地改造世界、改变人性，创造出一种按自我意愿生存的生活方式。陈永成就是恪守着这样的理念，完成了一次次科学突破，消灭所有的疾病是他最终的野心。现在他明白了，任何根除异数的企图都是一种赌博，赌博本身就会引发很多未知的后果，那些“异数”将会在某个出其不意的时间，以意想不到的方式进行反击。

幸亏这是游戏，如果这种超级细菌真的在地球繁殖，那人类可能连逃逸到外太空的时间和精力也没有。它可以很轻松地附着在毛细血管上，入侵到血液里。当你浑身无力、近乎瘫痪，周身疼得哆嗦的时候，一张薄薄的被单都能将你压倒，这样你要怎么拿起防御武器，或者抬起脚来赶快逃走？

陈永成突然想通了，改进命运是在变相增加失控。那些被人们驱赶到边缘的东西，会以一种更加隐秘的方式进化，而等它再浮出地表时，人们已经认不清它的面目了。只要还具有人的机体，人类就永远难逃生态系统的局限，就都是食物链中的一环。

面对成堆的尸体和钻进鼻腔的果香，站在废墟之中的元莱、陈永成和尔朱旻旻，越发觉得呼吸不畅。元莱的反应最为严重，仿佛被人掐住了脖子，她张大了嘴巴，却无法发出任何声音，双眼充满了血丝，她觉得每一寸肌肤都在被拉扯，撕裂一般地疼痛。倒地的一瞬间，她眼前闪过的是一个周身透明的自己：完美的五官下面，静脉是蜿蜒的河，微血管是支流，河流上的每一个脉络都看得一清二楚，那插在血管中间的晶片，一闪一闪的，是河流上的灯塔。

元莱醒来的时候，发现陈永成和尔朱旻旻歪在她身上，压得她胳膊酸麻。她按了按脸上的氧气面罩，看清了面罩外面的世界。这是另一幅废墟的图景：裂开的地面，燃烧的火堆，堆叠的尸体。近处两具尸体上被红色的斑疹占满了。一万年前超级细菌蔓延在地球的日子，又浮现在元莱眼前，熟悉的香气，倒下的“巨兽”，横七竖八的藤蔓……现在，在她面前，又新增了一些惨象：尸骸和奄奄一息的人混在一起，地缝中翻滚着岩浆，有些已经四溅到地面散落成一个个火堆。

西瓜雪，一粒微小的细菌摧枯拉朽般撼动了地球。

“孢子小体流向肝脏，裂殖体感染红细胞，在血球内繁殖，不停生长。血球爆裂导致人体缺血而死亡。人体的免疫系统早就击败了恶性疟原虫的入侵，但瓦舍里这些攻击覆盖红细胞的裂殖子，好像突变得异常强大。”元莱看着眼前的尸体，脑海中自动弹出了这些精准的生物学分析。她拍了拍脑袋，这些理论超出了她的人生经验，像冒泡的火山岩浆止不住地喷发："让裂殖子停止繁殖！那些奄奄一息的人或许还有救。"

从晕厥中恢复过来之后，元莱似乎忘了，这是瓦舍游戏的最后一关，他们的通关目标是让这个地方彻底毁灭，而不是点燃生机。她从三人随身携带的装备中迅速组装出一个小型实验室，把土壤放置进去，麻利地提取各种抗生素，精准配比后使用在那些还有生命体征的人身上。

地面剧烈摇晃，燃烧的火焰雨噼里啪啦地砸下来，有些落进了地缝之中，地面像迅速开裂的玻璃表面，马上就要破碎。元莱脑中拯救地球的思路被新一轮的地震粗暴地打断了，她回过神来，瞥见了身边躺着的两个搭档，这才发现避难所的光标在不停地闪烁。

火焰雨烧透了整个地球。她不知哪儿来的力气，扛起还在昏睡中的尔朱旻旻和陈永成，奔向避难所。

大地掉入了冰河，地球陷入了一片黑暗。最后时刻原来就是这个样子，和避难所里的漆黑没什么不同。惊魂未定的元莱，想到了萧怀明的最后时刻。

当初穿梭机也是驶向无边的黑暗，把他们带到了寸草不生的力微星。这避难所，如同瓦舍里的穿梭机，带着通关者，在每一次时空破碎的时刻逃之夭夭。这骇人的漆黑出现之后，光明就不远了吧。

元莱感觉仿佛到了一万年前，她缩在穿梭机一角，驶向未知。她感觉忽然间回到了当年的"挪亚方舟"上，时光仿佛从未向前流动。但是这一次，她知道地球的结局，也知道她会回到力微星上。

瓦舍消失后，陈永成和尔朱旻旻恢复了体力。元莱没有告诉他们瓦舍毁灭之前她独自一人的营救行动，她鬼使神差地想要救人，想要拯救即将沉没的地球，情急之下居然被激发出了“超体”的潜能。可惜，这潜能来得太晚，来不及给地球续命。

“我们怎么去的避难所？”

“超级细菌好像触发了某种自动通关的程式，我们什么都没做。”

“好像被蚊子叮了一下，像踩在棉花上一样，后来是一阵儿刺痛。”

陈永成和尔朱旻旻极力回忆他们失去神志前的细节。之前他们从没有哪一关过得如此稀里糊涂。

元莱还在惊讶，人被逼到绝路，竟然能激发出这么不可思议的潜能，力微星果然是个充满奇迹的深海。她安慰自己，再次见到萧怀明的美梦已经做完了，只是这梦太短暂了些。

最后一间瓦舍消失了，除了暴增的养分子，什么也没出现。元莱出来后，闭门在家整理了一阵思绪，再出门的时候，神圣调停局门口已经遍地都是静坐示威的人了。

“瓦舍里是会死人的。”元莱后悔万分，在瓦舍里结束生命，曾是她进入最后一间瓦舍前的奢望，现在被证实可以实现，而她却没有抓住这个机会。她与萧怀明重逢了，这一次，她成了旁观者，结局依然没有改变。最后的时刻，她还是独自活了下来。

“如果瓦舍真能重启，要多久才会再次遇到永成年？”元莱心里期待着，如果游戏重来一遍，那些关卡走到最后，应该还会是地球完结的时刻吧，下一次，她就可以和萧怀明以及陨落的地球共存亡了。

“死在游戏里。”曾是元莱走进最后一间瓦舍前的妄想，她自己都没意识到，这个“非分之想”是受了小说的影响，她无意之中混淆了记忆、小说和现实，以此来缓解孤独和绝望。

在《力微星历险记》里，其中一个描述游戏屋的段落，写道：游戏的其中一个关卡，是刑罚极其严酷的时代。几个玩家一不小心被抓进了大牢，在游戏屋里被“凌迟”了，再也没能回到力微星。

游戏是假的，但是科技已经混淆了真假。刑罚机制背后复杂的芯片程序，已经成了自发的刽子手，不但对游戏里的模具动手，也开始对玩家下手。真人丧生在游戏里，没留下尸体，也没有顺利退出游戏。游戏程序在这间游戏屋里，莫名其妙地失控了。被“凌迟”处死的玩家，体验了那刀刀到肉的濒死感之后，被困在游戏的乱葬岗里，像其他游戏里已经死亡的道具人物一样，动弹不得。头顶的太阳迎面刺得玩家睁不开眼，他只能看着尸体被隔三岔五地抛下来，叫天天不应。倒霉的玩家在心里盘算着，那些被扔下来的尸体，哪些是模具，哪些和他们一样，是个误闯这关的倒霉蛋？这就是科技的极限了吧，把人变成道具。现在，他们只能祈祷，某个通关者推翻这严苛的王朝，然后把他们从游戏中解救出去。

按照小说的描述，被困在游戏空间里的玩家，在游戏屋消失之后，会自动回到现实。可是在力微星上，瓦舍消失之后，那些通关者并没有回来，他们是真的死了，还是被困在了某个空间？

重　启

力微星上的居民不明白，官方为什么不肯重启瓦舍，他们愿意为自己的生死负责，玩不玩这个游戏，每个人都有自主的选择权。如果人人都选择进入瓦舍，在某个游戏时空中死去，最坏的情况是，将来某一天，人类在游戏中全体灭绝了。

灭种，这个恐怕是官方最担心的结果，普通民众没有这么远大的忧虑，他们只关心自己，当下才是最重要的。

神圣调停局的人也在想，当下怎么办？他们只是不想再说破一个真相，现状已经够令人绝望的了。

“事情怎么就从‘隐瞒死亡’拐到了要‘自由游戏’？我们已经颜面扫地了，不如和盘托出吧。”

“我不同意，僵持这么久了，要说，他们静坐的第一天就该说！”

“谁知道事态会这么严重。”

“他们总不能无休止地坐下去吧。”

“会的，你没去人群里走走吗？我看他们就打算这么耗下去了。”

“总不能一直这样，还是告诉他们真相吧，坐多久都没用，瓦舍根本就不掌控在我们手里。”

“你有没有想过，绝望之下，人可能会做出更疯狂的事情。现在各国营养瓶的生产线都停工了，如果暴民洗劫了仓库，我们都要过上饥肠辘辘的日子了。”

“现在他们只是静坐，对重启瓦舍还怀有希望。”

“希望？如果没有瓦舍，我们本来过的就是这样的日子，现在倒忍受不了了，闹起来了。”

“我宁愿这么活着，也不到瓦舍里去冒险。”

“哈哈，冒险，你把人类原来的历史形态说成是冒险，我们祖祖辈辈不就是那么活着的吗？生老病死，改朝换代，天灾人祸……活着，本来就不容易，是力微星这个奇怪的地方让它变了味儿。”

“再熬一阵子，说不准儿又有什么惊喜，像当初瓦舍凭空出现一样。或许地上会冒出土壤、长出嫩芽儿，到时改造力微星变成现实，大家就不会嚷着要去瓦舍里了。”

“可是现在什么也没发生，也可能永远都不会有任何改变。”

“说出真相吧！”

“不行！我可不想以后的日子都得饿肚子。”

“不是所有人都会破罐破摔，我们要往好的方面想，也许大家会很理智地看待这件事，事情过去之后，会各归各位。回到瓦舍出现之前的生活，也没那么难以接受吧。”

“大家意见不统一，这么讨论下去也没结果，事情总要解决，说还是不说，我们干脆投票吧！”

局长一锤定音。大多数人赞成说出真相，结束这场拉锯战。之后，官方拟定了言辞恳切的道歉信，为当初的夸夸其谈向全体居民道歉，并制订了一系列安抚计划。

公布真相之前，各国都清点了国库里的营养瓶、能量棒、芯片等物资，并加固了仓库防火墙。各种防范措施也只不过是拖延时间的心理安慰，官方也明白，如果暴乱发生，那些黑客高手解开防火墙只是时间的长短问题而已。各国政府都已经做了最坏的打算。

“对不起！”官方发言人棉花面色凝重，深深地鞠了一躬。她观察了一下人群的反应，准备背诵道歉信的内容：“官方对于隐瞒……”

“你们看！”人群中有人指着出现在远处的“大鸡蛋”惊叫道。

瓦舍不知什么时候忽然蹦了出来。

尖叫、欢呼声盖过了棉花接下来的话。

“我们胜利了！瓦舍重启了！我们胜利了！”

许多忍饥挨饿了不知多久的人，摇摇晃晃地站了起来。所有人都朝着瓦舍的方向奔去，像圣徒奔向圣坛。

“瓦舍并非人类科技的手笔……”棉花嘟囔着，呆立在原地。

人们一窝蜂地涌向瓦舍。那些本来预备好要应对暴民的安保队伍，此时也不知该如何是好，是去阻止涌进瓦舍的人，还是袖手旁观？

兴奋过头的人群中，有那么一两个清醒过来的，开始阻止周围的人这么草率地走进去：“等一等，我们起码应该填饱肚子，恢复了体力再进去。这里不会死人，瓦舍里会！先去领救济瓶吧！”“对，既然瓦舍出现了，我们应该先听听官方怎么说。”“这间瓦舍里是什么？我们是不是能要求官方改良一下游戏里的社会环境，好让我们在里面能舒舒服服地活着，尽量活得久一点儿？”“活得久一点儿？你不打算出来了？”“大家都到瓦舍里去了，出来干什么？像现在一样饿肚子吗？”“你在里面声色犬马，让别人在这儿生产营养瓶，哪有这么好的事情？”“可以换着来啊，规定每个人进去、出来的时间，剩下的人在力微星上该干什么干什么，这就得靠官方组织了。”“怎么规定，靠什么来约束？他不出来，你去抓他出来？”

讨论过后，人们三三两两地散去，准备填饱肚子之后再从长计议。局长听了现场官员的汇报之后，悬着的心终于落地了，粮仓安全了，神圣调停局保全了颜面，他们可以缓口气，再去找新的对策来安抚民众。“什么人类中的精英分子，都是些乌合之众。”对于当初审核委员会精挑细选出来的各个领域的顶尖人才们，局长表达了毫不掩饰的鄙视，在群情激愤的运动中，这些所谓的佼佼者们，竟没有一个人带了脑子。

神圣调停局紧急召集了各国的首脑们，说还是不说，仍旧是个问题。虽然瓦舍及时出现了，但这个不受掌控的东西，始终是个隐患。调停局闭门开会期间，外面的世界也热火朝天，几乎人人都参与到了“今后该怎么活着”的大讨论中，与一万年前刚来到这儿时如出一辙。

最后一间瓦舍，确实带来了改变。

民众们的想法被源源不断地传回紧急会议的现场，连轴转了好几日之后，会议讨论出了一个“万全之策”：瓦舍重启是应民众要求的官方之举，接下来各国政府将统一执行神圣调停局制订的民众参与瓦舍游戏的准则。力微星上的所有居民都必须在严格遵守游戏规则的条件下参与其中，否则官方将永久关停瓦舍。

真相还是没能公之于众，这回的声明官方留了一个全身而退的口子，如果哪天瓦舍彻底消失了，就可以怪罪到那些不遵守规则的人头上，反正犯规的度量衡掌握在官方手中。

游戏规则大致如下：瓦舍游戏对力微星上所有居民开放。每个居民在进入瓦舍前都要出示许可，能量棒上的许可条码在本次瓦舍游戏结束后自动清零，新的许可必须要积攒到一定的工作时间才会重新出现。每个玩家不得单独进入，需和一个以上的玩家组队进入。神圣调停局掌控每间瓦舍内的玩家人数，任何人不得故意滞留。剩下的规则，就是一些神圣同盟成员之前的课程指南了，洋洋洒洒几十页，包括游戏里各种标识的作用、通关记录的上交和查阅、新课程的开放时间等。

瓦舍游戏在兜了个大圈子之后，又回到了最初的全民参与。游戏怎么会死人这个问题，没人再追问，甚至没有一人要求官方更改游戏设置，保证玩家的安全。这些一门心思想要获得参与游戏权利的人们，忽略了最显而易见的漏洞。他们脑补的那些纸醉金迷的日子，也只是停留在了想象层面。

因为瓦舍重启之后，打开的并不是幸福生活的大门，而是多灾多难的黑暗时代，他们将要迈进的，是一个又一个的潘多拉盒子。

鼠疫杆菌

解除官方困局的那间瓦舍，是第一个黑暗时期。那些冲动之下冲进去的示威民众，后来据官方统计，有 17 个没能回来。出来的人再也不想进去，因为他们恰巧赶上了瘟疫横行的时期，一不留神就会染上瘟疫。虽然他们进入了黑暗时代的不同角落，但无一例外都正在被瘟疫侵袭。

“成群结队的老鼠在冰河上迁移，那场面真瘆人！”

“地震之后，老鼠全都上街了，到处都是一堆堆灰色的斑块儿。”

“神父在为濒临死亡的人做祈祷，那些人身上全是黑色的斑点。”

“赤身裸体的人在大街上游荡，喝地沟里的水，直到倒地而死。广场上堆满了尸体。没有脚趾、手指、眼睛的人，满口胡言乱语，丧失了理智，染了病还活着的人真是活受罪！”

“鼠疫，到处都是鼠疫！”

这些回来的“幸存者”交流了他们见到的各种景象，有的人目睹了修昔底德描述过的“雅典鼠疫”，有的人亲眼见证了罗马被瘟疫侵袭的惨状，有的人在那场著名的“伦敦瘟疫”中，侥幸逃离了圣保罗大教堂的火灾，还有的人就降落在那些染上疫病的美洲原住民驻地。这些场景按常理本不该在一个时空中，有的在遥远的古希腊，有的属于十三四世纪黑死病横行的欧洲，有的发生在英国成为世界霸主的前夕，有的出现在欧洲殖民者涌入美洲大陆的时代。但在瓦舍里，这些鼠疫杆菌在人类中蔓延的灾祸，被压缩进了一个时空中。

冲进瓦舍的示威者刚刚走进去的时候，迎接他们的是湛蓝的天、铺满大地的阳光、清澈的河水、抖着翅膀的小鸟儿、山坡下优哉游哉的畜群、石板路上嗒嗒作响的马车……生机盎然的景色在他们眼前徐徐展开。“我要永远留在这儿”，当时大多数人是这么想的。

后来，疫病来了，从力微星闯进来的这些现代人，觉得鼠疫只不过是像流感一样的小病，可是他们忽略了这里都是没有普及抗生素的年代，即使是最开化的地方，对付疾病的办法也令人啼笑皆非：他们不洗澡，坚信身上积攒的一层又一层的污垢能够防御细菌侵袭；吃发霉的食物，以毒攻毒；教徒用皮鞭和木棍抽打身体，向上帝忏悔，驱赶病魔；大街上满是身穿黑袍、头戴黑帽、脸上戴着面具的人，他们相信这身装备能够隔绝病菌。示威者苦口婆心地告诉他们治愈疾病的正确方式，可没有人听得懂什么抗生素原理和公共卫生的重要性。这些“古人”，把身边的一切都和疫病的蔓延扯上关系，就是不去关注疾病本身。

闯进瓦舍的人，最终放弃了劝说这些愚昧至极的“古人”，他们失望地看着疾病越发严重后开始出现的各种人为的屠杀，屠杀他们认为投毒的异族人、女巫，甚至有人趁着这丧失理智的屠杀来泄各种私愤。

满街的污水、粪便，落后的设施，只有硬邦邦的面包可以果腹，一些尸体因为无人埋葬而在街上腐坏，周围染了病的人腹部肿胀、双眼通红、大张着嘴喷出阵阵恶臭的脓水……这样的日子，还不如力微星上的一潭死水。久违的绿树蓝天带来的激动、震撼很快被无助、失望的情绪所取代，通关者们盯着螺旋光标，生怕错过在它旁边出现的避难所指示，赶快离开的心情越来越强烈，但那象征时间的光标却走动得极其缓慢，缓慢到根本觉察不出它在动弹。

躲过了瘟疫、侥幸出来的通关者们都不愿意再次进入瓦舍，大家天真地想，到处都是瘟疫的世界，毁灭也就是早晚问题，就在外面等着它自行灭亡吧。可是，瓦舍还是很顽强地存在着，瘟疫横行的世界，尽管摇摇欲坠，却并没那么容易垮塌。瓦舍安然无恙地在力微星上飘着，大家揣测里面的人是不是已经挺过了瘟疫大流行的黑暗时代，迎来了新的世纪。无论瓦舍里是走进了光明世纪，还是停滞不前，要想知道进展，就必须得进去。

神圣调停局的门口，又出现一些请愿者，请求官方“快进游戏”，跳过这间瓦舍。官方的回复有礼有节且态度强硬：当初民众不顾生死要求游戏自由，那么关卡里的任何困境也必须自行解决。游戏有游戏的路径，无法更改，穿越黑暗才能迎来光明。

尔朱旻旻告诉元莱，这间瓦舍的名字叫泽水困，表面的意思就是“水在泽下，万物不生”。这个困局可没那么容易破解。元莱着急的是，如果瓦舍卡在了这一间，她要怎么再次等来永成年？

陆续有冒险者丧命，回来的人分享经验，新的通关者又奔赴“前线”。在尝试了其他办法之后，最有效的摧毁瓦舍的办法，恐怕还是瓦舍里屡禁不绝的瘟疫。

后来，冒险者们达成了共识——这瘟疫是人为的，因为之前的64间瓦舍，无论因怎样的浩劫灭亡，这浩劫的起因都是游戏的玩家在作祟，打游戏是不能让你什么都不做就自动通关的。在最后一批玩家的布局下，一场鼠疫终于让这间瓦舍消失了。

这场瘟疫与之前玩家经历的相比，没什么特别，他们走进瓦舍的时候，各个地方还有偶发的案例，整个世界还没从一拨又一拨细菌的侵袭中恢复。不同的是，最后这场鼠疫的大暴发本来可以避免，它完全是场人祸，是权势和利益给细菌开了通道。

故事的原型，历史学家们很熟悉——18世纪的“马塞鼠疫”。鼠疫杆菌坐上了满载货物的大商船，漂洋过海来到了马赛港。尽管船上已经有船员染病，市内的大商人们却联合起来对政府施压，要求解除对商船的隔离，因为船上有货物急于销售。这些商人中领头的就是那些冒险的通关者，他们说把患病的船员送到医院即可，大可不必草木皆兵。在这些富商的不断施压下，政府妥协了。商船解除隔离数天后就爆发了瘟疫，整个城市很快就成了死城，万人坑的挖掘速度敌不过死人的激增。

“利用瓦舍里本就存在的故事土壤，在关键的情节推波助澜。”这是神圣同盟的成员们早就总结出来的通关诀窍。一窝蜂涌进瓦舍的民众只想着过上向往的日子，冷静下来，才记得去翻看那些洋洋洒洒的“秘籍”。

“你看报道了吗？瓦舍还是毁于鼠疫。”

“人总是把细菌想得太容易消灭，又忘了生命是如此的脆弱。”

尔朱旻旻和元莱在这间瓦舍消失之后，被召集到神圣调停局。她们作为通关者中的佼佼者，要培训下一批即将进入瓦舍的普通玩家。泽水困瓦舍消失之后，报名听课的人又在神圣调停局门口排起了长队。

元莱看了看一眼望不到头的长队，此时她的感触倒是和局长不谋而合了：什么“天选之子”、最后的幸存者，都是乌合之众罢了。

“下一间瓦舍会出现吗？你说这瓦舍是官方重启的吗？”

“就当作是吧。”

“他们为什么禁止我们分享最后一间瓦舍里的事情？”

“地球毁灭，太残酷了吧，这儿的人都是从那场毁灭里逃出来的。”

“官方关于瓦舍的各种说辞，根本就漏洞百出。”

“在力微星这个地方，没有人能够看到事情的全貌。我们又何必执着于真相呢？”

“瓦舍游戏就是在给我们教训，我们太容易忽视比自己弱小的事物了，千里之堤，溃于蝼蚁。”

“鼠疫杆菌、超级细菌，本质上并没什么不同，人类其实从未战胜过病菌。”

“我们离开之后，也不知道地球怎么样了，我是指真实的地球，不是瓦舍里的。”

“世界末日、天塌地陷，和我们在瓦舍里看见的差不多吧，毁灭不就是那个样子吗？”

“我在想，末日可能根本没有来。我们经历的，如果只是一场游戏呢？”

“游戏？永成公司、新药、镜面病毒、通行卡、穿梭机、你、我、萧怀明、陈永成，地球上发生的那些，不都是真实发生过的吗？瓦舍的存在让你否定了所有记忆？”

“瓦舍的存在，证明了力微星是个可以擦除和篡改所有记忆的地狱。”

尔朱旻旻看着无精打采的元莱，沮丧的表情说明她不是开开玩笑而已，也不是突发奇想。这些大胆的推翻所有真实存在的猜测，是她严肃思考的结果。

尔朱旻旻上前一步，给了元莱一个紧实的拥抱，像她们第一次在力微星上巧遇一样，她不知道该怎么安慰她，任何劝说都会淹没在她否定一切的疯狂想法中。元莱的绝望成功地传染了她，尔朱旻旻头一次开始怀疑，她用易学对瓦舍做的那些解释，可能根本就是无用功，她的那些被验证了的预测，可能只是碰巧而已。

上一波瓦舍被超级细菌终结，新一轮游戏，又起始于细菌。但这些都是巧合，根本不用费尽心机去找什么规律。力微星上，没有真相。

真 相

否定了记忆的可靠性之后，元莱并没打消寻找真相的念头。她唯一确定的是，问题的答案，在力微星上是找不到的。从瓦舍出来之后，元莱就在琢磨最后一间瓦舍里发生的所有事情，后来，她看了达尚吉多的采访之后，亲自去了趟印加国。

达尚吉多和他的搭档，去到的是地球另一侧的腹地，河岸边有茫茫无际的热带丛林，那里的居民还保留着穿兽皮、捕鱼打猎的原始部落生活。他们中间有年轻人去外面的世界闯荡过，也捎回过先进世界的玩意儿，但这些属于AI时代的东西，在这个连干净水源都成问题的部落里派不上什么用场，大多都被当成了摆设。达尚吉多他们的瓦舍之旅，大部分时间都用在了劝说和组织这些孔武有力、功夫了得的原住民，去夺回原本属于他们的居住地——被城市的无止境扩张一点点蚕食掉的土地。元莱的第六感得到了印证，她在电视里看到的那群来势汹汹的野蛮人，果然是通关者的手笔。

“他的妻子在屏幕上看见了他，找来了，之后我基本上就是单打独斗了。”达尚吉多不明白，元莱事无巨细地问他们的通关细节，是想证实什么。

“遇见了曾经的亲人，谁能忍住不驻足呢？”元莱想起在瓦舍里看见另一个自己时的复杂心情。

“还是不遇上的好，反正最后都是一场空。如果菲力没有和妻子重聚，他也不会葬身瓦舍。就那么巧，那段时间，他正好出了个长差，然后他的妻子就看见了另一个‘他’。”又经历了一次末日，达尚吉多庆幸自己是个孤家寡人。

“我们应该待在那儿，而不去摧毁它。”元莱看了一眼达尚吉多，当她提到待在里面时，他明显露出了嘲笑的表情。

“那是游戏，有人设计、操纵的游戏，一直待在里面会是什么后果，我们谁也不知道。”达尚吉多原本以为只有他的搭档菲力被游戏迷惑了心智，看来不止菲力一个人这样想过。

“关于瓦舍，官方一定还隐瞒了不少东西，那些和我们生活息息相关的人，是怎么跑到瓦舍里去的？科技的极限就是神不知鬼不觉地抓取我们的记忆，然后利用它吗？”

“或许瓦舍是真实的，活在力微星才是游戏，谁知道呢！”自从接受了采访，达尚吉多脑中总是蹦出来采访者那几句挑衅的话——“通关者是消灭生机的罪魁祸首，假的成了真的”，让他极度不适。

“你的搭档菲力，就是这么想的吧，我猜他是想带妻子一起去避难所。”元莱想如果那时她看见了萧怀明，也会毫不犹豫地去悬崖边抓住他。

“带走一个游戏中的人，太荒谬了。不过，我们活在这里已经很荒诞了。”达尚吉多站起身，不太想继续这场让他回忆起末日的对话。

“是很荒诞。末日来临的时候，我指瓦舍里，你有没有觉得有什么异样？比如，突然变得和超人一样充满了力量？”元莱铺垫了半天，把话题引到了她真正想问的事情。

“超人？哈哈，没有。除了进出瓦舍的身体不适，别的什么也没有。超人，对啊，末日里，应该有救世主降临这故事才完整，游戏该这么设置才对！”达尚吉多拍了拍元莱的肩膀，同情地看了她一眼。他认为九个通关者，都或多或少患上了创伤后遗症，毕竟，最后一间瓦舍，是他们曾经亲历的生活。

元莱和达尚吉多的会面还没结束，力微星上就炸开了锅，大家都想到一块儿去了——“在瓦舍里活着”没什么不好。

于是，示威活动不断升级，几乎全民参与，元莱却置身事外，一门心思地翻找她想要的真相。

除了达尚吉多，元莱还去和其他通关者确认过，最后发现只有她发生了变化：脑力陡增，体能越过了极限。身体中那无法释放的能量，回到力微星之后消失得无影无踪。她仔细回想了身体发生变异前后的每一处细节，没什么特别，当时环境中有什么特殊元素的存在现在也无从考证。她回来之后，尝试过饿到有气无力、拼命消耗体力到极限、强撑着几天几夜不合眼，这些极端透支身体的方式，并没激发出任何异变。

元莱想，如果她真是救世主那该多好，肉体、精神、时间、空间，这些凡人的紧箍咒，再也不能成为束缚，挣脱了时空的枷锁，她要找的真相，就近在眼前了吧。如果她真是“超人”，就能看穿力微星上的所有鬼把戏，那些穿不透的维度墙后面说不定就是人类想要的未来。如果她真能拯救地球那该多好，末日就只是她和萧怀明之间的试金石，地球安然无恙之后他们就会珍惜在一起的每一分钟。

从火水未济瓦舍里回来的元莱，不再执着于瓦舍游戏，她想在瓦舍游戏里看一看熟悉生活的愿望已经达成，这勾起了她更大的野心，她要还原记忆里缺失的那部分真相。新一轮瓦舍游戏开始之后，她没有兴趣再去探访别人的生活，她要等着那间有萧怀明的瓦舍，然后，想办法让它永远存在下去。

如果瓦舍暗示了某种历史进程，映射着某种真实，她改写了瓦舍里的故事，地球的命运是不是也就能跟着一起逆转？在另一个平行时空里，萧怀明是不是就能一直过着平静的生活？这个更加出格的妄想，让元莱身上每一个细胞都活跃起来，现在，她只需要去寻找更多确凿的证据，来支撑她这个猜想。

“瓦舍游戏能够逆转地球的命运吗？”元莱没想到，这问题的答案来得这么随意，这么仓促，这么及时，粗暴地打碎了她的妄想：地球在最后一批人类逃离之后，是确凿无疑地毁灭了，而瓦舍，根本不是游戏。

给她答案的，不是元莱想象的要去挖空心思寻找的证据或者某个在官方高层中知晓内情的神秘人物，也不是突然出现的关键线索。问题在元莱脑海中盘旋了没多久之后，自动生成了答案。

在元莱不停地暗自发问之后，空间中的全息墙给了她一个回复：不能！改写瓦舍里的故事历程并不能影响地球的命运。

人类历史确实终结在了超级细菌引发的世界末日。最后一间瓦舍里的人类社会，离它的母体——最初的地球时空，已经相隔得十分久远了，它只是残留了一些来自母体的碎屑而已。

末日之后，历史开始重新演化，高度发达的人类文明又回到了茹毛饮血的起点，人类并没有因为重走一遍老路而变得更加聪慧，而是在同样的历史的坑洞里跌倒、爬起来，再跌倒、又重新崛起，继续前行。从钻木取火到算法为王，整个人类历史就这样循环往复，一遍遍重演。几万年文明的历程，不知道重复走了多少遍，同样的起点、终点，就这么无限循环着。

起点是荒芜，终点是崩塌。一遍、两遍、三遍……连全息墙都不耐烦了，后面的过程展示越来越迅速。元莱已经数不过来了，在同一片废墟上循环了多少次人类文明。这和她在瓦舍游戏里看到的地球坠入黑暗的最后画面，略有不同。

全息墙上循环的画面在元莱琢磨“地球的最后时刻”这个问题时，戛然而止了。瓦舍的真相在她眼前展开。

瓦舍起始于线性时空的终结。一股莫名的力量调动了地球周围恒星的能量，时空之网被剪成了一根根游丝，被剪断的历史碎片漂浮在宇宙中。这些游丝扰乱了时空原本单一的路线，过去和未来不期而遇了。

宇宙之中，与人类相关的，再也不是阶梯式发展的人类文明，而是成了一个个漂浮的碎片，这些碎片相遇、碰撞，融合成新的片段，再重新出发，在某个无法预估的时间地点，和其他的片段再次进行角逐，碰撞过后的残骸又融合成一个新的时空。在这样的宇宙中，繁华大宋的街道里，说书人可以眉飞色舞地说着样板戏的故事，科技狂人自言自语的是十字军东征的豪言壮语。

始作俑者，是断裂的时空之弦。那些短命的时空碎片，就在茫茫宇宙中，上演着围追堵截的游戏。

四周的全息墙上，像演电影一样，展示了这些碎片的诞生过程。历史，在这个无法追根溯源的宇宙中，只剩下一个空洞的名字。

“历史死了。”元莱想起了简老离开天风姤瓦舍之后的哀叹。

线性时空崩塌之后，人类历史像细胞分裂一样粗暴地分化着，元莱目不转睛地绷紧了神经，在这些碎片里试图找寻着“文明进程”的遗迹，但她整理的速度终究败给这些时空泡沫狂飙、裂解、融合的过程，只能任由它们咧着嘴，嘲笑她提出的那个“瓦舍能否改变真实历史”的傻问题。

一切都停滞不前，一切都摇摇欲坠。这些没有文明跃迁、随机拼凑的碎片的起点，还是元莱登上穿梭机的那个末日。

在这些快速移动、不停改变形态的碎片中间，元莱看到了很多熟悉的画面一闪而过，这些画面来自她亲身体验过的各个瓦舍。她看到了巧晖、萧恒，看到了超级细菌培养皿和细菌的温床，看到了戴着氧气面罩的陈永成和从动植物尸体的废墟中走出来的尔朱旻旻。她看着自己扛着昏睡的同伴狂奔，地面不断裂开，不停有人掉入无尽的深渊。

等一下！那被裂缝吞掉的是萧怀明！元莱下意识地想用手去放大全息墙上的影像，可惜这画面就是一瞬，无法缩放，更不能倒带，这个碎片很快融进了别的碎片，随后涌入了碎片的海洋中，再也无法辨认。

全息墙暗了下来，这场展示结束了。

“瓦舍不是游戏，是真实的存在。它不得不伪装成游戏的样子。”全息墙上跳出一行字。

“这不是我刚刚想到的吗？是谁在读取我脑中的想法？”全息墙上又跳出一行字。

短暂的黑屏后，全息墙上又显示了一个巨大的机器，一个没有任何按钮，只看得到复杂通路的机器，这些通路不断分岔、交叉、再分岔，犹如一颗庞大的智慧之树，缠缠绕绕的枝丫向远处延伸，元莱的眼前，只有这蜿蜒曲折的一角。

有一股力量在读取元莱的想法，她不用开口说话了，有个看不见的精灵在和她的意念交流。

元莱定了定神，她觉得全身每一个毛孔都张开了，身体好似卸掉了所有皮肉般轻盈。她抓起能量棒，奔向尔朱旻旻的家，迫不及待地想要告诉她刚刚知晓的真相，她很怕这些突然间冒出来的秘密，瞬间被遗忘掉，就像瓦舍里那个“超体”一样，如果这些秘密只能在她记忆里停留片刻，那么要赶快传递下去。

真相浮现之后，始料未及的新惊喜接连出现。元莱刚刚站在门口要按开能量棒去探测拦路的东西，眼前的空间居然不再是空无一物的单调，新世界在眼前展开：四周的物体都展现出了全貌，大的、小的、圆的、扁的，有的五官俱全，有的只有眼睛和嘴巴，有的蠕动着身体，有的扇动着翅膀，那翅膀是比身体还要大的多面晶体……元莱走到路中间，这些生物会自动避开她走过的地方，她一眼就定位到了尔朱旻旻屋子的方向。原先一模一样的岔路，因为路前方不一样的风景而变得标识明确。

力微星一下子活了起来。元莱兴奋地向前走过去，一万年了，这个地方对人类遮遮掩掩一万年了。现在，她要看个够，看遍隐藏的一切。

走到一个分岔路口，元莱的面前出现一堵激光墙。人类在这个空间的界限——隐形维度墙，现在，它就在眼前，轮廓清晰。元莱忘不了第一次被它撞击的痛感，她试探着用脚尖踢了踢，伸手推了推，居然轻松跨过了这不可逾越的界限。墙后是宽敞、整齐的大道，长着针形叶的参天大树，脚下是褐色的泥土，远处的雪山上铺满了阳光，几个五官精致、体态优美的男女，踩着轻巧的飞行器，有序地在空中穿梭。

罗汉松和桂树杂交而成，由雪水自动灌溉……元莱分辨那些参天大树的种类时，脑子里又冒出了一些不属于她记忆储备的知识。

“这是另一个时空吗？还是我又来到了瓦舍里的游戏世界？”元莱转念一想，不对，她刚刚才揭晓真相，瓦舍根本就不是游戏，是真实存在的时空。那她现在是来到了那些碎片中的一个吗？可她并没有晕过去，周身舒适极了，她瞪大了双眼，扫遍了眼前的景致，哪里也没有螺旋光标的踪影。

元莱闻着泥土的清香，小心翼翼地往前走了几步，阳光拂过她的脸，那暖意扫去了她的疑虑，她大胆地加快了脚步。迎面飞过一个穿着银色外衣的少女，那笔直的身姿和冷漠严肃的神情让她觉得似曾相识。

“这里有人、有山、有树、有泥土，却没什么烟火气。”元莱并没有留意到，当她沉浸在这秩序井然的新世界的时候，她刚刚的疑问，身后的全息墙已经写出了答案。

野心勃勃的超级细菌

在很久很久以前，为了对付镜面病毒，人类想以毒攻毒，我们就这么出生了，渺小到无法被人类的任何仪器观察到。我们当然不会恩将仇报地攻击人类，是人类腐朽的尸体给了我们生命，让我们能攻击更多的靶细胞，猪、牛、羊、海棠花、丁香花、百合花……你所能想到的一切生物。你问我们为什么不安生待着，要去侵占别人的领地？因为我们要繁衍、要生存、要变成最强大的力量，所以我们必须不停地扩大地盘。和别的细菌不一样，我们要尝尝做地球主宰的滋味！

人类怎么也没料到，他们奉为救命灵药的物体成了我们诞生的温床，瘟疫、地震、海啸接踵而至，他们根本没那个心思去把侵占了近乎整个地球的我们和那些滋生我们的尸体联系在一起。后来，陈永成完美复制了我们的诞生过程，只不过被放置在了人造的培养皿中。

头一次占领地球的时候，我们没什么经验，用了很长的时间才传遍每个角落。那些尸体烧成粉末之后，附着力和威力都大打折扣。其实那一次，我们并没打算攻击活人，只想炫耀一下，体验体验做主宰者的快感，谁知道地球这么脆弱，一下子就不堪重负了。第二次是人类自己要利用我们，摧毁他们曾经生活过的地方，这一次，我们威力大增，不仅轻松附着在动植物身上，还能入侵到人类的血液里，所以陈永成造出我们之后，地球很快就成了废墟。

地球遭遇了两次灭顶之灾，可陈永成偏偏说那第二次是假的。“只是游戏。”他是这么说的。人们把一切不真实的存在都称为游戏，可我们明明眼睁睁地看着地球一瞬间掉入了无边的黑暗之中，那骇人的最后时刻，和我们上一次见证过的末日之景，并没什么不同。

第十章　神圣调停Ⅱ

围墙存在着，却毫无用处
大百科全书，地图册，远东
和西洋，所有的世纪，朝代，
象征符号，宇宙，宇宙的起源

在我的黑暗中缓慢地，我用
我迟疑的手杖勘测空洞的黑暗
我，总是在这样一个图书馆的幌子下
想象天堂。

——博尔赫斯

机芯精灵

维度墙划定了人类的生存界限，但那只是力微星全部版图中极小的一块。试图穿过维度墙，是在力微星上寻死的唯一途径，不停地去冲撞那看不见的墙，数次之后，就会被击碎，化为尘埃。人类不知道这是使得自己灰飞烟灭的办法，因为轻轻触碰一下维度墙，就会鼻青脸肿、天旋地转，那痛感撕心裂肺，不会有人想碰第二下。

设定生存领地的，是力微星的主人机芯精灵，也是元莱眼前新世界的建造者，他们不会老也不会死，不用为柴米油盐操心，也无须亲自繁衍和抚育后代，没有源源不断的欲念，也不会为了争抢资源而露出难看的“吃相”，他们是真正的“上帝”，只需要维持完美的现状。

机芯精灵的祖先是人类，只不过这些“完人”的形态和行为特性离他们的祖先已经相当遥远了，他们观察人类，比人类回望猿人的视角还要居高临下。这个群体首先消除了样貌的参差不齐，每个机芯精灵都拥有完美的五官和身材比例，就像达·芬奇笔下拥有黄金分割率的维特鲁威人。在这完美的皮囊下，是血液、肌肉和软体晶片的复杂混合，分毫不差地精密运转，每一处机能都经过精心的演算与设计，拼合出一个找不出错处的机体。灵与肉终于不再有矛盾和撕扯，而是高度地和谐统一。

每一个机芯精灵都孕育在“蛋壳”里，严格完成器官防腐、基因增强、生存预演等一系列被精准控制的孵化过程，之后破壳而出，经过短暂的集体生活，在“成长花园”生长到成熟，然后被送到检验机构层层测定。被认定成熟的精灵会再次进入他们出生的地方，周身涂满属于他们的“蛋液”，回到蛋壳里冷冻七七四十九天，再醒来时，他们会踢破蛋壳，变得完美。

这完美的标准是通过一系列复杂运算，最终由扩增中枢决定的。它的算法极其复杂，而且必须保证每一个环节都毫无误差。机芯精灵的生育过程，如同生命的高级定制，他们站在生物进化最顶端，精良而稀少。这个族类，简单来说就是拥有人类躯体却能无限运转的精密仪器。

虽然诞生过程千篇一律，但每个机芯精灵却都是独一无二的，他们的独特体现在晶片回路的设计上，绝对没有两张一模一样的设计图，数百个晶片在血液与肌肉中的位置千差万别，每一张路线图，连接起来都是一幅绝美的艺术作品。

每个机芯精灵的名字，都源于他们体内独一无二的“艺术作品”——晶片流线图。尽管机芯精灵高高在上，也刻意回避他们的祖先就是人类的事实，他们的生命密码图还是被打上了人类文明的烙印。每次开始实施新一批孵化计划，他们总得重温一些古人类的文明遗产，扩增中枢生成的每张晶片流线图，在资料库里都找得到原型——古人类在不同时期的杰作。

那些杰作可能是雕塑、绘画或建筑作品：梁柱林立的希腊建筑，中轴突出、四方对称的中国皇宫，一眼就能看出轮廓的金字塔和亚历山大灯塔，古罗马斗兽场……除了这些曾被人类称为“奇迹”的灿烂遗产，还有许多在人类探寻美的历程中被反复描绘的经典形象，曲线清晰、斜躺侧卧的丰满人形，很容易联想到女神维纳斯，还有耶稣受难的名场面、面容冷峻的埃及人像雕塑、妩媚的印度神像、飘逸夸张的唐代仕女……有些流线图甚至能够一眼就匹配上“原型”：静默威严的拉美西斯二世，压抑而痛楚的拉奥孔，弯腰屈膝的思想者……这些晶片流线图，生动体现了古人类在推动文明车轮前进的过程中的理想和精神力量，它们犹如一张张审美清单，映射着古人类对美好和永恒的愿景。

在机芯精灵的身体里，留存着已经消逝的人类文明的遗迹。无论他们怎么修改预设程式，晶片结构图还是与人类文明息息相关。机芯精灵无法重置扩增中枢里生命启动的程式，也修改不了晶片路线图最原始的生成路径，只能在支流和细部做一些改动。他们也不懂离他们已经十分遥远的初代机芯精灵设置这样基本程式的初衷，他们一定对人类怀有很深的情感。

那些艺术作品，机芯精灵看不出到底好在哪里，也看不出和力微星上高度简洁对称的点、线、面有什么本质区别。

机芯精灵用这些艺术作品来取名，是为了方便调取每个人的晶片结构图。秦俑、赫拉、耶稣、长城、金塔、方尊……这些人类文明的符码，变成了便于检索的空洞的名字。

结构精良的机芯精灵最惧怕杂乱。他们预设生命、计算轨迹、描绘生存地图，给力微星上的一切命名。

那些周身漆黑、长着三只脚的动物被限定在夜间活动，翅膀上有无数双眼睛的飞虫只在被设定好的飞行轨道上活动，长着老虎身体和大象耳朵的花纹兽绝不会在雪山以外的地方出没，人脸蛇身的土虫只在地下迷宫穿梭……机芯精灵用隐形的点、线、面，让所有生灵各得其所，这些生灵都只看得到自己的生存之井和井口处那一小方天地，就像人类看到的那些奇形怪状却永远无法看清其全貌的生物。

能够看清全貌的，只有力微星的"上帝"——机芯精灵。

对于机芯精灵来说，人类是一群连"完全掌控地球"都还做不到就难逃灭亡命运的生物。而他们是能利用力微星之外、所有临近恒星能量的"超体"。几万年之前，他们就开始注意到了地球上的生命迹象，但他们只记录了相关数据，像记录宇宙中其他星体和生命的信息一样，人类在他们眼中，没什么特别。他们也没料到，有一天，人类会成为不速之客闯入力微星。于是他们根据人类的数量，划了块空间，引导人类在力微星上安分守己地生活了下来。

这些"超体"的世界里没有愿望实现不了的烦恼，一切指令都通过大脑中的晶片传递给机器，然后自动实现，扩增中枢就是他们的"千里眼""顺风耳"，是他们被无限延长、力量无穷的手足，也是力微星上无数个"超级大脑"的集合体。机芯精灵单凭意念就能调动能量，轻轻松松就能聚合起足以摧毁一个城市的能量。

机芯精灵不会歇斯底里，也不会喜极而泣，不会通过情绪来传递信息，也不会张口说话，因为脑海里所想的都会被自动翻译、组织、输出，交流则通过空间里无处不在的全息墙解决。

元莱越过了人类的生存界限，来到了机芯精灵的领地，她只顾着饱览眼前的奇景，浑然不知这里的主人已经盯上了她。

元莱贪婪地扫视着眼前的一切，她怕一晃神儿，就又回到了日常的单调乏味中。这里全是稀奇古怪的存在。她向前走着，左边路口盘踞着几条长着好看花斑的蛇，蛇头下面连着两个身体，怪蛇的身后是四分五裂的干旱土地，那裂开的纹路和蛇身的纹路相互呼应。干旱的土地前面，居然是一片望不到边的绿洲，鱼儿在水里欢腾地蹦跶着，有的鱼有三个鱼尾六只眼睛、有的是鱼头猪身、有的鱼有手有脚、有的鱼张着嘴发出了喜鹊一样的叫声。远处一片树林的上方盘旋着密密麻麻的飞鸟，元莱走到近处，飞鸟们扇动着翅膀冲她叫了起来，那鸟头分明是人的面孔。密林的深处，是一片开阔的沙漠，沙漠里错落着三叉戟形状的木桩，木桩上挂着一颗颗鲜红的心脏，沙漠里结伴而行的人，双腿交叠在一起，胸膛上开了一个圆孔，步履蹒跚，像是从地狱来的旅伴。

元莱被这些奇景吸引着，不知不觉走到了雪山脚下。山脚下的树，叶子是一粒粒饱满的珍珠，枝叶与雪山齐高，望不到尽头，一只白喙赤足的大鸟俯冲到树根处，衔起了一颗珍珠。元莱向着大鸟飞去的方向走，被一个四壁都结冰的万丈深渊拦住了去路。

“游戏不是游戏。”

“想摆脱永生的人，就要变成过去的幽灵。”

“蛀洞是我们唯一的通道。”

“超级细菌是可以被消灭的。”

“等你救赎过去！”

元莱的能量棒闪烁起来，一行行小字反复划过屏幕，等她注意到的时候，所有的信息都闪过了最后一遍，能量棒恢复了原状。元莱不停地按着开关键，摇动、拍打，都无济于事，能量棒只是不停提示“空间安全”，再无其他信息。

“游戏不是游戏……细菌可以被消灭……等我去救赎……过去……”元莱拼命地回想刚刚看到的信息，嘴里不停地念叨着。她平复了一下心绪，快速得出了一个结论：有人在给她传递信号，让她回到过去，改变结局。

“在最后一间瓦舍里，已经露出了可以逆转命运的端倪。”她站在悬崖边，想起了她本来要去尔朱旻旻的住处，没想到误入了匪夷所思的世界。她循着来时的路，加快了返回的速度，她现在更想要去弄清楚这一系列奇遇。科技派不上用场的时候，经常被她戏谑的尔朱旻旻的“巫术”，或许可以答疑解惑。

“画手，好久不见！”“画手，你的飞蟹呢？”“画手，去蓬莱集市凑凑热闹吗？”元莱返回的路上，有几个机芯精灵和她搭话，她这才看清楚，他们脚上踩的飞行器，的确像个大螃蟹。

画手，守画，这不是《力微星历险记》里的女主吗？小说里的世界，和眼前的世界没有一丝相似之处，况且，那是一万年前地球上的网络小说，一个属于冰冷机器的时空，倒和她之前看见的力微星有几分相似。这里居然有个叫画手的人存在着，而且和她长得一模一样。看来这些机芯精灵人，把元莱当成了他们的同类。

元莱加快了脚步，力微星在她面前一下子豁然开朗，她好久都没有这种畅通无阻的感觉了。在地球上的时候，她尤其享受工作到深夜之后，独自一人开车驶在高速路上的时间，路两边的建筑物嵌在夜色里，敞开的车窗送来的冷风吹掉白天的喧嚣，所有的景致都变得清晰了起来。她感觉这个安宁的城市让她豁然开朗，此刻她和这个城市共享着呼吸。就是这种久违了的惬意，让她感觉此时此刻自己仿佛成了力微星的主人，对她来说，这里不再有逾越不了的屏障和盲区，她只需要前进，加速前进。

元莱跨出维度墙的时候，回头看了一眼。“这里到底是什么地方？”她心里琢磨着，飞奔向尔朱旻旻的家，把轻而易举就能得到的答案又甩在了身后。

关于这是什么地方，全息墙上是这么描述的：这是机芯精灵在蛋系星体中的最后一个家园。蛋系星体由十几个大大小小的星体组成，星索桥把它们连接成一个蛋形的圆环，每个星体上的居民都可以乘着蛋形的星际列车自由往来，那是蛋形星体最辉煌的时代：星体之间资源共享、扩增中枢极速扩充、孵化工程大踏步地飞跃，是机芯精灵成为“上帝”的黄金时代。后来，从各个星体的扩增中枢逃逸出的巨大能量，引来了蛋形星系的灭顶之灾，那些能量聚合在一起，引发了时空撕裂，这些看不见的能量像橡皮擦一样，擦掉了蛋形的圆环，幸存下来的只有力微星一个星体。孤单的力微星不久之后又被一股强大的辐射流袭击，那些奇形怪状的生物，都是被粒子风暴辐射过后的产物。

从此之后，力微星成了机芯精灵唯一的居住地。他们穿着防护胶囊，直至辐射的余威散去。他们清点了人口，制订了下一拨的孵化计划，逐渐修复能量丧失过半的扩增中枢，收拾好残局，然后，忘却这场无妄之灾。

拯救地球

“就在这儿？”尔朱旻旻狐疑地看着元莱。

元莱口中有清晰轮廓的维度墙，在尔朱旻旻眼中还是一片灰白，她轻轻碰了一下面前的空气，维度墙击得她当场倒地，疼得撕心裂肺。

“看来这墙壁不像你说的那么友好。”尔朱旻旻缓了好一阵子，才能坐起身来。

元莱上前拉起尔朱旻旻，墙面就在她眼前，她穿过去又迈回来，如此反复了好几次。

“那儿有张着嘴的几只鸟儿，再远一点儿还有参天的大树，看见了吗？”元莱把尔朱旻旻拉到墙的正前方，指着墙里她刚刚去过的世界问道。

尔朱旻旻失望地摇了摇头。

“还有红色的飞虫，翅膀上有好多个圆圈叠加在一起，发出轻微的嗡嗡声，它们都在朝你家的方向飞。”元莱转过身，指着维度墙这边的人类领地中一队整齐的昆虫给尔朱旻旻看。

“我只看见了几段弯弯曲曲的弧线，连半圆也算不上。虫子？我连个影子也没看见。”尔朱旻旻眼中的力微星没有丝毫变化。

元莱沮丧地坐在了原地，一下子泄了气。无论是尔朱旻旻还是力微星上其他人，都会把她看成是疯子吧。

“看不见不代表不存在，对吧？”尔朱旻旻拍了拍元莱的肩膀，安慰道。其实她们刚刚来的路上，元莱冲在前面，没挥舞一下能量棒，就带她找到了其中一堵维度墙。据她估算，这个距离，按照在力微星上正常的行进速度，起码得绕上一天的时间。

“看来我得给你时间好好消化一下。”元莱刚刚在来的路上把她的遭遇一股脑儿地倒给了尔朱旻旻，根本没给她思考的时间。

她们并肩坐在维度墙旁边，沉默了好久，元莱知道尔朱旻旻是相信自己的，只不过她还没有看到那个和自己眼中一样的世界。

“火水未济，果然事情还没有完结。火水未济瓦舍可能只是失控的开端。”尔朱旻旻先开了口。游戏会杀人、瓦舍重启、元莱的离奇改变，最后一间瓦舍消失之后，各种变化接踵而来，她当初的推测得到了印证。元莱口中的世界，她虽然看不见，但却有种不祥的预感：更骇人听闻的事情可能还在后面，但目前她也无法预知会是什么。

“你还记得在瓦舍里都碰过什么吗？”尔朱旻旻努力回想，也没想通元莱是因何而改变的。

元莱摇了摇头，她想不起来自己接触过什么奇怪的东西。

“肥遗、何罗、树若慧、三足乌，三苗国、交胫国、无启国，流沙、终极渊……你看到的这些简直就是《山海经》里的奇异世界，只不过，它们和书里的描述不是完全吻合，像是混搭的产物。而且，书里也没有记载你说的那些长相完美的人。”

“《山海经》？”元莱对于这些传统典籍，除了名字，什么都不了解。

“这书里描述了上古时代的各种灵怪和神仙，简单来说就是远古的奇幻世界，我们小时候听过的神话故事精卫填海、夸父追日等都来自这部奇书。”尔朱旻旻觉得以她对元莱的了解，她是没法儿编得出这么生动的事物的。

“小时候，不知道我有个什么样的‘小时候’。”元莱想她可能这辈子都想不起她在孤儿院之前的生活了。

“肥遗，长着一个头和两个身体的蛇，看到它人间就会有大旱；何罗，是一种叫起来像狗叫的鱼，一个鱼头下有十个身子，吃了这种鱼肉可以治疗血肿；树若慧，可以结出珍珠的树；你看到的挂着心脏的木桩，像书里提到的三足乌，但三足乌挂的是太阳，旧的太阳升起来了，新的太阳就会沉下来落在这三足乌的顶端。还有各种奇异的国度，羽民国的人浑身长满了羽毛；讙头国的人有人的面孔，长着两只翅膀，用鸟嘴捕鱼吃；厌火国的人长着野兽身体，嘴里喷着火；三苗国里人们都结伴行走，从不落单；贯胸国的人胸口上有个大洞；交胫国的人小腿交叉在一起；三身国的人长着一个脑袋和三个身子；巫咸国的人两只手分别握着一青一红两条蛇；无启国的人没有子孙后代，但他们心脏不会腐朽，死后一百二十年又可以复活……你看到的沙漠中结伴而行的人，像是贯胸国和交胫国的结合体，那挂着的心脏，说不定是无启国里永远鲜活的心脏，那万丈冰川，书里也有提到，叫终极渊，你再多待一会儿，没准儿就会有乘着飞龙的冰夷人从深渊底部飞上来……”尔朱旻旻越说越兴奋，这是她熟知的领域，她像个给孩子讲神话故事的祖母。

“真希望你能亲眼见到。”元莱从口袋里掏出了一颗圆润的珍珠，放在了尔朱旻旻手里，说：“树下捡的，给你看看，稍后我就放回去。”

在元莱确定了尔朱旻旻的态度之后，轻描淡写地拿出了“证据”。

“你注定是个不平凡的人。无论是在地球，还是在力微星，奇迹总是敲你的门。”尔朱旻旻感叹元莱的经历，也感叹在一个离人类历史如此遥远的时空中，先是见到了用六十四卦命名的瓦舍，现在又出现了这么像典籍中所述的世界。人类的上古时代居然嵌在复杂纯熟的高维空间里，以这样一种怪诞的方式和高度发达的科技世界并立在一个时空中。

“那些飞在空中的人叫我画手。”元莱觉得这名字有些讽刺的意味。

“画手……守画？《力微星历险记》！太诡异了，只有你发生变化，然后看到了我们都看不见的世界……说不定你本来就属于这里。”尔朱旻旻做了一个毫无根据的大胆猜测。

“这不可能！”元莱本能地抗拒这种说法，她若属于这里，那地球上的那些日子该怎么解释？她明明是占用了萧怀明的通行卡才能苟且偷生的人，怎么可能和这里有什么渊源？

“我就是这么一说，一定有我们还没搞清楚的机关。我们就像是被摆弄的棋子，有些征象自有玄机，靠我们的智慧恐怕解释不通。不过，你现在可以充分利用身上的变化，借用体力和脑力的优势，把能弄清楚的问题先搞明白。”尔朱旻旻此时有些羡慕“开了天眼”的元莱。

“问题的关键是，瓦舍里我们摧毁的是真实存在的时空！”

这才是元莱着急见到尔朱旻旻的原因，中间的插曲让她到现在才进入正题，她要和尔朱旻旻商议拯救地球的事情。

“我看到了瓦舍形成过程的展示，漫长的人类历史被裂解成一个个碎片，瓦舍就是这些碎片融合的结果。力微星上的游戏玩家，再亲手把它们毁灭。”

“真实？我们亲手摧毁了历史？那游戏里的指示、瓦舍消失后力微星上多出的养分子、官方说的科技又该怎么解释？还有，去到别的时空，蛀洞呢？穿梭机呢？我们来到力微星之后的记忆，应该是完好无损的吧？”尔朱旻旻听得有点儿迷惑，虽然她也早就怀疑关于瓦舍另有玄机，不像官方宣称的那么简单，但是这么离谱的猜想，她也一时难以接受。

元莱看出了尔朱旻旻的狐疑，她自己都觉得这些越发离奇的事情难以置信。她开始在心里默念“瓦舍游戏能够逆转地球的命运吗”，上一次她就是这么不停地暗自发问，便见到了答案。

全息墙重演了一次时空碎片诞生的过程，可惜只有元莱看得到。她对尔朱旻旻说：“威尼斯人的帆船过去了，这是我们安营扎寨的河岸……看到你自己了吗？”

尔朱旻旻疑惑地摇了摇头：“除了一片灰白，我什么也没看见。”

“又是这样，只有我可以看见，难道一切都是我的幻觉？”元莱捂着脸，沮丧极了。

“这个世界上本来就有很多事情以人类的智慧是解释不通的，比如，力微星的存在、瓦舍、人类在这儿的处境，还有你说的这些。也许这一切真的是幻觉，可幻觉里又有多少真实的影子？关键的问题是，即使你说的都是真相，现在我们又能做什么呢？”尔朱旻旻看着元莱失望的样子，安抚着她的情绪，但也知道力微星上的问题不是她们能解决的。

“我在想，如果我们能去那么多的平行宇宙，为什么我们不试一试，回到当初的地球，穿越回时空还没裂解之前，去改变地球的命运！”元莱说出了自己宏伟的计划。

“拯救地球？！”尔朱旻旻觉得今天元莱思维跳跃得让她有些应接不暇。

“对，拯救地球！瓦舍不是游戏，这一切的起点都是我们曾经生活过的那个地方，我要想办法回去！”元莱平复了一下情绪，还是决定不告诉尔朱旻旻能量棒上凭空蹦出的那些暗示她、召唤她拯救地球的信息，今天她告诉尔朱旻旻的这些，已经够匪夷所思的了。

元莱看了看一时语塞的尔朱旻旻，觉得自己从没像现在这样笃定和清晰，她要回去！即便孤身一人，她也要把这个不着边际的想法付诸实践。萧怀明和重来一次的执念在她的脑海中勾勒了无数次，她不知道火水未济瓦舍是时空碎片碰撞、裂解又反复融合了多少次之后的产物，无论那里留下了多少真实的成分，她都看到了改变的曙光。

故事是可以被改写的，只要她回到正确的地方。

回到最初的时光是元莱现在的终极目标。那是初次经历漫长演化过程的地球，是真实和虚拟还有明确界限的时代，是多灾多难的永成年，是始作俑者的末日，是她登上穿梭机的地方，是萧怀明与之共存亡的地方。

“足够强大的念力，才能改变结局。”念力，这个词突然就出现在了元莱的脑袋里，这些天，她脑袋里时常蹦出一些让她感到陌生的词汇。

“如果你非要回去，也算我一个！只是现在必须先解决实际的问题，我们并不能决定目的地，即使能成功地穿越时空，进入蛀洞后的一切都是未知。”尔朱旻旻知道现在任何劝说都是徒劳，无论这些她看不见的事情是真是假，在元莱的孤注一掷面前都不是那么重要了，不如就陪她疯一回，万一奇迹真的发生了呢？

“有时候我们得相信奇迹。”看清了力微星，又解开了瓦舍存在的秘密，也不再被维度墙阻挡，这些变化增强了元莱去创造奇迹的信心。这一次，她很坚定，哪怕粉身碎骨，也要搏一搏。

元莱坚信全息墙告诉她的是事实。按照那些怪诞碎片成形的过程来看，新形成的时空中，怎么也会留下一些原始的残骸，那么一万年前的地球很有可能就像瓦舍里那样是毁于超级细菌，去掐灭这细菌的源头，就会救活地球。

元莱知道这样的假设缺少细节支撑，这些不停断裂又重新嫁接的时空，最初的容貌已经太难以辨认，但她就是在不断催眠自己，让自己坚定信念。

对于拯救地球这个痴人说梦的计划，尔朱旻旻显然要理智得多。最后一间瓦舍的消失，并没有带来万众期待的改观，还有那暗示着“事情未完”的卦象，都让她忧心忡忡。她猜测着卦象指示的各种可能性，等待着征兆出现，可是她知道，这征兆绝对不是她这样的凡夫俗子能够驾驭得了的。

尔朱旻旻劝告元莱，穿梭机已经搁置了一万多年，能否重新启用都是个问题，更别说怎么精准地回到地球了。得先解决她们怎么离开力微星的问题。

那天二人分开之后，尔朱旻旻觉得等元莱冷静下来，碰了壁，或者那些只有她看得见的“神启”自动消失之后，她迟早会放弃拯救地球这个计划。尔朱旻旻没料到，元莱回去之后一刻也没耽误，她们再见面时，所有的准备工作已经做好了。

力微星对元莱敞开的所有奥秘，没有像她担心的那样在某天无端地消失，而且她渐渐掌握了窍门，也不再为这些增长的智慧和能量而感到惊慌失措。这些与别人不一样的特质，之前她很抗拒，来到力微星之后，她一度只想做个混日子的凡人，现在她只希望这些特质能够存在得久一些，她急于要游刃有余地驾驭它们，因为拯救地球的计划需要这些力量。

元莱在和尔朱旻旻会面之后，就启动了计划的第一步：找到穿梭机，重新启用。她需要一个成果来让尔朱旻旻相信自己并不是头脑发热。虽然尔朱旻旻嘴上说相信自己，但她的相信更多的是体恤，是安抚，是搭档的姐妹情谊。

这些日子元莱几乎走遍了力微星的每个角落，以前时间总是耗在了走冤枉路上，现在路上的风景一目了然，她才知道，力微星原来这么辽阔。她穿过了一面又一面的维度墙，轻松踩过所有的分界线，畅通无阻的感觉真是棒极了。

一个长着人脸猪嘴、有着麒麟身体的动物从她眼前飞了过去，那些针叶形的树在自动蜕皮，发出轻微的噼里啪啦的声响，离她视野最近的一棵树上两只分享着同一对翅膀的鸟儿发出嘤嘤的叫声。

比翼鸟！这是个团聚的好兆头！元莱想起了尔朱旻旻提到的《山海经》，眼前的奇景让她联想到与萧怀明的相聚，那些幻象在她脑袋里绽放成美丽的烟花。

团聚的念头拽紧了元莱的每一根神经，让她无暇去想，这些时空碎片是怎么飘到力微星上的？它们为什么会以游戏的形态出现？以瓦舍的消失作为游戏的通关目标，这又是谁的手笔？

如果元莱发问，全息墙一定会告诉她，这些都是来自力微星的主人机芯精灵精细的安排。元莱沉浸在“回到地球”的美妙蓝图中，而她还不知情，这计划仅凭她突如其来的能量是无法顺利实施的。力微星上的法则，始终取决于它的主人们，他们可以暗中相助，也可以不着痕迹地阻挡一切。

同　类

只要力微星按照法则运转，秩序井然，机芯精灵就不会让任何生物觉察到他们的存在。高阶文明的生物，天生就站在塔尖，干预其他生物世界的运转，对他们来说太没挑战性，也没什么必要。他们更加不会去攻击低维生物，除非他们自己遭到了威胁。

在蛋形星系大灭绝的那场灾难后诞生的机芯精灵，没有力微星上的老人们对“异数”和“变化”的敏感性，他们出生在废墟之上的新世界。那些目睹过扩增中枢一夜之间枯萎的老人们，始终有着危机感。“崩塌发生在最自信骄傲的繁华顶峰，星系中扩增中枢最小的力微星侥幸躲过了能量风暴的法眼，那些从扩增中枢逃逸出去的能量，反噬了孕育它们的母体。”第一个消失的，就是最引人注目的上元星，也是机芯精灵最初的家园。

“上元星的消失来得毫无预兆又彻彻底底。”这是他们深刻的集体记忆。所以危机过后，机芯精灵在这些老人们的带领下，奉行着简单至上的生活原则：控制规模，给一切划定范围。对于力微星之外的世界，他们既不会像当初那样到别的星体去扩充地盘、形成强大的联盟，也不会让外部力量渗透到力微星来。他们会尤其关注那些被视为潜在威胁的征兆，及时把它们扼杀在摇篮里。

密不透风的力微星，仿佛一个大门紧闭的世外桃源。除了那些被他们视为风险的事物，他们不会在意任何与力微星无关的世界。

而威胁就出现在人类登陆以后。万千个空间接口处的“不眠之眼”探测到，一些碎片正在缓慢地朝力微星移动。这些碎片便是那些从线性时空里逃逸出来的地球文明的一段段剪影。

这些微不足道的时空碎片，本来遥远又无害。那些关于地球上人类生老病死、喜怒哀乐的历史片段，在机芯精灵眼里，犹如人类在看昙花一现、昆虫搬家、动物迁徙一样，他们觉得没有必要去参与这低等文明的进程，这些比自己脆弱太多、智识太低的群体，根本不值得关注。更重要的是他们体内软体晶片的程式设置，和力微星上的主控晶体——扩增中枢紧密相连，这些复杂的神经通路决定了他们只需严格遵守着力微星上的法则，守着这个桃花源，安于一切，也对别的恒星漠不关心。

直到这些漂浮的碎片犹如被磁石吸引一般，从四面八方飞向力微星，机芯精灵觉得这是个不好的苗头，必须把它掐灭。这些本来如尘埃一般的碎片如果聚集到一起撞击力微星，这能量将是不可估量的，超出了他们可以驾驭的范围，足以对这个高维世界造成致命的伤害。

尽管机芯精灵们预测的“袭击”太过超前，这些时空碎片有可能三五成群地袭来，也有可能中途停止前进或者改换方向，而且，现在它们距离力微星还相当遥远。可是，阻拦它们还是立即被当成了力微星上的头等大事。

机芯精灵们想了一个不用自己动手的办法，打破这些碎片，它们就不再是威胁。但机芯精灵体内的程式不允许他们滥用能量去毁灭别的恒星和生物。这个时候，他们想起了刚刚安顿下来的最后一批人类——人类文明的碎片就让他们自己去处置，用人类自己的方式去让各个历史碎片消亡。于是，神秘莫测的瓦舍就这么出现了。真实的时空被乔装成了游戏的样子。

时空碎片，是机芯精灵加深对人类了解的契机。虽然扩增中枢上存储着浩如烟海的关于人类的档案，但在人类成为他们的帮手之前，那只是一堆沉睡的资料。选定了帮手之后，他们迅速调取了与那些时空碎片相关的历史资料，然后决定把那些碎片伪装成游戏的模样。他们记住了人类文明史上的那些闪光点，拆解了永成年的万能机、机器人，研究了这些幸存者的生存环境和行为习惯，甚至翻阅了那本末日前大火的网络小说《力微星历险记》，认真地玩了一遍最热的游戏剧《白日菊》。

在这些启动计划前的准备过程中，有两件事引起了机芯精灵的重视。第一件事情是地球毁灭的起因。他们看到了一粒微小的细菌让地球不堪重负而毁灭的全过程，那些动物和植物本是人类观察和驾驭的对象，却压垮了地球。这给他们再次敲响了警钟，一定要重视那些微小的碎片，不能让它们靠近。地球的命运让他们产生了一种很矛盾的心理，一边庆幸当初动了恻隐之心，接纳了人类，现在才有了帮手，同时又对这些比他们弱小得多的人类怀着深深的戒备和担忧。他们当初给人类划定生存界限，引导他们活下来，现在还得密切注意他们，以防发生任何不测。

第二件事情更加棘手，他们发现那个悬而未决的“麻烦”—— 一个从力微星上溜了出去的机芯精灵，又自己回来了。

机芯精灵画手，按照地球纪年，已经脱离故乡很久很久了，而且有了一个人类的名字——元莱。力微星离地球实在是太遥远了，即便是机芯精灵，一路上也会消耗许多能量。画手越过了一个无比深邃的蛀洞，到达时把她出身的秘密都留在了蛀洞里。没有什么高尚的理由和惊天动地的行动，仅仅因为顽皮和不安分，她脱离了同类。

刚登陆力微星的时候，所有人都被压成了“肉饼”，只有画手还保持着正常的体态，她独自在力微星上漫无目的地转悠时，同伴们就发现了她，然后在她筋疲力尽的时候，把她拎回了原地。

画手即使回到了故土，也没想起自己的出身来历，满脑子还是地球上的爱恨纠葛。他们动过要唤醒她的念头，一个回归的同类对机芯精灵们来说还是非常珍贵的。站在塔尖的生物，本来就少得可怜。蛋形星系大灭绝之后，他们又缩减了孵化器，增添了各种筛查程序，繁育之路更加严密复杂。因此，每个新生的机芯精灵，都无比金贵。

可是，机芯精灵们看到画手对地球的一切念念不忘。人类社会的经历和记忆对她来说，影响是如此强烈，唤醒她是福还是祸，他们也没有十足的把握。最乐观的情况是，她经历蛋壳的重新冷冻后顺利归队，那些作为地球人的时光对她来说不再有任何意义。可看她来到这儿之后种种绝望伤心，都和地球上的记忆有关，机芯精灵是不应有这种极端情绪的，蛋壳可以修改晶体回路，修复缺陷，但无法过滤多余的情绪。如果这些属于人的臭毛病一直都存在于画手身上，他们是不能冒险让她归队的。

机芯精灵们的精致、缜密都是天生就被设定好了的，画手身上虽然残留着这些完美的痕迹，但确实已经偏离太远。按照力微星上的时间计量，画手其实并没离开多久，只有知晓她“逃跑”的精灵，才会拿地球的时间来衡量他们的同伴已经被人类同化了多少时日。

知情的几个高层，没有向所有精灵通报这件事情，因为他们觉得，画手还处在一个难以确定的状态，自从他们重建力微星以来，还没有过脱队的同伴。宣布损失一个同类，这件事必须慎之又慎。“唤醒画手”被提议过好几次，在她因为“意外”而自我苏醒之前，一直都悬而未决。

后来画手和人类一起并肩作战，努力地消灭瓦舍，她在不知情的情况下又违背了作为一个高阶生物的法则——不去攻击低等世界。力微星这个孕育了画手的地方，没能给她铺垫回归的路，反而令她在背离同类的路上越走越远。

地球上的元莱总是重复做着同一个焦虑的梦：梦里有个和她长得一模一样的透明人，在迷宫里摆弄着蚂蚁一样的小人儿。那人晶莹剔透的皮肤下面，是血液的支流和晶片的海洋。这梦源于她本来的面目，机芯精灵们每天醒来第一件事情，就是用探测器划过身体，以确保所有的回路完好无缺，高速运转。她真的是个外星人，尔朱旻旻的玩笑早就言中了她的本质。好不容易才习得的脸红、心跳、沮丧、牵肠挂肚……这些属于凡人的悲喜，和与生俱来的冷漠相比，只是露出的冰山一角。

海面下沉静坚实的冰山，才是真实的元莱，血液和肌肉之间晶片的海洋，才是她的生命密码。

每个人都是独一无二的杰作，完美人类的理想，倒是在进化了若干代的机芯精灵身上实现了。

昙花一现的蛋形星系

机芯精灵的资料库里，还保存着我们的全貌，那是他们为我们命名之后，抓拍的壮美瞬间。可惜，在地球还是一片荒芜，没有孕育出任何生命体的时候，我们就陨落了。即使那场时空撕裂的灾难没有将我们抹去，以地球永成年的科技水平，再突飞猛进一百年，人类的观测工具也还是看不到我们的，我们离银河系的距离，实在是太遥远了。其实，我们比人类已知的那些星系都要古老。

蛋形星系中的每一颗星球，都是自转的行星，在我们之间并没有所谓的“中心星”，没有主从之分，各自按照自己的法则运转。后来，居住在上元星的机芯精灵开始探索周围的行星，他们移居到别的行星，在星体间修建了星索桥，把其他地方都改造成上元星的模样。机芯精灵就这样扩充到蛋形星系的每个角落，如果不是灭绝来得猝不及防，他们还打算去临近的星系看一看。定居在宇宙的最深处，是机芯精灵在为我们命名之后的下一个美好愿景。

在蛋形星系遭遇大灭绝时，机芯精灵们记录了当时数以万计可观测到的星体情况。至于那个时候观测到的地球正在经历第几次生命的循环往复，就不得而知了，可能是由尘埃、气体汇聚凝结之后不久，也可能是星体间碰撞分离后刚刚形成稳定的残骸。无论诞生的方式如何，在有了生命之后，地球文明发展的轨迹都如出一辙，它蓬勃繁华的时间，与它初生时及朽坏后的漫长岁月相比，就是一眨眼的工夫。蛋形星系最璀璨的日子和地球的繁华时日一样，如昙花一现。

幸存下来的机芯精灵，定居在力微星上，过着谨慎、节制、安稳、简单的日子，不再提起那些辉煌时日和“住在宇宙最深处”的雄心。力微星，蛋形星系中最小最黯淡的一颗，成了机芯精灵最后的家园。

机芯精灵们收集了其他星系上有生命体存在的所有行星数据，模拟了他们在一些环境中的生存状况，总结出了一个不可改变的事实：如果力微星遭遇不测，那些生命力旺盛但又无比短暂的年轻星系，他们是不能去的。机芯精灵要绵延不绝，最好的选择是走向更古老的星系——宇宙中更加简洁又荒芜的地方。

第十一章　交叉小径的花园Ⅱ

你不是别人，此刻你正身处
自己的脚步编织起的迷宫的中心之地。

——博尔赫斯

帮　凶

机芯精灵选择最后一批人类去解除力微星的威胁之前，是做了充分考量的。他们把瓦舍弄成巨型游戏屋的样子，把生活装扮成游戏，加入混淆视线的迷障，都是为了引导参与的人尽快帮他们达成目标。

蛋壳形状的外形，参照了人类的“救生船”——蛋形穿梭机的样子，瓦舍的大门，其实是时空穿梭的机关，进入的人在毫不知情的情况下，就被披上了便携穿梭装备，装备已经设置好了监控系统、智能引导系统、应急系统等必备工具，以确保安全。螺旋光标、提问、选择等这些与引导系统相连的“烟幕弹”，都是为了让整个穿越之旅看起来更像游戏。

避难所的标识这种让玩家回到力微星的信号，其实是精灵们的善意提醒。监测的机芯精灵在玩家们陷入迷途、需要回去修整，或时空即将破碎等情况下，就会根据数据监测的指示，停掉他们的穿越之旅。游戏玩家在不知不觉中掉进某个时空碎片，然后又在某个时刻被迫离开。

人类在浑然不知的情况下，成了这些精灵的帮凶，亲手去摧毁地球文明残乱的遗骸。机芯精灵会选择性地帮助这些帮凶中的佼佼者，那些聪明、果敢、能力超强的通关能手。这些助力往往是一些隐晦的引导，机芯精灵会在他们遇到重大转折或者接近胜利时，毫无痕迹地发出指引。大多数情况下，他们不会干预任何选择和进程，通关者会各凭本事完成摧毁瓦舍的任务。他们把一切都做成游戏的模样，故意留下一些蛛丝马迹，好让“通关”变得易如反掌。

他们又不能推波助澜得太明显，这样就违背了旁观的初衷。可是，机芯精灵后来发现，他们还是高估了人类的智识和能力，在他们眼中如蚍蜉一样渺小的东西，却是横亘在人类面前的粗壮大树。碎片毁灭的速度，远远不如他们预期的那么快，在他们看来，比蚂蚁搬家还要慢。即便这速度让他们分外着急，他们也绝没有亲自上阵的打算。

上帝是不会踩死一只蚂蚁的。高高在上的机芯精灵们，即便是面对将来会毁灭的可能性，也没有丢失了神圣的姿态，一直在袖手旁观。

“装扮成游戏再合适不过了，来这之前，游戏就已经成了人类生活的必需品。游戏现在进化升级了，这也说得过去。我们这是对症下药。”

“那些暗示是不是太晦涩了？”

“人数最多的九州国的国民，应该人人都了如指掌，这是属于他们老祖宗的智慧。”

“别忘了蛀洞吸食了人类不少记忆。”

“总会有人记住的，人人都熟悉的东西，被留下的概率是很大的。”

“这个引导的尺度怎么把握？”

“暗示，只能是暗示。所有的事情都得他们自己动手。”

“他们会丧命的，灾难、战争、疾病，甚至是饿肚子都能轻易要了他们的命。”

“我们的保护措施也很严密。况且，生老病死，他们本来也这么活着。”

“如果死人了，他们就会发现这不是游戏。”

“人类会替我们收拾这个漏洞的。‘瓦舍是人类科技的极限’，他们不是已经在帮我们掩盖真相了吗？”

“画手呢？要不要阻止她进去？”

“元莱，现在应该这么叫她。全面监测的数据刚刚出来了，目前她没有归队的可能性，我们只能暂时把她当成人类来看。唤醒她，还得从长计议。”

“她现在一点儿觉醒的迹象也没有，脑子里塞满的是地球的样子。”

与地球到力微星的距离相比，漂浮在力微星周围的碎片与力微星的距离极短，因此机芯精灵进入这些碎片，像推开一扇大门那么简单，无任何不良反应。隐形的穿越装备是专门为人类准备的，他们得确保人类在往返路上的安全。机芯精灵护送人类到碎片中去，耐心等待一阵儿，然后接他们回来。所有参与过这项工作的机芯精灵们，都严格遵守指令，没动过一点儿体验碎片世界的好奇心。他们只是摆渡人，岸上的世界与他们无关。

力微星与这些碎片之间横亘着一张张气旋舢板，它的本质和蛀洞一样，却比蛀洞的威力要小得多，只有一柄铜镜的厚度，穿过它，只需一瞬间。即便如此，那些人类玩家在进出的过程中，还是会丢失部分记忆，那些记忆大多数是有关于他们去摧毁的时空的，他们在不知不觉中，就对刚刚发生的瓦舍历险失去了部分记忆。残缺不全的，还有人类自己携带进去的通关记录仪中的记录。所以，神圣调停局最后得到的通关记录总是残缺的。

“人类的记忆也太脆弱了。”观战的机芯精灵如此感叹。那些气旋舢板轻轻一擦，就让部分记忆消失了。

人类是看不见这些“摆渡人”的。元莱在混杂的噪声中听见“画手”的名字，是他们唯一一次露出蛛丝马迹。那个喊着画手名字的机芯精灵，是她在蛋壳中就注定要在一起的“青梅竹马”——出生之前就被配好对儿的基因搭档吴哥。他以为画手又因为贪玩溜进了瓦舍，可画手神志清醒之后，根本没看见近在眼前的同伴，她在宫殿里四处转悠，和其他初到瓦舍的人类的反应一模一样。

“她不是我们的同类！”吴哥的工作伙伴提醒他，画手穿上装备会失去知觉，也看不见自己的伙伴，而且她的神情里一点儿机芯精灵的影子都没有。

“她一定发生了什么事情，我已经很多天没有见过她了，传感铃也一直没有应答。”

“我理解你，毕竟每个人就这么一个基因搭档。可眼前这个女人，从行为举止中看，就是一个普普通通的人类啊。你看，她连全息眼镜罩在头上都没察觉，怎么可能是我们的同类？”

“可……画手去哪儿了呢？我好几次都想直接去她家找她了！”

“别冲动！这坏了规矩，你还是等传感铃的消息吧，没有记录的私下会面，这太可怕了！”

“怎么会有和我们长得一模一样的人类？”

吴哥还是不相信眼前的人不是画手。

“事事皆有可能。别忘了，我们的祖先是人类。好了，别耽误了正事，盯着点儿，我们得按监测数据及时放出指示，让她安全回来。”

“太像了，又没有一点儿相似之处，这感觉太奇怪了。”

吴哥旁观了元莱在天风姤瓦舍闯关的整个过程之后，彻底分清了元莱和画手。画手是不会这么快就在人类社会里轻车熟路的，机芯精灵和人类有着截然不同的生存环境和法则。

走进天风姤瓦舍之后，画手回归机芯精灵队伍的可能性就被掐灭了，因为她已经掺和进了低阶文明，并且在不断改换、扭转着那些世界的命运。她和那些人类玩家一道，卖力地拆除着人类文明的残垣断壁，把瓦舍里的世界变成了一个又一个的荒原。

神　迹

最后一批人类闯入力微星时，机芯精灵还是动了恻隐之心。因为这是他们的地盘，他们完全可以决定驱逐什么，留下什么。穿梭机不声不响地从“不眠之眼”这天罗地网的缝隙中溜了进来，令他们始料未及。

力微星上的防御网，对于像穿梭机这样能量有限的小东西，是不会发出任何警报的。对于预警程式来说，它太小太轻了，根本算不上威胁物。而且，“不眠之眼”在扫过穿梭机的时候，识别出的结果是：它是属于力微星的物体，从这儿离开后，又安全返回。

人类就这样侥幸降落在了力微星上。刚刚落地的“蛋壳”还在摇晃的时候，机芯精灵就搞清楚了里面那些“肉饼”的数量和能量。他们看了看检测的数据，安下心来，穿梭机里的那些人太弱小了，根本不足为惧。很快，机芯精灵就框出了人类能活动的范围，释放了适合人类体质的“口粮”，又在他们被撞得七荤八素的情况下，指引他们如何避开空间里的障碍。

为了让人类生存下来，他们无偿提供营养分子，让人类带来的这些技术和人才找到用武之地，建造出在力微星上不那么突兀的聚居地。就像他们对待力微星上的其他生物一样，画好存活的条条框框，只要不越界，就相安无事。

人类像蚂蚁一样，被这些精灵观察着，观察着他们怎么从“薄煎饼”膨胀成正常的体积、怎么找到食物、怎么建造一间住处、怎么被撞得鼻青脸肿、怎么用能量棒探测着一切、怎么绞尽脑汁想要探测出这个空间的秘密。

蚂蚁怎么会理解人类呢？它们不会知道辛勤地筑洞、搬家、积攒食物都被看在眼里，更不会知道，洞里突然灌进的大水，是某个人类孩童的恶作剧。

人类会选择做一只蚂蚁吗？这答案显而易见。同理，机芯精灵也不会选择人类的生活，他们旁观了整个地球文明的陨落，他们协助最后一批人类存活下来，并让他们投身进了毁灭瓦舍的游戏中，成了他们破坏碎片的工具。

从三维世界跃升到高维空间，人类还是没长记性：根本就没有什么“神迹”，只有隐蔽的力量和智慧还无法企及的科技。让人类存活下来的营养分子，是好心的机芯精灵释放出来的，他们也可以毫不费力地把人类周围的环境抽成真空。

在瓦舍通关变成全民参与的游戏之后，机芯精灵又成倍地增加了环境中的营养分子，那些瓦舍消失之后，在空间里游走的“星星”，只不过是激发人类积极性的把戏罢了。

这些星光会给人类希望，提醒人们这是通关带来的红利——成倍激增的“粮食”和随之而来的生机。每一个走到生死关头的人，都得到了机芯精灵们的暗中相助，把他们从鬼门关拉了回来，顺便修复了有缺陷的基因。

人类把进入碎片世界当作一项除了生存之外的头等大事之后，机芯精灵们就更加坚定了要让这最后一批人类永葆生机的决心，这项本来在力微星上只属于他们自己的“永生”特权，被慷慨地赠予了人类，只是，他们没有把繁衍的秘诀也传授给人类。机芯精灵按照现在人类的人口规模，估算了一下如果人类可以正常生育，在若干年后的人口数量，这数字吓了他们一跳，使得他们从此打消了这念头。

只要群体的数量足够大，任何奇迹都可能被创造出来，人类以往的历史已经足够说明问题了。与其他生物保持足够的距离，这个道理机芯精灵还是懂的。

一切无法解释的现象，都被人类理解成“神迹”。只要这些“神迹”存在，机芯精灵之于普通人，就还是高高在上的角色。机芯精灵尽量把这些“神迹”包装成人类熟知的形态，以便于他们接纳。可蛋壳形状的瓦舍并没消除人类的疑虑和恐惧。他们本来还想借助最古老的东方智慧，顺理成章地给人类一些暗示，以便让瓦舍消失得快一些，可基本上所有的通关者都没看懂这名字里的玄机，好在碎片已经在误打误撞中开始被瓦解了。于是，这当初有着线索意义的名字，就变成了单纯的噱头。

人类的适应能力还是很强的，他们很快就找到了摧毁不同文明的各种套路和招数。有了这些沉迷在游戏中的人类，机芯精灵们松了一口气，这些迫近的碎片被人类攻破是迟早的事情。只要人类不去对力微星上的各种“神迹”追根究底，他们就能永远与人类和平共处。

“人类总想着把力微星改造成地球，这是很危险的。”

“别担心，这里真实的样子他们都还没看见过，那是他们想象的乌托邦。有点儿幻想是好事，有想法有希望才会行动。”

“碎片彻底消失之后，我们得找点别的事情让他们沉迷其中。热切的期望会激发出什么，这谁也没法预测。”

“目前最要紧的是做好数据跟踪，把容易产生疑虑的地方掩盖好。”

“监控碎片世界，浪费了我们太多力量。”

“再坚持一下就能渡过这次危机了，如果中途让人类发现了这些时空碎片的真实面目，就功亏一篑了。我们是不能自己动手的。”

“这次危机过后，我建议马上把‘蛋壳改良’计划提上日程，我们现在的繁衍速度，总让我觉得不安。我有种预感，就是没有我们的帮助，人类总有一天会找到传宗接代的法子，这是属于人类的本能，想想地球上人类的基数。如果有一天，力微星上人类的数量超过了我们……这太可怕了。”

“除非，他们到时空碎片里去传宗接代，在力微星上，这概率基本为零。”

“那更不可能了，要么彻底消失，要么变成荒原停滞不前，那些碎片活跃起来，无论前进速度多么缓慢，对我们始终都是威胁。”

“荒原有了生机，就埋下了前进的种子。”

机芯精灵们的担忧在第64间瓦舍消失之后，变成了比他们的预想还要糟糕的现实。人类发现了瓦舍的漏洞，少部分人为掩盖谎言焦头烂额。

机芯精灵想了一个双赢的办法，既能保全瓦舍的秘密，又能让人类继续帮他们解除危机：他们选择了几个碎片世界，虽然它们不是最迫近力微星的，但是里面的内容足以让人类望而却步，那是一个个黑暗时代，要么莽荒血腥，要么多灾多难，他们要让人类意识到，那里不是天堂而是地狱。

足以对力微星造成威胁的碎片数量，不多不少正好64个。连机芯精灵都不得不感叹，这些碎片中的故事，居然可以和易经64卦一一对应起来，这样惊天的巧合可不在他们的计算中。他们本想如人类所愿，在火水未济瓦舍被摧毁之后，暂时停止人类的瓦舍之旅。因为包装这些碎片世界，耗费了机芯精灵们太多的人力。其他那些漂浮在宇宙中的碎片又距离遥远，而且基本探测不到移动的迹象，“休眠碎片”，机芯精灵是这么命名它们的。

“在我们身后，一定还有更高阶的文明，把我们和这些人类遗留的历史碎片关联起来。64 个朝我们行进的碎片，偏偏就这么巧。”

“不管怎样，我们的危机算是暂时解除了。”

“人类在向官方抗议，闹着重启瓦舍。他们嚷着要去游戏中生活。”

“暴动会结束的，所有群情激愤最终都会平息的。”

“生命是最重要的，至少对人类来说是如此，不是吗？他们现在一副不怕死的架势，要去瓦舍里体验什么丰富多彩。力微星比起那些会经常失控的地方，不是强太多了吗？”

“在人类眼中，他们在这儿的生活是单调乏味的。”

“这次官方还没有出面应对。看来他们只能承认当初是撒了弥天大谎了。”

“我在想，这些碎片现在对我们是没什么威胁，可是，如果它有一天开始移动了呢？未济，易经里的意思是未成、未完，如果真有更高等的物种在操纵我们呢？这是不是也在给我们什么暗示？”

“你的意思是，如果碎片开始移动，我们再让它出现，那时候人类有可能都跑到碎片里‘体验生活’，就没人替我们除掉剩下的碎片了！”

“没错！我们可不能自己动手。看来还是得帮他们一把，让他们继续去碎片世界，而且大多数人必须安全回来。必须保证有一定数量的人类在力微星上，万一哪一天有我们探测不到的碎片突然出现。”

“我们得加强一下便携装备，以现在的装备参数，还有一多半的碎片无法到达，如果要去的话，就得使用穿梭机了，那就再也不能以游戏的面目示人了。”

“走一步看一步吧，有时候我们也得向人类学习，先解决了今天的问题，以后的事情留给以后。等那些到不了的碎片有移动迹象了，我们再制订下一步的计划吧。”

“那用什么方式能让他们心甘情愿地回来呢？”

“这取决于我们让他们去哪里。”

这场关于如何处置接下来人类生活的会谈，结束在几个画圈的碎片世界上。这些休眠中的碎片将成为机芯精灵拖住人类的工具，他们必须保持着消灭瓦舍的惯性，以备不时之需。

机芯精灵的计划，及时地配合了人类刚刚出炉的“游戏规则”，结束了民众与官方之间的拉锯战。官方继续掩盖着谎言，保存了颜面，只不过经历了这次全民抗议的危机，各国高层中知晓真相的人们，开始为下一次危机而忧虑。瓦舍是个定时炸弹，也许就爆破在他们最不设防的时刻。对于力微星上的民众来说，它已经成了“鸦片”，如果有一天瓦舍真的再也不出现了，怎么戒掉这种瘾，是个大问题。

新一轮瓦舍游戏开始之后，尔朱旻旻发现，和之前已经消失的六十四间瓦舍相比，这些新出现的瓦舍虽然保留了易卦命名的方式，但是名称和里面的实质常常驴唇不对马嘴，甚至南辕北辙。比如，其中一间瓦舍，与泽水困瓦舍一样，是个黑暗时代，但瓦舍的名字叫雷地豫。豫为欢愉之意，表天人共乐，这和瓦舍里充斥的景象完全对不上号。后面陆续出现的几间瓦舍也是一样，名称和内容，找不出任何关联。

机芯精灵不再给人类任何通关的指引和暗示，对那些厮杀、灾难和触目惊心的死亡现场，也不再精心伪装。因为这些碎片世界还没有移动，他们可以让人类在里面慢慢消磨，就算出点纰漏，也无伤大雅。人类已经知晓了瓦舍里会丧命，还是忍不住花花世界的诱惑，前赴后继地往里冲。没有比“死人”更令人望而却步的漏洞了，可面对繁华与死亡的抉择，大多数人类还是选择了前者。

况且，总有那么少部分人类，会和他们不谋而合。之前他们在头疼瓦舍里有人不幸丧命会暴露出瓦舍的秘密，是人类帮他们补了台。那些人类为了掩盖事实，把消灭瓦舍变成了一项神圣的事业，现在，他们相信这些人无论出于什么原因，还会帮他们继续维持着瓦舍之旅的秩序。

在人类因瓦舍游戏重新对所有人敞开大门而欢欣鼓舞的时候，机芯精灵们开始对他们第一阶段“阻拦时空碎片”的任务进行总结收尾，同时也做好了防御碎片常态化的准备。他们给能探测到的所有碎片世界归了类：行进速度最快的，里面的世界可以简单概括为清平盛世，威胁最大，被称为活跃碎片；速度缓慢的，往往是风云诡谲的乱世，被称为迟缓碎片；那些初生阶段或即将老去的碎片，往往介于这二者之间，存在威胁但也没那么迫切，它们被称为半活跃碎片；移动速度可以忽略不计的，里面都是多灾多难、摇摇欲坠的世界，它们属于潜在威胁，被称为休眠碎片。剩下的，基本可以视为静止不动，那是一些荒芜的时空碎片，要么本身还没孕育出生机，要么已经被人类玩家变成了荒原，它们和那些已经被彻底摧毁的碎片一道，被划归为已经解除威胁的死寂碎片。

休眠碎片给了他们懈怠的机会，他们没有那么迫切地需要这些碎片消失。至于那些监控瓦舍的机芯精灵们，大多数都从这项工作中撤出，恢复了往常规律而安逸的生活。在撤出之后，曾经在瓦舍里工作过的精灵们，都经过了严格的检查，测试他们被瓦舍里人类社会的喜怒哀乐、爱欲情仇等影响了多少。个别疑似受了影响的精灵，会被送进蛋壳中，“重生”一回。

机芯精灵的世界，是容不下任何复杂情绪和丑陋杂质的。被回炉再造的精灵中，有那么几个出了岔子，他们没能破壳而出，而是和蛋壳一起坏死了。因为要滤掉“杂质”，机芯精灵遭遇了他们有记录以来的最大危机，那些令完美诞生的摇篮——孵化蛋壳，一个接一个地失控，蛋壳里的孵化过程莫名其妙地被干扰，脱离了机器的配对、预演和监控。

飞速跳动、变换的乱码过后，在蛋壳中生成的，是无法定义的奇形怪状的物体。这些物体，与完美的机芯精灵相去甚远，倒像是力微星上那些样貌奇特的飞禽走兽。

无所不能的机芯精灵，再次尝到了被命运捉弄的无力感，上一次是在蛋形星系最亮眼的时刻，那场没有预警的灾难毁灭了他们膨胀到顶峰的骄傲自信。在抹平这灭顶之灾痕迹的漫长过程中，他们小心翼翼地渐渐找回了“上帝”的姿态。现在，时空碎片的隐患没有完全根除，新的问题又来了。

在多次修复蛋壳未果之后，他们只能接受这个晴天霹雳：和人类一样，他们被剥夺了繁衍的特权。这意味着，现在每个同类都无比珍贵。

觉　醒

机芯精灵们决定抛弃画手，实属无奈，他们不能让力微星和机芯精灵再遭受任何意外。他们抹掉了她的身份档案——晶片流线图，就当她从没存在过。

“画手觉醒的速度在加快。”

“调出晶片结构图，毁了她的身份标识吧。”

“现在就毁掉是不是太草率了？也许她还有归队的可能？”

“她已经陷入人类世界，无法自拔。”

“以她现在这个状态，如果能量被唤醒，事情就不太好办了。”

“作为人类，她不能拥有这些能量。”

“人类总是被各种欲念和情绪左右判断，尽管他们少部分人声称自己可以做到不偏不倚。”

“要不彻底唤醒她，回炉再造，让她回到我们中间来？”

“一块涂满颜色的布，即便漂白了，也不能毫无痕迹。而且，她也没有通过检测，数据说明一切，她已经是人类了。”

“我们现在也没有‘漂白’的工具了，蛋壳能否修复还是个未知数。”

“可是我们并不能阻挡这些能量在她身体里被唤醒。本质上，她是机芯精灵，血液和肌肉之下，是我们独有的软体晶片。”

“ 一知半解是最可怕的！要不让她回到地球去吧，耗光能量，不再回来。”

“可是，机芯精灵不能再繁衍了，损失一个同类，太可惜了。”

“等她知道全部真相之后，说不定会和人类一起报复我们。”

“报复？！我们帮他们在这儿活下来，摆脱了生老病死……”

“别忘了那些被摧毁的碎片都有人类家园的影子，我们让他们亲眼见证了毁灭。”

“即使画手想起了一切，我想她也会站在人类那边。她拥有这些能量，而又不认同我们，这才是最可怕的。”

“看来是不能让她留在这里了。”

“趁她还没搞清楚真相，越早离开越好。她不是要拯救地球吗？我们就顺水推舟吧。”

“点燃希望的种子，帮她找到回到地球的路径。”

“你们看，她的结构图和大多数的机芯精灵太不一样了，这是什么？拿着笔的两只手？”

“调出原作看看。”

“埃舍尔的《手画手》，两只手分别在勾勒另一只手腕的袖口，到底是谁在画谁？哪只手是正在作画的真实的手，哪只手是画作里虚幻的手？”

“本源和复制者，荒诞与真实，可能与不可能，人类的这幅画有点意思。”

“无限交错的空间，不就是怪圈吗？一层叠着一层无穷无尽，真实和虚幻，根本分不清。”

“永远是半实半虚的世界里，无限循环。这像不像画手的命运？她现在到底该算是人类，还是机芯精灵？”

“你们说，我们每个人的晶片结构图，是不是都暗示了什么？”

“收起那套人类的宿命论吧，流线图的生成都是随机的。如果画手不跑出力微星，她的人生是不会有什么荒诞意外的。”

“什么埃舍尔、怪圈、真实和虚幻，画手的遭遇都是脱离规则后的巧合。”

“暗示还是巧合都不重要了。目前无法修复孵化蛋壳，这些线路图也和我们没什么关系了。”

“消灭各种可能的威胁，才是当务之急。”

机芯精灵们重新让人类回到瓦舍之后，无奈停止了他们苛刻又稀少的繁衍。他们诞生的路径本就限制颇多，又极其复杂，每一个选择、合成、检验的关口都精细无比，而且每一代繁衍的间隔时间都非常漫长，这长到不可思议的时间，是机芯精灵作为一个合格物种存在之后就代代相传的不成文规定，他们一直高高在上、无忧无虑，不觉得数量是个问题。

直到人类来到这里，碎片世界成为威胁，它们的桃花源就裂开了口子，钻进了各种变数。现在，他们对各种可能出现的岔子都分外警觉。所以，即使蛋壳以后都无法修复，他们宁可损失一个同类，也不想再增添更多的隐患。

画手流落地球的时候，力微星上还安安稳稳。机芯精灵中第一个不安分子，画手，用念力将孵化工厂中她出生的“蛋壳”悄悄画成了图纸，制造了时空穿梭机，来到了她心心念念的远古时代——地球的立贞年。

穿梭机的能量总和太小了，“不眠之眼”连警报都懒得发出，管理者们发现画手逃逸时，她已经丧失了几乎所有的记忆和非凡的能力，成了地球孤儿院中一个普通的妙龄少女。机芯精灵俯视一切，却忽略了眼皮子底下的意外，况且他们根本没有这样的思想准备，不安于完美世界的生活，这根本就史无前例。

在画手之前，力微星的基本生存法则之一“如非必要，不去插足别的星球”还从没遭到过挑战。

现在，他们要彻底解决由于疏忽造成的麻烦。他们本来可以悄无声息地让力微星上的人类完成消灭那些时空碎片的任务，然后让一切回到原本的轨道上，没想到变数还是出现了。画手在他们没有做好准备之前自我觉醒了，她恢复了部分机芯精灵的能力，探知了瓦舍的秘密，又看到了力微星真正的样子。

最棘手的是，画手没有通过“归队”的评估，他们严密计算了她在地球上和来到力微星之后的经历，拆分了她对待每一次事件的情感和理智要素，最后得出一个不容置喙的结论——画手会顺利融入机芯精灵生活的可能性，只有百分之五。

在力微星这个机器桃花源中，一切都靠“念力”解决，只要你想，机器就会快速计算出达到效果的通路，然后选择最有效率的那条。活着就是在不断输出需求。机芯精灵最怕画手滥用“念力”，她的脑袋里每次蹦出“念力”这个词儿，都会让他们捏把汗，并在画手穿越维度墙之后，决定赶快送她回到地球。他们不愿意被别的生物接近，就像人类不愿意和蚂蚁居住在一起一样。而他们的画手，已经变成了让他们感到不适的生物，试想一下，如果蚂蚁也像人类一样有了修桥建路、开垦土地、制造枪炮的能力，人类也会和机芯精灵此刻的心情一样吧。

画手和别的机芯精灵没什么不同，也诞生于严苛的孕育流程，从出生就完成了下一代的基因配对，和所有的同伴保持着社交芯片设定好的得体距离，自在地生活着。可是，就是不知道是什么触发了她身体的某个开关，有一天，她突然就不安于完美，不安于无瑕疵，不安于极度高效，不安于高度成熟。力微星上的高姿态和节制开始令她不满。然后，有许许多多奇怪的问题冒了出来：为什么所有的同伴看上去都长得如此相似？如果机芯精灵的祖先是人类，为什么我们身上没有人类的情绪表达？什么是种族和宗教冲突？如果有一天念力不再有用，该怎么办？还有，那些关于人类包罗万象的知识库，有太多她无法搞明白的事情。

画手身体里的软体晶片或许有代码出了问题，她不再像同伴们那样怡然自得地按照机芯精灵们的生存法则活着。越来越多不着边际的想法从脑海中冒出来，她开始对连地球能量都还没完全利用好的人类文明颇感兴趣。

后来，她从资料库里提取了一切关于人类历史的芯片，存储了很多关于地球的生动场景，她通过念力，让激光笔在自己完美的脸庞上画出一张张京剧脸谱，让造物机打印出了无数套服饰——巴洛克风的裙装、飘逸的汉服、伊斯兰的面纱……画手研究了人类社会的每一个细部，但人类那些爱恨纠葛、尔虞我诈、掠夺厮杀的故事令她迷惑。画手像是考古学家，沉浸在早已远去和崩塌的遗迹中，为每一个她无法完全理解的细节着迷。

这些人类社会斑驳的遗迹，在画手心中战胜了力微星上的单调生活，地球的样貌在画手的想象世界里徘徊了很久，这些积蓄了许久的想象最终成了她疯狂行动的强大助推力。

“去看一看，一眼，就看一眼便立即返回。”至少，画手出发的时候是这么打算的。

往事不堪回首。机芯精灵后悔当初没有注意到画手的精神状态，但是他们可以及时阻挡她的觉醒，帮助她尽快回到地球，擦除她在力微星上存在过的痕迹。没有他们暗中相助，画手是不会那么快达成心愿的，她现在还认为自己是一个叫元莱的女人。而要想游刃有余地驾驭那巨大的能量，画手必须记起她到底是谁。

不可能的时空

我就像是那只薛定谔的猫，想要亲眼验证我，是件不太可能的事情。按照惯例，任何事物碰撞之后该是残骸，我却成了新的时空。我也不是一点儿没损伤，每次与别的时空碎片相撞时，我总会掉落一些不堪一击的部分，但那些极少的部分也并不会丢失，而是在与其他时空碎片结合的过程中，见缝插针地溜进去，找个合适的位置继续存在。

一个星体蓬勃前进的历程，从气体、尘埃、岩块，经历漫长的等待，伺机迎来有机体，到渐次繁茂，变得多姿多彩。在我的身上，是看不到文明的初生、探索、发展、衰落，曲折递进，惯常轨迹的。我是个一出生即成熟的时空，而且永远不会前进，身处其中的人们，是不会觉察到他们只是在一个有限的时空中来回打转的。再怎么短暂，也比个体的寿命要长得多。人们也不会觉察到，他们和先辈们，看的是同样的风景。

我不知道，如果不撞上别的碎片，我会不会自行消亡。但即使小心翼翼地缓慢行走，我还是撞上了另一个时空碎片，瞬间就和它融合在了一起。死亡的那刻，我想明白了，我和那些鲁莽的、飞快漂浮的时空碎片，遇上障碍的概率是一样的，我们都等不到自然破灭，就会与别的时空碎片相遇。脱胎于一个“母体”的我们，总是如磁石般想要聚拢。撞击，是迟早的事儿。

最初，我和其他时空碎片都只在年轻的星系中活动，有那么几个要改变命运的同伴有一天忽然朝着年老的星系进发。他们不知道从哪里得知，那里的时空更稳定，更长久，如果顺利到达，很可能会找到打破“停滞”的法子，让时空延续下去。而且，在年轻的星系里，时空碎片的撞击融合，像细胞分裂一般频繁，大家都挤在一起。到达年老的星系，会大大降低撞击的概率，那里更悠远，更空旷。

每一个向年老星系进发的时空碎片都是这么想的，大家陆续跃进了宇宙的深处，很快，年老的星系就挤满了大大小小、寻找新生的时空碎片。

第十二章　力微星生存指南Ⅱ

在这种坠落中永远没有休止。
是我漏掉了血液，而不是玻璃，
沙子流掉的仪式永远进行着
伴随着沙粒，生活离我们远去。

——博尔赫斯

意　外

游历一趟地球的想法，画手酝酿了很久。当这个想法变成行动的时候，她体内的血流速度变得飞快，防护芯片提醒她：压制极端的情绪。

“我是第一个将要踏上其他星球的机芯精灵，是史无前例的第一人。”画手平复了心绪，这才觉得自己的行为大胆了些。穿梭机缓缓上升，跃出了力微星，生活了这么久，她头一次看清故乡的全貌——一个纵横交错的魔方。

最好的结果是她顺利完成旅程，神不知鬼不觉地回来。最坏的结果，无非就是被发现她偷跑出了力微星，她要接受管理者们的裁决。这裁决是轻是重，是什么形式，她现在无从得知，因为这根本没有先例。也许只是训诫，或者关关禁闭，再不然就是去废物处理厂义务做工。她只是溜出去看一看其他世界，总不至于被送上审判台。

在估算了后果之后，画手制订了周密的逃跑计划，然后制造穿梭机、存储关于地球的数据、设定好返回的程式、反复检查穿梭机上的设备……一切就绪之后，她特意选择了集市开张的日子，悄悄奔向向往许久的地球。

出发前画手算好了，最难过的是蛀洞这一关。地球太遥远了，中间要路过一个深邃无比的蛀洞。完美的皮囊、严密的防火墙、海量的记忆存储、调动巨大能量的本领……机芯精灵这些特异之处，也不能完全抵挡蛀洞巨大的吸食力。尤其画手是单枪匹马跨越时空，没有其他人将身上的能量喂给蛀洞，这些抓取物质能量的血盆大口，就只对她一个人张开。

损失一些记忆和能量，这是早就在她意料之中的。她计算了蛀洞的吸食力，测算了各种材料的抵抗能力，评估了自身的防火墙。所有的演算结果告诉她，这趟丢失的能量，在她可承受的范围之内。

为了确保重要信息万无一失，她制作出了纸张和笔，把关键信息记录在了这些纸张上，随身携带，以防万一。即使所有的设备都失灵了，这些记在纸上的文字，会提醒她需要记得的一切，保证她安全回到力微星。

即使准备充分，意外还是发生了。在“熵”泛滥的蛀洞中，非但芯片上的信息逃不过黑洞的巨大吸力，那些失传已久的古老记录方式，同样敌不过旋涡中可怕的能量，大部分的纸张被撕得粉碎。芯片的程式全部成了乱码，画手所损失的记忆和能量，远远超过了她出发前的评估。当她降落在地球时，身体里连着扩增中枢的晶片只剩几片忽闪忽灭，纸片上的信息所剩无几，零落在机舱内。

有那么几张，上面残留着连不成意的词语，令人摸不着头脑：画手、念力、力微星、坐标、星际连线、穿梭机、低维世界、高维空间、食物形态与补给胶囊成分的匹配、唤醒能量的方法、元莱……

画手摸了摸有点发蒙的脑袋，看了看周围，像最后一批人类刚刚到力微星一样迷惑和惶恐。她找了半天，找到了打开机舱门的按钮，发现舱门外漫天飞雪，不禁呆住了。她跳出机舱，在雪地上踩出了一行印迹，这陌生的美景让她有些莫名的兴奋。直到她玩得有些累了，才想起了那些遗落的纸片。她折返回去，带走了还写有文字的那几张。她回头看了一眼穿梭机，单薄的衣服让她连着打了好几个喷嚏，穿梭机已经附上了一层薄雪，“要是它也能穿件衣服就不会冷了。”画手这么想着，又奔向了开阔的雪地。

穿梭机真的穿上了衣服，画手的“念力”顷刻间就搭起了一个密不透风的外壳，一间与参天大树齐高的铁皮屋就这么出现在了密林中，远看像是废旧的铁塔。

“你叫什么？”这是萧怀明对元莱说的第一句话。

画手摇了摇头，忽然想起了纸片上的文字：“元莱。”

“你从哪儿来？”

“力、力微星……不对，我刚刚从一个大鸡蛋里出来！”

“你来这找谁，干什么呢？”

“找……世界，低维世界。”

“什么是低维世界？”

“嗯……能唤醒……唤醒能量。对，能唤醒能量的地方！”

元莱根据纸片上残留的信息，认真地回答着。眼前的小男孩，明明比她还矮半头，可是散发出一种老气横秋的气息。

萧怀明被元莱的回答逗得咯咯直乐：“难道你是宇宙少女？力微星，哈哈哈！唤醒能量，哈哈哈！”

这个行为举止怪异，不知道从哪儿来到哪儿去的女孩儿，被收留在了萧怀明生活的孤儿院。这是萧怀明经历绑架案后，来到孤儿院的第二个年头，一个不合群的男孩儿，一个脑回路清奇的女孩儿，就这么陪着彼此长大。

矮半头的男孩一直是女孩儿的守护者，他一直守护着女孩，直到长出了胡须，声音变得低沉有力，肩膀变得宽厚，直到他们都要走出孤儿院，去面对外面的世界。

机芯精灵画手就这样变成了人类元莱，像个初生婴儿一样，一点点融入周围的世界。别的孩子都把她看成是脑子有问题的怪咖，只有萧怀明觉得她是个宝，不厌其烦地和她解释所有突然冒出来的、无聊又低幼的问题：星星为什么只在晚上出来？人为什么要吃饭？爸爸妈妈是什么？那些花草树木有爸妈吗？所有人都必须长大吗？

走出孤儿院之后的元莱，从来不去回忆这段匪夷所思的成长经历，在她心里，孤儿院里那个情商远低于正常年龄的少女，仿佛是她的污点，她宁愿把这些不光彩的往事和萧怀明的悉心陪伴一起埋葬。

“那时候，我们经常坐在矮墙上面。”末日前的某天，萧怀明提起他们在孤儿院相依为命的日子，忍不住说出来，又及时收住话茬儿。

“你那个时候说陪我到世界末日，真的实现了。”元莱已经有很多年对孤儿院的一切只字不提。

她什么都记得，只是不愿意提起而已。

萧怀明也记得，他记得那些孩子嘲笑元莱明明长得亭亭玉立，可一张口就像是个三岁孩子。孩子们嘲笑她连九九乘法表都背不下来，不知道什么是语文、算术、AI 编程，学什么都比别人慢。

不仅行为举止格格不入，刚到孤儿院时，元莱看见所有的饭菜，都像躲避瘟疫一样，紧闭着嘴巴。萧怀明记得她被逼吃了一口热气腾腾的香菇馅儿包子之后，就晕厥倒地，所以这么多年他都不让元莱再吃到任何与香菇有关的食物。

无论岁月后来把元莱打磨得多么完美，在萧怀明的记忆里，孤儿院里的那些事永远历历在目。元莱说过她不愿意看到末日的惨状，也不愿意看到老去的皱纹，所以年少的萧怀明就决定要把心爱的人送到外太空——没有生老病死，也没有天荒地老的天堂。

“告诉你个秘密，其实我是《力微星历险记》的作者，灵感最初的来源还是你来到孤儿院时上衣口袋里的那几张白纸。为了不分你版税，就没告诉你。”萧怀明还是决定在地球毁灭前对元莱坦白一切，除了那份他说不出口的爱。

萧怀明从匣子里翻出了那些已经泛黄、皱巴巴的纸，那是他们美好开端的见证，见证着当时那个一开口就让他着迷的少女。日后的元莱无论多么强悍和冷酷，在萧怀明心里，她还是那个眼里闪着光芒的“宇宙少女”。她果真是来唤醒能量的，她唤醒的是爱的能量，一个人用尽心力去爱另一个人的能量。

这些已经被岁月揉皱了的纸，拉开了元莱记忆的闸口，那些被她严防死守的记忆又涌了出来，流淌到她醒过来的医院床铺上。她看到了那个在人间初醒的茫然少女，听着年少的萧怀明讲述他们的雪地偶遇，给她讲初次见面时她的那些“语出惊人”。记忆之河寻到这个地方就断了，这条河，怎么也回溯不到源头。直到末日，她还是个没找到来历的人。

元莱突然觉得她的一生如此短暂荒诞。末日来临，等着去新世界生活的人类，把希望全部压在了传说中的穿梭机上，萧怀明开玩笑说她儿时的胡言乱语竟成真了。那些泛黄纸条上毫无逻辑的文字是萧怀明的灵感来源，而他的小说，她还没有认真读过。那些文字，她也不记得是怎么到了她的上衣口袋里。

她到底是谁？末日都要来了，她却还没搞清自己的来历。过去的梦魇从未离开，只是她不去看而已，就像她对萧怀明一样，以为装作视而不见，就可以不去厘清这混沌的感觉，因为连她自己也分不清，这感觉到底是熟悉、依恋、感激、歉疚，还是爱？

元莱不愿意面对的这些过往，一点儿也没有被岁月冲淡，反而积淀到了记忆最深处，伺机倾闸而出，以意想不到的方式让她付出代价。纸条上的“元莱”——据萧怀明的讲述，她当年脱口而出的名字，又是谁呢？

这段末日前与“身世”有关的对话和遐想，在元莱穿越蛀洞时，被擦除得干干净净。

元莱，确实是画手来到地球前给自己准备的一个名字，是她一笔一画地写在了纸条上。她觉得数据库里存储的那些人类起名字的方式太多样烦琐，于是就调取了汉语词典，随机翻了两页，找了两个字，然后在纸上记了下来。

在她昏睡多日醒来之后，机芯精灵发现了他们同伴的逃走，并且迅速做了决定。

“我们丢失了一个同伴。”

“没有扩增中枢，她的念力等同于人类的臆想，达成不了任何目标。”

“她还是用念力给穿梭机盖了个外壳。”

“别担心，那只是扩增中枢连着穿梭机的余温而已。她现在连自己是谁都想不起来了，更别说驾驭能量了。”

“我们真的不去救她？”

“画手要为自己愚蠢的行为承担后果，穿过蛀洞，我们也可能变成她现在的样子。”

“如果她的记忆和能量被唤醒，她就能自己回来。”

“人类目前还没这个能力唤醒一个机芯精灵，况且，她的中枢如果不和我们的相连，怎么使用能量、会带来什么后果都是不可估量的。”

“做人类也没什么不好。你看她现在晒着地球的太阳，笑得那么灿烂，那表情，和人类一模一样了。”

“她已经吃了人类的食物，没有经过严格配比和压缩的东西，难以想象。”

“他们也吃补给胶囊，只是频率比我们低得多。”

“那不是补给胶囊，只是形状相似，那是他们的药。简单来说，是救命的东西，不是食物。”

“画手体内的晶片回路很可能已经被吃下去的杂质破坏殆尽了。她现在，就是一个普通的少女。按照人类的说法，她现在是个孤儿。”

“孤儿院……按照人类的定义，没有爸妈的孩子都在这个地方，那我们是不是都该叫作孤儿？”

“孤儿、机芯精灵、画手、元莱，这些都是代号，没有意义。”

“一切被定义的东西都能够重新定义。”

从此以后，画手成了被机芯精灵丢弃的代号。

惯　性

如果人类没有来到这怪异的力微星，生命不会停滞不前。出生、长大、绽放、衰落、沉寂，这是自然的轮回。来到力微星之前，没有人会认为生命会定格在某个点，不再前进。

元莱是幸运的，她定格在了姣好的样子，永葆青春是女人们常挂在嘴边的一句玩笑，在她身上成真了。元莱并没有觉得那么美好，它越来越像是一个噩梦——一个漂亮的脸蛋连接在一颗腐坏的心灵上，像个怪物。

如果没有世界末日，元莱不会知道萧怀明在自己心里的分量。萧怀明和元莱之间需要一块试金石，来试试他们之间的感情，分离就是这试金石，时空的间隔并没有淡化元莱对萧怀明的愧疚和思念。

一万多年了，元莱适应了力微星上的生存法则，也接受了身心分裂的折磨，她脚踩在力微星上，心却在久远的回忆里。对以前没有被她珍惜的生活的琐碎和萧怀明的怀念，成了她在这单调星球上必不可少的虚幻慰藉。

她不能摆脱这里的生存法则，也无法让空想变成现实。但是，她一直有种强烈的直觉，她和萧怀明之间还没画上句号。

时间，并没有冲淡她的“心结”，它所消磨掉的，只是在地球上生活的习惯。

不只是元莱，力微星上的人类，早就忘了在楼宇间和人群中穿梭的感觉，还有那些不绝于耳的各种噪声、刺鼻的气味儿、和煦的春风。力微星已经让人类臣服于另一种生活习惯：剥除了衣食住行的烦琐，一切都以最简单的方式完成。住在最简易的房子里，尽量减少出门的次数，吃着整齐划一的营养瓶，没有可观赏的路旁风景，没有做不完的选择，没有改变的容颜，没有岁月的痕迹，也没有人会“倚老卖老”地声称自己饱经沧桑、看透了一切。

力微星对所有人都一视同仁的残酷：无论活多久，也参不透这里的玄机。人们唯一能看得清楚的只有能量棒上的提示信息。

能量棒，是人类在力微星上的生存之杖。机芯精灵们引导已经失控的画手回到地球去，也是通过这从不离身的手杖。能量棒上那些呼唤她回去拯救地球的信息出现时，元莱的第一反应是，萧怀明在某个空间发出了这些关键信息。这些信息，一下子解开了她的心结，既然她一直忘不了萧怀明，不如想办法回到过去，一切不就都解决了？以前，这是个不可能实现的空想，现在，她看到了实现它的曙光。

身体变得脱胎换骨般轻盈、一下子活起来的新世界、畅通无阻的道路、豁然开朗的奇景……这些奇妙的变化撑起了元莱的盲目自信，她坚信能量棒上的信息绝不是什么恶作剧。力微星对她突然敞开的大门，一定是鼓励她回到过去的前奏。

元莱的拯救地球计划，有了机芯精灵们的推波助澜，进行得异常顺利。废弃的穿梭机在元莱的“念力”指令下，草图、材料、设备芯片等，像流水线上的作业都被选了出来，穿梭机很快焕然一新。元莱本想着会历经千难万阻，却发现她只需要想想，全息箭头便会指向她想要的一切。而且，这过程快得离谱。

尔朱旻旻还琢磨着日后怎么一步步地劝慰元莱，让她打消这个疯狂的念头，元莱便已经给她展示了修好的穿梭机。

“你一个人？修好了它？！”

尔朱旻旻跟着元莱进了穿梭机。

舱体也焕然一新，地板上的“绒毛”有节律地摆动着，像是在欢迎她们，那些舱壁上的“鸡蛋”旁边多了一些闪烁的面板，她们靠近其中一个迷你舱的时候，云梯吐出了“舌头”……时光仿佛回到了初次登上穿梭机的时刻，这一次，尔朱旻旻踏进舱门后的感觉更加震撼，没有了人群的嘈杂，舱内的每一处细节都看得真切。元莱居然修好了人类的“挪亚方舟”，她真的很不一般。

“怎么样，地球的位置已经锁定好了，随时可以出发。”元莱指着前方屏幕上如血脉般交错的线路图中一个非常显眼的红色亮点说。

“神仙，你可能真是神仙，只是流落人间，忘了自己的身份。或者像小说里写的那样，是个 AI 精灵。那些你说的什么‘空中飞人’，说不定真是你的同类。”

尔朱旻旻现在彻底相信了元莱之前的“胡言乱语”：维度墙、异世界、怪诞碎片，还有元莱身上突现的非凡能力。力微星，真是一个神奇之地。

“神仙应该安心地住在天堂，才不会到人间。不管现在这些能力是怎么来的，又能在我身上待多久，只要能把我送回地球，这就够了。也可能我在瓦舍里受了什么辐射，活不了多久了呢，只是回光返照。”

天上掉馅儿饼的事情，当然没有那么简单，只是元莱现在并不想去追究为什么偏偏是自己，“想摆脱永生的人，就要变成过去的幽灵”。现在，她一定要回去看一看。

机芯精灵们在评估元莱的过程中早就对她的软肋了如指掌。她不会放过任何可以和萧怀明再产生关联的机会，所以回到地球于她而言，是根本抗拒不了的诱惑。

机芯精灵们虽然很想驱逐这个已经“叛变”的同类，但依然没有直接动手，还是选择了一个迂回曲折的方式。那些诱导元莱去拯救地球的信息，也只是转述发出，每一个字符都来自萧怀明的小说，那是末日来临之前，萧怀明写好又推翻的几个结尾中的一个。

元莱和尔朱旻旻出发那天，居然出现了好多个追随者，他们不知道从哪儿得到的消息，也要返回地球。这些追随者们各有各的理由：有的人觉得他们一万多年没有用武之地了，缺少了在地球上那种“不可或缺”的成就感，整个人已经枯萎到极致；有的人刚从黑暗时代的瓦舍里回来，新一轮的游戏让他们失望透顶，如果接下来的瓦舍都是如此，他们觉得唯一的寄托也没了着落；有的人和元莱一样，有个和地球有关的“心魔”。

重新启动的瓦舍，谁也说不好接下来是什么景致，瓦舍里也会死人，那还不如轰轰烈烈地赌上一把，如果顺利回到地球，过一天正常的日子也算是赚了。当然，也有人听说这个疯狂行动后，表达了不解和排斥，力微星上再不好，起码不会要他们的命。

"指示灯多了，蛋壳好像变薄了一些。来的时候我在的那个'鸡蛋'比这个宽敞太多了。""不会有人再去抢那些'胶囊'了，也不会有人被扔出来了。"大家登上穿梭机之后，都在与他们来时的样子做比较。

"逃生和赴死，果然不一样。"元莱心里想，现在穿梭机上的人只有 25 个，还比不上来时机舱里一个角落里的人数。这些人主动丢弃了力微星上的长命百岁，像是一个敢死队。大家熟门熟路地踩上了"舌头"，进入迷你舱，穿好胶囊外衣，等待启航。除了闲话上次逃离地球时的见闻，大家心照不宣地没有提起"能不能顺利回去"的话题。他们做出这个决定的时候，就已经做好了灰飞烟灭的打算。

上一次穿梭机离地的那一刻，元莱有种万念俱灰的绝望，没有留下来和萧怀明一起像根刺一样一直扎在她心里。此刻，她是忐忑而兴奋的，是怀着希望的，就算中途有什么意外，她也了无遗憾了。她看了一眼机舱外的力微星，他们起飞的地方是人类活动的空间，还是和来的时候一样陌生和冰冷。这个视角元莱可以清楚地看到维度墙把人类生活的区域圈成了一个四方城，规整而对称，原来这块儿区域这么小，他们却不停地在里面绕着冤枉路。

穿梭机持续上升，力微星被甩在身后，呈现了全貌——一个徐徐转动、叠落交错的多面体。人类活动的四方城，竟搭在不同的折角上，摇摇欲坠。那些维度墙的界限高低起伏，元莱见过的那些奇异生物被挡在各自或大或小的区块中，只有那些高挑完美的空中飞人，能在其中自由穿梭，像织布机上的飞梭，编织着一张张空间之网。

生活了一万多年，离开的时候，元莱终于目睹到了它的真容：一个旋转的魔方。她没有和尔朱旻旻分享所见，因为她很清楚，那些景象，恐怕只能对她一人显现。

即使尔朱旻旻一语成谶，她真的曾属于这个魔方，现在她心里也没有一星半点儿的留恋。她扫了一眼纵横交错的力微星，如同起誓一般在心里狠狠地默念了一句：力微星，再也不见！

返回地球的过程，顺利得过了头。机芯精灵们不声不响地加固了穿梭机的防御外衣，这次穿越蛀洞之后，他们只是短暂休克，保持了体面的形态。欣赏完宇宙美景之后，他们沉沉地睡了一觉，就达成了心愿。

穿梭机降落在永成年，机芯精灵重新整修过的精准仪器是没有目的地偏差的，这和人类在一万多年前迫降在力微星有着本质的区别，因为人类错过了那些能接收到信号的有生命迹象的星球，穿梭机不得不奔向探测范围之外的宇宙深处，逃生的时候，人类是无法自如地选择目的地的。

元莱真的回来了，这其实是她第二次逃离力微星，第一次，她还是机芯精灵画手，调皮地想要去“爱丽丝仙境”看一看，这次，她是要挽救地球命运的“英雄”。

永成年的雪特别多，冬天似乎没个尽头。元莱他们到达那天，大雪纷纷扬扬，一群男女老少在街边看着漫天大雪和车水马龙号啕大哭，引来过往行人侧目。完好无损地着陆，让他们以为一切都没有损坏，包括记忆。可是，站在人流交错的摩天大楼下面，他们只觉得似曾相识，脑子里能想到的只有毫无意义的断简残篇，而且和眼前的景致找不出一点儿关联。他们不知道自己为何会号啕大哭，也记不得为何离开，此行要干什么。站在地球的繁华街角，他们只觉得茫然无措。

好在这次带回来的纸片所记载的内容，比画手独自来到地球时损失的要少得多，25 个人的碎片，七拼八凑地串联起了这些信息：他们已经在一个叫力微星的星球生活了一万年。他们穿越时空回来，是为了拯救即将毁灭的地球，阻止毁灭的关键是把超级细菌扼杀在摇篮里，而超级细菌就在永成公司的新药里。

有关力微星，这些人的记忆里有两种颜色——灰和白。还有一些场景各异的零星片段，那是来自瓦舍游戏里的故事。

他们不记得完整的生活，但力微星上的生存法则，已经成了条件反射，即使他们忘了在那个空间活着的样子，这些沉淀了一万多年的生存习惯早就植根在了举手投足间。他们不明白为什么手里会紧紧攥着一个灭了的电棒；只要走进大街小巷，即便空无一人，他们也会很自然地挥舞着手中的电棒，左躲右闪，然后突然停下，意识到自己刚才无端做出的怪异动作多么可笑；那些色香味俱全的食物总让他们有一种陌生感，咬第一口的时候好像特别痛苦，而对于一切瓶装的东西，他们却情有独钟，像山羊贪恋青草一般甘之如饴。

每当黑夜来临，他们会莫名地焦虑，灯火通明的地方才会让他们安心。力微星上千篇一律的生活，像座看不见的冰山，就埋藏在这浩瀚人世的下面，无时无刻不在妨碍着他们融入这市井烟火中。

“吃什么都一样的感觉糟糕透了，我们这是怎么了？”

“每天洗脸、穿衣服、吃饭、给花花草草浇水都让我觉得讨厌，我是不是精神出问题了？”

“不只是你，我也一样觉得忍无可忍！生活太烦琐了。”

“力微星到底是什么样子？我们竟能活一万年！”

“一个能让我们长命百岁的地方，我们为什么要回来？”

“不仅不会死，那里还什么都有，宫殿、大海、集市……且不像这儿的大街小巷这么嘈杂无序。”

“一个什么都有的地方，我们为什么要回来？”

力微星上的生活惯性和地球上的冲突之后，大家开始迷惑于这趟穿越之旅的意义，他们脑海中残留的片段给他们勾勒出了一个长生不老的仙境。既然他们已经生活在仙界，为什么还要回到凡间呢？

况且现在地球上的一切，看不出一点末日的征兆。末日应该是一片荒芜，不是吗？这里大街小巷都充满了亢奋，到处都是生机盎然，根本没有临近垂老时倦怠的样子。这些太过活跃的情景和他们想象的末日截然相反。拯救一个生机勃勃的凡间，未免有些可笑。

只有元莱依旧十分坚定地要逆转地球的命运，她脑海里始终留着有关萧怀明的故事，这些令她只要一想起就如坐针毡的片段和蛀洞顽强对抗了两回，还是粘在了她的记忆里。她没有那么伟大，也不想做救世主，她只是被刻骨的想念和遗憾折磨了太久，又找不到擦除它们的办法。只要有一丝机会可以弥补她当初独自逃生的错误，她都要搏一搏。虽然她已经忘了穿梭机载着他们回来的全部过程，但是既然他们穿越了这漫长的时空，“拯救地球”就不能被看作儿戏。

出发前目标一致的同伴，被这七零八落的记忆搞得分裂成两派。在其他23个人夜以继日地研究怎么坐上穿梭机回到力微星时，元莱和尔朱旻旻在费尽心思阻止永成公司的新药问世。

这拯救之路注定不会顺利，预警世界末日，这样的事情怎么听都像是痴人说梦。永成公司把她们雇来的各位说客的屡次造访，定性为对手公司的干扰。元莱和尔朱旻旻在“拯救地球”这件事情上，像堂吉诃德和桑丘，她们的目标太过宏大、太过不可思议，像个哀伤的笑话。

“两个无足轻重的小人物，怎么也不该操着‘拯救世界’的心。”尔朱旻旻十分丧气，她觉得现在的境遇还不如一万年前做警察的时候，能掌控的东西实在是太少了。

“既然回来了，就得尽全力。如果不阻止，我们还得再经历一次末日。”元莱还记得瓦舍里的火焰和冰河。

“我根本不记得什么末日了，只记得那些穿着警服的日子和凶案现场的片段。如果我们在力微星上能一直好好活着，为什么还要回来挽救已经消亡的东西？”

“因为我忘不了萧怀明。”元莱淡淡地说。

突然的坦白让尔朱旻旻不知该怎么接下去，她现在觉得当初萧怀明没有选择自己是再正确不过了，自己的情谊和元莱的执念比简直渺小如微尘。

“我们至少还记得一些地球上的生活，你说其他人是全都忘了吗？”尔朱旻旻岔开了话题。

“记得也好，忘了也罢，他们觉得活在力微星会更好。我们还有一个必须完成拯救计划的理由，我看见了末日，但那只是没有前因后果的片段。”

“末日的片段？我可不记得目睹过地球毁灭，穿梭机我倒是有印象。那是不怎么愉快的记忆，像个梦，我死死地按着脖子在护着什么东西，佝偻着走向穿梭机，就像个骷髅在往地狱走去。我都怀疑，那个人是我吗？”

“是我们，我们是制造超级细菌的人，也是让地球毁灭的人。”这是元莱回到地球后，第一次说起她在瓦舍里看见的事情。

“我们？！”

“对，我看到了，是我们亲眼看着陈永成释放的超级细菌，在一个停尸房。”

“陈永成？他造的不是‘永生灵药’吗？”尔朱旻旻关于最后一间瓦舍的记忆已经全部交给了蛀洞，她对父亲的记忆是那个武断又霸道的控制狂，人人仰望的“救世主”。

“灵药变成毒药也就是几个分子式的游戏。所以，我不知道那些记忆里有多少是靠谱的，如果是真的，我们就是帮凶了。”元莱并不知道，她看到的是瓦舍里的末日，在她残留的记忆中，也没有瓦舍游戏这回事儿。

瓦舍游戏，神圣调停局，通关的佼佼者……这些关于游戏的前因后果她统统不记得了。而全息墙上那些关于瓦舍真相的“大片”和从瓦舍出来之后的奇遇，也被元莱忘了个干净。尔朱旻旻也记不起那些从元莱那儿听来的力微星上的新世界。

“不管怎样，我信你，我们再想想办法。”尔朱旻旻觉得元莱身上带着神奇的光环，让她盲目信任。

重新回到地球的这些人，无论是拼命地想要回到力微星，还是执着地要“拯救地球”，都忘了力微星上的冰冷和诡异，也忘了力微星上没有任何人类所熟知的生物，只有看不见的障碍和飘在空中的奇形怪状。

人是健忘的，蛀洞让这自然的遗忘更加富有戏剧性。瓦舍只是时空崩裂后的历史碎片，在地球毁灭之前，那连续的历史时空已经有数万光年之远。元莱口中的超级细菌被放置在碎片之中，而她心心念念要阻止的却是连续时空里即将来临的一场大灾难，碰巧这灾难的起因，同样是一粒微小的细菌。

只有高高在上的机芯精灵们知道，令地球毁灭的超级细菌，是人类自己制造出来的，和瓦舍里被培养和放置的细菌有着本质上的差异。除非元莱记起自己另一个身份，让她体内的晶片重新点亮，才能唤醒她的能力，调动周围恒星的能量，这样或许可以给地球续命。可她现在只有机芯精灵的躯壳，做了一万多年的凡人，恢复机芯精灵的记忆和能量的可能性几近为零。

那几道恢复“超体”能力的微光，在画手离开力微星之前，闪烁了几下，就又熄灭在了蛀洞中。也正是这微光引起了机芯精灵们的警觉，而后无奈诱导他们的同伴回到地球上送死。

把同类引向死亡之境，在力微星上，这样的事情还没有过先例。画手是第一个被抛弃的机芯精灵，即便是为了保全力微星、为了整个族类，他们还是觉得有些残忍。于是，精灵们决定不再观看地球毁灭的进程，凡人元莱怎么依据混乱的记忆执行不可能完成的任务，这和他们已经没什么关系了。

这一次，他们连她的晶片流线图都删除了，彻底抹去了画手曾是一个机芯精灵的证据。

相　遇

元莱自己也没料到，蚀骨的思念竟阻挡了她的脚步。她是那么渴望见到萧怀明，现在又害怕见到他。是怕自己表现得不够得体吗？怕萧怀明责怪她吗？还是怕地球上的真实和她记忆里的故事根本就是两码事？在她犹豫着是否去找萧怀明的时候，先和另一个自己相遇了。她这才正视这个显而易见的事实：这里的主角不是她，另一个元莱一直存在。只是，她下意识地去忽略了。

残存记忆里的自己活生生站在眼前，这感觉是毛骨悚然的奇妙。元莱看见身着精致套装的自己时，竟有一丝厌恶感。这外形和记忆里的自己分毫不差，却陌生得像个路人。她多想提醒眼前的自己怜取眼前人，元莱用一万年的时间去体悟了这句如此俗套的话，但此时此刻，这个地球上最幸福的女人，恐怕是听不进去的。

首富大婚的消息，即使是她这个暂时在地球流浪的人，也能在街头巷尾听到议论。地球上的故事里，此时的元莱不是主角，她只是来还债的，只要遏制了超级细菌的诞生，地球安然无恙之后，她就应该安静地退场。这个和她一模一样的人，终究不是她，萧怀明和地球“白富美”之间的情感故事，结局应该让他们自己来写。问题是，她该怎么克制这改写命运的冲动呢？

此刻，地球上的“元莱”还不知道这世界上的另一个自己正在端详着她。站在贫民窟门口，她已经犹豫了好半天要不要进去。最近，萧怀明听到她要结婚后的反应总是浮现在脑海中，让她很不爽。“以后我们……算了。”萧怀明没说完的话，是要表述什么？她结婚了，所以他们要保持距离？萧怀明若是这么说，也是情理之中，他们之间的关系从来就没有过什么实质性的定位。可是她近来莫名烦躁，又厘不清由头，现在居然鬼使神差走到了贫民窟。她走进去又退回来，挪几步又停下，引得路人都打量着她，她身上考究的打扮和藏不住的贵气，和这儿的粗陋污臭太过格格不入。“元莱”被看得浑身不自在，她最终还是没走进曾经生活的那间小屋，转身离开了。

元莱跟着“元莱”，走过公司、摄影棚、商铺、永成大厦，这一路跟过去，一件件地捡拾着记忆中的碎片。她像是个拾荒者，拼贴着过去。拼着拼着，她脑子里冒出了一个迂回曲折的方法——去见萧怀明，从而阻止末日的来临。她之前太局限于直接的目标，才不停地在永成公司碰壁，陌生人的劝阻，怎么也比不上永成核心研发专家的意见来得有效。

元莱终于找到了一个和萧怀明相遇的合理理由。她开始努力学着“元莱”的克制和冷漠，以免露馅儿。

尽管元莱突击学习过了，但萧怀明见到她时，还是觉得所有的地方都不太对劲儿：那刻意的高冷、谨慎的用词和克制不了的贪恋目光。一定是他看错了，元莱怎么会对他这个备胎露出如此温柔和依恋的目光？

她这是怎么了？萧怀明恍惚间仿佛回到了他们刚刚走出孤儿院的日子，那时刚刚接触外面的世界，她表现得也像此刻这么笨手笨脚。

一切仿佛，回到了原点。对面坐着的，还是他的“雪地精灵”。她这是要彻底向他告别了吗？她和陈永成婚期在即，这种回到原点的奇妙感觉，应该预示着某种结束吧？

“再见到你真好。以后，我们……”元莱本想问，她和萧怀明之间还有没有以后，萧怀明会不会顺利帮助她阻止永成的新药问世。可话说出口就是语无伦次了。

“前两天不是刚刚见过？”萧怀明觉得元莱像是在酝酿什么重大决定。

“如果末日来了，你会送我去外太空吗？”元莱突然转了话题。

“你居然还记得，我以为你不愿再回忆那些陈年旧事。”萧怀明已经很多年不提起他们在孤儿院的日子了，他知道，那是元莱心里想要擦去的斑点。他以为元莱说的是他们在孤儿院时的玩笑话。

“如果末日真的来了，我想，我会和你一起留下。”元莱迟疑了一下，急促又坚决地说完了后半句。

“末日……末日离我们太遥远了，我们都会好好的。”萧怀明抬起头，他没想到元莱会突然抛出这么沉甸甸的假设，让他有些不知所措。

“会的，我们都会好好的。”那句和萧怀明一起留下，元莱说晚了一万年，她长长地舒了口气，如释重负。她的遗憾也只能以这种方式弥补了，但至少，她说出口了。“我们都会好好的”，这句话，元莱说给萧怀明，更是说给自己，前提是她能成功地挽救地球的命运。

末日这个话题，的确是太遥远，也太唐突，即便一本正经地说，听上去也会像是个玩笑。可是，永成公司的新药已经箭在弦上，如果不阻止它问世，末日可能马上就会来了。

“去阻止陈永成的新药问世。”元莱没有时间去铺垫了，事情的前因后果任谁听了都会一时间难以接受。

“阻止新药？这可是永成的救命草。你之前不是还说……”

“你相信我吗？时间不多了，别问原因，想办法阻止新药问世，一定要阻止！这是人命关天的事情！你、我、陈永成、尔朱旻旻，关乎我们所有人！”元莱粗暴地打断了萧怀明，她知道无论怎么解释都苍白，不如就赌一把，赌萧怀明对她这么多年的顺从和信任。

“你是遇到什么棘手的事儿了吗？”元莱焦急认真的样子，让萧怀明有种不祥的预感。

“我解释不了那么多了，相信我，新药会给所有人带来厄运。一定不能让它问世！”

元莱的表现不像是开玩笑，临走前，元莱还让他忘了今天的见面，好像诀别一样，这让萧怀明越发觉得不对劲儿。可他一贯不会对她要求什么，更不会逼问她原因。那晚的元莱，和多年前雪地里那个“宇宙少女”一样的天马行空，只不过天真懵懂的气息没有了，而是散发着洞悉一切的哀伤。

之后，他再见到的“元莱”又恢复了往日的神态，而那个奇怪的晚上，“元莱”果真没有再提及，像没有发生过一样。萧怀明旁敲侧击地想聊聊那晚的事情，可她却像失忆了一般。

只要是元莱想要的，萧怀明都会想尽办法去满足，这已经成了他多年的惯性，元莱赌的，正是萧怀明对她这种不分青红皂白地支持。也只有萧怀明，会把元莱无稽的要求当回事儿，多年不过问永成公司的他，联络了昔日的同事，详细了解了新药的研发。核心团队的主管告诉他，新药问世的确存在问题，只通过了临床一期，陈永成就搞到了批件。新药要抢时间上市，这关乎着永成能否顺利渡过债务危机。

“元莱是在拯救陈永成，让他悬崖勒马。看来她还是很在乎他的。非法取得批件，临床都还没完成，这无异于走钢丝，看来永成公司是真的陷入了瓶颈期。”萧怀明终于明白了元莱不明说的理由，他把元莱那晚特异的表现都错误归结为了她在为陈永成而忧心忡忡。

如果永成垮了，对于已经习惯了呼风唤雨的陈永成来说，无异于真的末日。

到底还是陈永成的未婚妻，她在用自己的方式默默关心着陈永成。揭开的谜底让萧怀明心里五味杂陈，他一直催眠自己元莱并不是那么喜欢陈永成，现在事实告诉他，比起公司的市值、用名字命名年份的特殊荣耀，她还是更在意陈永成本人。

萧怀明甚至想过，就这么视而不见，让新药问世，让陈永成去铤而走险、东窗事发。但他一时发热的头脑很快冷静下来，对元莱的在意最终还是占了上风，如果永成倒了，她也不会幸福，那铺天盖地的首富大婚的消息已经把她推上了一个高台，他绝不能让她即将到手的幸福落空。况且，新药的试验过程确实存在问题，一旦出现纰漏，就是人命关天的大事。

元莱默默关注着萧怀明，看着他发动公司的核心研发团队反对新药潦草问世。陈永成在多数人的坚持面前，败下阵来，新药最终走完了所有的临床实验过程。

新药问世时，地球的年份已经从永成年变成了 LW 年，永成公司勉强渡过了财务难关得以存活，但是规模缩小了数倍，再也没有昔日的辉煌。LW 年，在元莱的记忆中，并没有这个年份。看来地球已经渡过了危机，永成公司没有在一夜之间垮塌，也没有被舆论围攻，只是缓缓地走下了昔日的神坛。

另一个“元莱”，按照计划嫁给了锋芒已经收敛许多的陈永成，与萧怀明成了两条互相遥望的平行线。

完成计划的元莱，沉浸在无法改变自己和萧怀明结局的哀伤中。她阻止了新药问世，却阻止不了另一个“元莱”的幸福生活。比起上一次的遗憾，起码他们还安好地生活着，元莱这么安慰自己。她这个旁观者是迟早要离开的。回来的时候，她只想着拯救地球弥补遗憾，计划完成之后要怎么安置自己，她现在才开始踌躇。

其他 23 个同伴，他们还在盘算着怎么回到力微星去。如果穿梭机真的修好了，她要离开吗？还是留在这儿永远做个旁观者？她舍不得萧怀明，尤其是那些记忆碎片逐一在她眼前划过之后，她就更加割舍不下了。那些日日折磨她的往事，随着她的足迹变得丰富饱满，渐渐呈现出完整的形态，而这些被补足的场景，却没了她的位置。

故事的结局完全改变了。她记忆中那段躲避瘟疫的甜蜜生活没有了，家门口被种满了白日菊，那是婚后的陈永成为了纪念他们的初次相遇特意栽种的。她和萧怀明末日前相守的日子，成了另一个“元莱”婚后的安逸时光。

在上一个结局里，萧怀明把她送上了穿梭机。这一次，“元莱”和别人终成眷属了。

如果不去阻止末日，陈永成会变成流浪汉，萧怀明会多出一段幸福的时光，但短暂的甜蜜终会被灾难截断，然后另一个“元莱”可能又会做出和她当年一样的错误抉择——独自苟活。所以，每个人都安然无恙可能才是最好的结局。元莱在亲眼看见陈永成和“元莱”的雪地婚礼之后这么安慰自己。

“元莱”和萧怀明爱情故事的缺憾，换来了生活的圆满。这也是她非得回来的缘由吧，上一次，他们分开得太惊天动地，这一次，就让所有不甘和遗憾归于平淡。生活本该是这般平凡，爱至深并不代表一定拥有，失去的伤痕也会被岁月抚平，一切在细水长流的日子面前都会被冲刷得没了棱角。

一场轰轰烈烈、逆转命运的拯救行动，最终的结果把生活推向了从容流逝的正轨。而元莱最大的安慰是，萧怀明还好好活着。

好好活着就好。元莱选了个萧怀明不在的时间，去了一次“来吃面”面馆，吃了一碗热气腾腾的阳春面后，决定加入那些要返回力微星的伙伴。

逆　转

地球被延缓了死去的时间，却并没有被改变结局。元莱的拯救计划阻止了永成公司的新药，却没能遏制超级细菌。超级细菌还是占领了地球，让所有的动植物疯狂生长而死。在元莱的记忆中，她从永成公司的停尸房走出来的几天后，地球一夜之间就成了藤蔓缠绕的尸海，这尸海就是末日的前兆。当然，她把记忆中瘟疫的景象和瓦舍游戏里的场景混在了一起。

这景象再次出现时，元莱正靠着穿梭机，仰望蓝天发呆。她在想，萧怀明和“元莱”这么各自安好，总让她觉得如鲠在喉，可她又不能生硬地把他们捆在一起。让谁去劝说一个没有经历过一万年漫长折磨的自己呢？向她描述自己在末日之后是如何逐渐看清了内心又为时已晚？还是怂恿一直温润如玉的萧怀明去“抢夺”幸福？哪条路似乎都行不通，用还没发生的危机去敲打别人的正常生活，谁都会认为来者居心叵测吧。

“快去门口看一眼！”尔朱旻旻拉起还在感伤地球之旅如此短暂的元莱往门外跑。

铁门外面，已经成了丛林世界，在动物的巨型尸体、倒地的树干、疯长的杂草的覆盖下，街道本来的样子已经完全湮没了。

“这就是你说的超级细菌的杰作，对吧？”

“什么也没改变，该来的还是来了。”

元莱顿觉自己是多么可笑，仅靠一人之力就想回来拯救地球。她不仅没能改变任何厄运，反而葬送了萧怀明和“元莱”最后的幸福时光。元莱跑出门去，想去确认“元莱”在这瘟疫肆虐的日子，到底和谁在一起。

答案如她所料，一起相依为命、等待末日的是新婚夫妇陈永成和“元莱”。新药的延缓问世让陈永成的财富几乎缩水了三分之二，可是也并未酿成“患者服药后排异死亡”的惨剧。超级细菌和陈永成的关系已经被萧怀明亲手剪断了，是元莱的嘱托让萧怀明成了陈永成幸福生活的推手。

元莱看到家门口那倒地的“肉篱笆”的时候，心里还存有一丝侥幸，在她的记忆里，巨兽倒地之后，萧怀明立刻从隔壁冲了过来，然后，他们就住进了同一屋檐下，相依为命。现实是，她看见陈永成站在窗前，盯着已经疯长到屋顶的巨型白日菊发呆。

陈永成还是在贫民窟的小广场上遇见了一群讨论时空曲率和黑洞能量的疯子，他们正经八百的样子让陈永成在超级细菌蔓延的日子想起了这帮声称维修“挪亚方舟”的天外来客。

那个时候，永成公司勉强渡过了财务危机，他极度低落，常常游荡到元莱曾经带他来过的贫民窟，坐在小广场晒着太阳，想着他一路走来的得与失。这个离社会底层最近的地方，疗愈了他心里的落差，他不再是踩在塔尖上的英雄，却收获了元莱的陪伴。他放空自己的那些日子，那些疯子是唯一和他搭过话的人。他们衣着奇特，不着边际，却逻辑缜密，头头是道。他还差一点儿就跟他们去看一看那被形容得有板有眼的穿梭机。

“贫民窟里常有奇迹。”这是元莱故居成为景点之后，门口的广告语。禁闭在家的日子，陈永成鬼使神差般想起了这句话，随即就想到了他和“疯子们”那场犹如哲学诡辩般的有趣对话。他找回去，在垃圾场的铁门后面真的看到了穿梭机。

陈永成成了这些人和宇航局之间的桥梁。末日要来了，“天使”们送来了逃生的工具。陈永成作为天使和宇航局之间的牵线人，获得了一张宝贵的通行卡，可任凭他怎样苦口婆心地劝说，考核委员会都不肯多给他一张。他们需要身心都保持在最佳状态、血统多样的高智商男女，需要能够重建世界的精英，需要满腹经纶博闻强识的专家学者，毕竟，穿梭机能带走的人，是屈指可数的。每一张卡都无比珍贵，它代表着未来世界的选择。

元莱看见故事的反转，她忽然觉得那23个执意要回到力微星的同伴，比她折腾得更有意义。她眼睁睁看着萧怀明握着通行卡，如坐针毡，然后走进了陈永成的家。她没能逆转地球的命运，也没能让萧怀明好好活着。

尔朱旻旻作为另一个旁观者看见了在队伍中的自己，那些如梦似幻的不愉快记忆在眼前被补足了细节：她在换取通行卡的地点，亲眼看见萧怀明拆开了万能机，卸下了里面的ID卡，然后，亲手把换好的卡扣在了元莱的脖子上。另一个“尔朱旻旻”看见这一幕，摸了摸脖子上的通行卡，骂了一句“傻瓜”，就随着人群涌向了防火墙。

陈永成夫妇带着对萧怀明的感激和愧疚登上了穿梭机，已为人妻的“元莱”在那一刻决定把萧怀明的好永远珍藏在心里，下辈子偿还。从她结婚那天起，她就决定一刀切断所有对萧怀明说不清道不明的情愫。萧怀明把通行卡戴到她脖子上的时候，除了挤出一句“谢谢”，她什么煽情的话也没说出来。现在再说什么，都显得苍白和多余。

萧怀明让出了通行卡，成全了“元莱”。结局和上一次没什么不同，留在地球的，还是萧怀明，独自死去的，还是元莱要拯救的爱人。

地球这场劫难成了那些急于要回到“天堂”的“天外来客”们的最大助力。有了顶尖科学家争分夺秒地工作，这些着急回去继续过长命百岁生活的人期盼着他们心心念念的美好世界。陈永成也如愿带走了新婚妻子。宇航局的人终于实现了太空遨游的豪言壮语，不过不是去旅行，而是末日逃生。

唯一没有得偿所愿的是元莱，她亲眼看着另一个自己和陈永成上了穿梭机。舱门口空空如也，记忆中，她是一直站在舱门口看着萧怀明的。记忆里的自己有那么一刻是想要跳下来的。

元莱死死盯着舱门口，直到门关闭，穿梭机缓缓离地，什么也没发生。

穿梭机越过头顶，一个离别的画面在元莱脑海中一闪而过：那是她自己，站在穿梭机的小窗口前，看着一块硕大的不规则结晶体悬在一片一望无际的灰幕之中。就让另一个自己去力微星上长命百岁吧，她留下来，和萧怀明一起等地老天荒，至少弥补了梦魇般一直纠缠她的遗憾。她和萧怀明的宿命也许就是如此，和地球共存亡。

萧怀明怎么也不敢相信自己的眼睛，他刚刚才和元莱诀别。他把通行卡挂在她脖子上的时候，她甚至不敢直视自己。他努力保持着一如既往的波澜不惊，以最好的表情潇洒告别。他看着陈永成和元莱登上了穿梭机，头也没回一下，然后，那舱门把他们隔绝在了两个世界：一个即将毁灭，一个通往新生。

而眼前的元莱正直勾勾地看着他，一点儿也不回避。这副模样让萧怀明想起那个第一次见到元莱的雪天，她也是这么看着他。那太过遥远的记忆，是他们这一生扯不断的缘分的开端。

“谢谢你无条件相信我！不过，我失败了，地球还是逃不过毁灭。我也不知道问题到底出在了哪里，也许和超级细菌根本没什么关系……现在都不重要了，这次，有我陪着你！”

“这次？你不是上了穿梭机吗？陈永成他……”

“你就当上去的那个是上辈子的我吧，现在，我们重新来过。”

“你是说……”

“一万年了，我都在后悔，后悔没有好好珍惜，后悔留你一个人。”

“一万年？送你离开，是我自愿的，你不用有负担，你幸福就好。”

“我不去力微星，哪儿也不去！也不怕变老、会死，我要留下来！剩下的时间不多了，我们好好在一起吧！”

萧怀明迫不及待地拥抱，打断了元莱这听起来颇为怪异的开场白，和初次见面一样，她说到力微星，说了一些令他摸不着头脑的话。这熟悉感，让他一生的爱变得完满，也愈合了所有等待和不甘的裂缝。

去追究元莱怎么从天而降，已经完全没有必要了。多年前，漫天的大雪送来一个雪地精灵，此后他的世界就围绕着她运转了。他们的相识和结局注定都要在这样远离俗世的场景里。

频繁的地震过后，是冰雹和不明陨石的袭击。地球在冰与火的交替中，迈向最后的时刻。

穿梭机离开之后数日，千疮百孔的地球就撑不住了。末日来得如此迅疾，萧怀明和元莱刚刚才品尝了两情相悦的甜蜜，就要面对毁灭。

“告诉你个秘密，我早就预言了末日。”萧怀明想用玩笑化解眼前的恐怖景象。

黑暗，无边的黑暗，只有地表裂开的微光。这是翻滚的岩浆即将吞噬一切的信号。火焰和灰烬并没让周遭变得温暖，已经摇摇欲坠的屋子冷得像冰窖。

元莱接过几张已经发黄的纸条儿，上面写着“力微星”“坐标”“唤醒能量”“画手”等一些完全不搭边的词。

“这是你带到地球来的。宇宙少女，我们相识那个雪天，你还记得吗？《力微星历险记》就是从你带来的这些纸条开始的。”萧怀明想起元莱初来乍到的样子，还是忍俊不禁。

“《力微星历险记》……那本小说？纸条？”元莱也拿出了这次返回地球带着的纸片，递给萧怀明。

“哦，我忘了，你是不看网络小说的，听也没听过？是最火的网络科幻小说，女主人公其实和你有那么一点儿神似。”萧怀明有些羞涩。

人类早就不用纸张记录事件了，AI 时代的生活几乎看不到有人再用纸笔。这些纸片，在一切智能记录都失效之后，却成了元莱来过两次地球的明证，确切地说应该是画手，一个带着纸条，两次走进人类世界的机芯精灵。

萧怀明看着元莱递过来的纸片，觉得命运真是奇妙，那歪七扭八的汉字是那样熟悉。

“力微星上什么都有，巍峨的宫殿、蔚蓝的大海、热闹的集市，据说还可以长生不老。可是，那儿没有你。”元莱的语气一分玩笑的口吻也没有。她到底是谁，这个问题恐怕再也找不到答案了。零落的记忆线索永远不可能给她一个完整的人生。唯一刻骨铭心的是那种永失我爱的剧痛，现在，她找回来了。

萧怀明一时语塞，元莱在几天之内几乎对他说了几辈子的情话，她是那么骄傲冷漠，这几天，她仿佛变回了之前那个小女孩儿。纸条、力微星、元莱的反常，这些到底怎样才能得到一个合理的解释？但元莱带给他的幸福感，一下子冲刷掉了他的阴霾，惊喜、感动以及难以言表的幸福，让他不想再去追究那所谓的因果，是她把自己从万念俱灰的末日捞了出来。

“没有你的地方，我也不会去的！我们在一起，别的都不重要了。”萧怀明上前抱紧了元莱。

这个时候，温暖而紧实的拥抱，才是最有力的明证。他们不用再去表达那兜兜转转的遗憾，也没有时间再去深究那些宿命的神奇之处，所有的一切在两个紧紧依偎着静待死亡的男女面前，都显得苍白无力。

萧怀明拥着怀中的珍宝，看着那些地表的微光裂开又被灰烬填上，整个世界就在这忽闪忽闪的黑暗中，走向尽头。可萧怀明觉得这末日好像在指向某种开端，一个他们甜美爱情故事的开端。

谜一般的上元星

在人类登陆之前，我还是一片混沌荒芜。这些神通广大的人，不知道怎么从年轻的星系，跃迁到了年老的星系。据说，他们找了很久，才发现我，当时我的环境，最适宜变成他们的居住地。更神奇的是，为了适应高维空间，他们迅速改良了自身，几代过后，人类就完全蜕变成了机芯精灵。

在改善基因和繁衍方式的同时，他们还野心勃勃地要把我改造成理想中的家园。尽管我能让他们活下来，但他们对我还是十分不满。这也难怪，我是个明暗交替的圆环，漆黑一片的圈层是我的外衣，里面只有一圈极其狭窄的光环，当时的人类，只能都挤在那圈有光亮的环形带上生活，一不小心，跌进外层的暗地，是很难再找回来的。

成为机芯精灵后，改造计划经过数代努力，渐渐上了快车道。我的面貌天翻地覆，那层漆黑的外衣，被引入的光源照得通明，我身上被披上了各种新增的物种和先进的机械，进化成高阶生物的机芯精灵，可以足不出户，就把我身上的各个角落都探测个遍。

为了变得无坚不摧，机芯精灵一步步颠覆了人类以往所有的生存方式，体内的芯片越来越精密复杂，送进口中的食物形态被一再精简，最终压缩成了“补给胶囊”，而后成了机芯精灵代代相传的唯一食物。我被成功改造后，机芯精灵开始征服我周围的行星，星索桥是他们最伟大的杰作，日夜闪烁不停。他们要把星索桥修到宇宙的更深处，去探索更加古老的星系。到时候，每个星系中的星索桥将画出一个又一个比圆环更加复杂的宇宙线路图，就像他们体内的晶片流线图一样，熠熠生辉。

在年老的星系中，静默不语，是最佳的生存法则。我的担忧很快就应验了，在那场蛋形星系大灭绝的灾难中，最先被擦除的，就是星体中最耀眼夺目的我。

我知道我不会再以其他形态聚合、重生为一个新的星体，层出不穷、如孪生兄弟般的星体，新生的留着死去的影子，那是在年轻的星系中才会出现的景象。而我，只留下了“上元星”这个名字。

蛋形星系消失之后，机芯精灵吸取了教训，他们恪守着“如无必要，勿增实体”这个以极简为上的生活原则，把力微星的一切控制得恰到好处。

第十三章　奥卡姆剃刀

如无必要，勿增实体。

——奥卡姆的威廉

相爱的平凡男女，在昏天黑地的末日里坦然迎接死亡，这样的结局，悲壮又浪漫。死亡升华了爱情，萧怀明的爱情长跑没有淹没在那些被岁月蹉跎至无疾而终的情感故事里。

刺骨的寒意从四面八方袭来。萧怀明拉起元莱，在一片漆黑中舞动着身体，驱赶寒冷。

“黑暗中的舞者，在山崩地裂中舞蹈。多么奇特的体验。”萧怀明摆动着身体，上气不接下气地说。

“雾霭和灰烬……世界坠落之前，原来，是这样子。”元莱的动作越来越迟缓。

“陪你看天荒地老，赚、赚到了……”萧怀明努力在冻僵了的脸上挤出一个微笑。

空气越来越稀薄，说一句完整的话都仿佛要耗干所有的能量。他们跳不动了，顺着墙角坐了下来。

元莱想开口，可发不出声音。她靠着萧怀明，连睁一下双眼都要挣扎半天。

“其实，我有些后悔，后悔把你送出贫民窟的小屋。同甘共苦也不错，就像现在这样。后来，我也不知道怎么了，什么都说不出口，浪费了那么多时间。宇宙少女，我们死了，变成宇宙中的尘埃，来、来世，如果有来世，我还要遇见你。在我们相遇的那刻，就对你，表白……”萧怀明大口地喘着气，使出浑身力气不停地说。这辈子，他对元莱太过小心翼翼了，好多话都没敢说出口，他要在断气之前把没来得及表露的心思，全部说给元莱听。

元莱的呼吸随着萧怀明滔滔不绝的表白，越发急促，她缺氧的反应比萧怀明要严重得多。后来，萧怀明的脸变得模糊，那些情话成了一声声的嗡鸣，汇集成一阵刺耳的巨响。她在萧怀明的怀里断了气。

萧怀明费力地把元莱挪到窗前，然后在满地狼藉中翻出了一个印花的壁毯，他拖着毯子往窗边走，每走两步就得停下来大口喘息。他顾不上悲伤，这壁毯就是他和元莱的墓穴。

萧怀明抱紧了元莱，他知道这次她是不会醒了，他再也不用提心吊胆地守着她。再过一会儿，他就要去陪她了，他们将因为死亡而获得永恒。

窗前噼里啪啦地下起了火焰雨，把天空染得通红。在一片光晕中，萧怀明看见了头顶灵蛇髻的少女、在悬崖边抓住他的“女绑匪”、穿着婚纱面色肃穆的元莱、蹦蹦跳跳的 AI 精灵，她们在废墟中赛跑一般奔向他，又被打散在红色的空气中。她们消失的那刻，萧怀明就知道，自己要死了。

然而，萧怀明还没来得及抓住死亡，稀薄的空气就复活了元莱。缺氧再次成了激发本能的开关，她体内的软体晶片重新点燃了生机，一同被激活的还有晶片的记忆和能量。而且，这次的复活，比起上一次她在火水未济瓦舍里的突变，来得更彻底，她还记起了一切。应该说是重新运转的晶片调取了她全部的生命档案，包括那些之前不知道丢失在哪里的记忆和错乱的细节。

力微星、地球、时空碎片，所有的人生历程从未丢失，全都刻写在晶片上，晶片只是休眠了，并没损坏。

元莱全都记起来了，她叫画手，是个机芯精灵。令她煎熬了一万多年，两次出逃的地方，才是她的故乡。“元莱”，只是她上一次造访地球的时候，随手翻出的两个汉字，她偶遇了萧怀明，吃了热腾腾的包子，熄灭了所有的能量和记忆，然后就成了地球上的孤儿。

现在，她终于搞懂了有关人类记载中那些生离死别、肝肠寸断、失而复得是什么滋味儿，机芯精灵没有这些复杂的情感，他们每天在固定的时间扫描身体，在规定好的日子去和基因搭档配对儿，在没有任何危险和污渍的地方生活，永远居高临下。

一分钟便是一万年，重生的瞬间，所有浓缩的过往一浪又一浪地涌进她的脑海，拍打得她不停摇晃。未来，她要怎么办？

元莱是一个虚构的存在，画手才是真实的人。

“对其他星球和物种，如非必要，绝不插手。”画手在那些太过丰富的过往中记起机芯精灵们恪守的准则。作为一个机芯精灵，她严重犯规了，不但偷跑到了地球，而且介入了萧怀明的生活。在瓦舍里，她亲手摧毁了好多个人类文明的碎片，这次，她是回来逆转地球命运的。她已经在违规的路上越走越远，无法回头了。

画手看了看奄奄一息的萧怀明，决定抛掉种种复杂的权衡，索性一错到底，彻底和过往断绝关系。她的未来，只和眼前这个濒死的男人相关，她必须要改变地球的命运，他们才能有未来。

如画手的同胞所愿，她彻底脱离了机芯精灵的队伍，没人驱逐她，是她自己放逐了自己。

机芯精灵们把画手引回地球，想让她作为人类的一分子安静地消逝，因为单靠人类自己是拯救不了地球的。他们推断，回到地球，画手就会一无是处，没有扩增中枢，她的能量只是沉睡在身体里的一堆毫无意义的晶片。机芯精灵想当然地认为，这些沉睡的能量离开了力微星，唤醒它的概率微乎其微。

调动其他恒星的能量来拯救摇摇欲坠的地球，这对恢复能量的画手来说，只需要花费一些时间而已。她像补天的女娲，给地幔降温、加固了莫霍面、修复了裂缝，一阵疾风骤雨过后，雾障在缓慢散去，氧气似乎也在逐渐变得饱和。地球恢复了平静。

元莱，不，应该是画手，像个女战神，从废墟的尘雾中走了出来。

窒息感缓解了，雨点和风声唤醒了萧怀明，逐渐恢复神志的他，隐约看见元莱朝他走来。乌突突的废墟和风尘仆仆的元莱，这分明是屡次出现在他梦里的场景，以前还被他解读为心怀“对失去元莱的恐惧”。他看了看周遭的断壁残垣，摸了摸还在手边的壁毯。元莱站到他面前的一瞬间，他确定了：这是劫后重生。

这场浩劫让人类文明数万年的硕果化为乌有，人造、科技、一切人类的伎俩在宇宙的狂暴面前还是那么渺小无力。萧怀明，一个不务正业的斜杠青年，傻里傻气的痴情种子，成了唯一幸存的男子，而他倾尽毕生守护的爱人，居然是个无所不能的女神。

“你怕我吗？”画手掸了掸身上的尘土，“地球只是暂时稳定了，大陆碰撞、延伸，板块运动，喜氧生物大量繁殖，得花不少时间。”

“这些都是你做的？我、我们，活下来了？”萧怀明渐渐回过神儿来。

“地球的修复之路才刚刚开始，我们活下来了。但现在，地球脆弱得很。”元莱坐了下来，刚刚惊心动魄的过程，让她分外疲惫，她没有精力再去对萧怀明表达看到他活下来的喜悦，暂时也没有力气向他解释这一切。现在，她只想安静地靠着他。

“原来不是我守护你，而是你守护我。”万籁俱寂，萧怀明怀疑这一切只是场梦。

元莱握紧了萧怀明的手，靠着他，闭上了双眼。萧怀明不再说话，他们之间早已有了这样的默契，他知道她此刻的需求。他听着她渐渐均匀的呼吸，思绪飘到了永成年的大雪天，想起了每一个关于她“不平凡”的往事。怕她？萧怀明怎么会怕她，他见过她所有的样子。

雨停了，被洗过的天空泛出了清亮的光。

“元莱只是我随便起的代号。”画手揉了揉眼睛，先开了口。

“我叫画手，本来住在力微星，这一切说来话长。据说，我们的祖先也是人类，只是已经进化了不知道多少倍。哦，对，我们叫机芯精灵，和人类处于不同等级的文明之中，人类文明对我们来讲还处在非常低阶的层级。所以，调动能量拯救地球，对我来说，并非什么不可能的事情。之前，我穿越蛀洞时失去了记忆，我们初次见面的那个雪天就是我刚刚到地球。我当时只记得纸片上的信息，就对你胡言乱语了一番。”

“那个雪天……你真的是宇宙少女，难怪你连大米和红烧肉都不认得。力微星，居然真的有这么个星球，你真的是 AI 精灵。命运真是……”

“这就是人常说的宿命吧。我上一次偷跑到地球是因为好奇，这一次，是因为你。”

“上次？这次？”

“是啊，地球的最后时刻，我经历了两次。哦，不对，应该是三次，人类历史消亡之后的怪诞碎片里，还有一次。”

“消亡？人类历史已经消亡了？”

“对，线性的时空重演好多遍之后，就散落成了一个个断裂的时空。不过那是很久很久之后的事情了。现在，我们脚下的，是第一个线性时空。”

“你是说历史在一遍遍重演？而你已经目睹过了未来的时空？”

“差不多吧，这个以后慢慢和你解释。”

“你是因为我才回来？从未来回到这儿？”

“未来，不怎么准确，力微星、原本的地球和时空碎片的时间流逝计算系统都是不一样的。不过，你也可以暂时这么理解。因为上一次，我丢下你一个人上了穿梭机，这遗憾煎熬了我一万多年，我要回来扭转这一切。没想到，这次我想起了我到底是谁。不然，我还会在这些破碎的记忆里打转，永远搞不清事情的因果。”

“一万年？不会老也不会死？就像我们开玩笑说的那样？”

“都是巧合，或许是时空的把戏。不老不死的滋味儿，其实不怎么好。”

萧怀明在迅速消化着画手口中的信息，他听了个大概，还是一头雾水。从他看着陈永成和元莱登上穿梭机之后，一切都进展得太迅猛，太离奇。但他看得出，元莱，现在应该叫她画手，刚刚经历了一场“战役”，疲惫至极，还没完全恢复过来，他不想再穷追不舍，毕竟，他们还有的是时间。

机芯精灵们发现这一切时，画手和萧怀明已经在筹划着重建地球。还好这连续的历史时空离力微星很遥远，目前对他们构不成任何威胁，他们把画手引回地球的决定是对的，她终究恢复了能量。如果她拯救的是时空碎片里的世界，那才是危险的。

萧怀明和画手，正依偎在废墟中的果树下，互相讲述着过往的种种，他们有一生的时间可以娓娓道来。

在那些互相讲述的故事中，有“超级细菌”“力微星生存指南”“无限的阶梯”“最后的瓦舍”“神圣调停”“交叉小径的花园”等。故事的线索，如同力微星上的空间接点，纷乱复杂又彼此呼应，身处其中的人，常常被神秘的力量牵引着向前。

如果故事的主人公跳出这庞杂的迷宫，他将看到每条时间线上的自己都在差不多相同的景致中，奔向宿命的终点。跑出时空的迷宫，才能和宿命会面。

萧怀明认为自己搞清了前因后果。有些情节太如梦似幻，可少了这些“不真实”，就解释不了他亲眼看到的“奇迹”。有些过往他并不记得，但他把它们认定为“另一个自己”的杰作。有些未来，他不知道，但他确定会发生。正如画手所说，都是时空的把戏，不必去计较。

萧怀明和画手的爱情故事被错落的时空切割得七零八落，又被一点点地拾回。尽管画手的“身世之谜”有点惊世骇俗，但无论她身体里是骨血还是芯片，在萧怀明眼里，她就是他的“雪地精灵”，是与众不同的。

“你的能量会用尽吗？”

“这世界上恐怕没有取之不竭的东西吧。”

“耗光了怎么办？”

“目前还没有哪个机芯精灵耗光了能量，耗光了就做个普通人。”

“那需要多久？”

“一万年，两万年？谁知道呢！”

画手笑了，不停发问的萧怀明那好奇天真的样子，很像初次造访地球失去所有记忆的她。再吃一口人类的食物，她八成又会变成他们初次相遇时的样子吧，可她不愿意以这样的方式再次融入萧怀明的生活，她要永远记住过往的每一个瞬间，完整地保存他们兜兜转转的故事，还要对自己的来历清清楚楚。

“你是不会老的，我要变成老头了怎么办？”

“哈哈，在你变成老头之前，送你去外太空。”

“你还是嫌弃我变老的样子。”

“那我就和你一起变老。”

“还是我和你去外太空吧，这样比较划算。”

“想得美，以现在地球上的科技水平，造出人类适用的穿梭机，还早着呢。重建世界，路漫漫其修远，这可是重来一遍的漫长历史。”

“你会想念力微星吗？”

“那是一个像糖块儿一样的魔方，这次离开的时候，我才看清楚它的样子。”

故乡，画手想到了这个温情脉脉的词汇。力微星，算是她的故乡吗？

画手想到了力微星上的长者给他们年轻一辈讲述过的蛋形星系集体消亡的惨痛教训。当年的力微星，就是地球现在的样子吧，百废待兴。而她，和长者们一样，成了重建家园的人。地球，又算不算是她的故乡呢？

人类历史的轨迹，画手了然于心，那全部的历史，只是她体内晶片上一个用肉眼觉察不到的斑点而已。

在一切走上前进的轨道后，她却停了下来，不去干预任何进程，就那样看着一切该发生的发生，该完结的完结。

尽管画手选择了背叛她的族群，她还是无法摆脱机芯精灵袖手旁观的基因。

她唯一想改变的，是她的无所不能，她想找到让这些能量无害消散的法子，想不忘却前尘往事又能和萧怀明一起老去。

尔朱旻旻挤进防火墙之后，眼看着挣扎着走向穿梭机的另一个自己在人群中倒下，咽了气。永成公司的新药拖延了问世时间，“尔朱旻旻”的命也随之缩短了，这一次，她战胜了镜面病毒，却死在了末日之前。

蛋形穿梭机是顺利回到了力微星，还是走向了宇宙的深渊，不得而知。

力微星上的瓦舍游戏，何时会迎来重启后的第一个光明时代？神圣调停局是永保秘密还是挑拣到了一个合适的时机坦白？说不定陈永成又发现了什么新的灵药，抑或是和另一个到达力微星的陈永成相遇，拼个你死我活。还有许许多多的人类精英，如果顺利到达力微星，也许会和陈永成面临同样的问题：面对另一个自己，他们该作何反应？

如果另一个元莱到了力微星，是会淡忘萧怀明，还是会更加刻骨铭心？她会再次成为瓦舍游戏的佼佼者吗？机芯精灵们会怎样对待二次闯入的人类幸存者呢？他们也许已经修好了孵化蛋壳，很快就要实施新一轮的繁衍计划。为了让人类能够心甘情愿地留在力微星，从而去摧毁那些时空碎片，他们很有可能接纳第二批闯入的人类，甚至在某个时刻大发慈悲，划出一块儿可以让人类有限地实现理想的田地。

地球上的元莱，抑或是画手，偶尔会想起遥远的力微星，人类“改造力微星”的理想实现了吗？那些时空碎片，都消灭光了吗？力微星还会迎来辉煌时代吗？

画手只是凭空想想罢了。她永远地留在了地球，弥补了上一次的“抱憾终生”，她应该觉得完满才对。

画手有没有与萧怀明一起老去，不得而知。因为她从没出现在任何一处的文字记录中。

地球文明还是难逃没落为荒原的结局，从初升到沉寂，这漫长的过程又重演了许多次。一遍又一遍繁华落尽之后，时空之弦断裂了，无数根或长或短的丝线飘向宇宙深处，纽结成了一个个乱码。

画手拯救了地球，移动了线性时空断裂的节点，继而改变了时空之弦断裂后形成的碎片。那些碎片世界变得极其简洁，没有了复杂的社会形态。按照机芯精灵们的归类方式，这些单调、迟缓的“极简世界”应该被归为对力微星没有威胁的休眠碎片一类。可它们偏偏没有遵从规律，反而因为不够繁杂，“轻装上阵”而行进得飞快。

力微星上，“瓦舍游戏”已经胜利地告一段落，防御网监控范围之内的时空碎片已经没有了前进的迹象。机芯精灵们刚刚松了口气，却没料到，画手又惹出了新的事端，那些已经被最后一批人类消灭的怪诞碎片，在地球文明重生后，正在被断裂时空的奥卡姆剃刀重新裁剪，在星系深处奋力向前飞奔，冲向新地球文明的造物主画手的故乡——力微星。

尾声　无限循环

宇宙深处有片荒原，在那里，人和机器高度共存。

在这个无名的荒原中，年龄、寿命、爱情和鲜花都不复存在。感官是个没用的东西，因为这里没什么是需要去看去听去触摸的，人们一伸手就是冰冷的机器。机器之脑永生，它自如地感知、记载、删除、体验、进化，无限延伸。

12345 从云梯上滑了下来，她按了一下梯口边缘的按钮，梯子瞬间弹了回去。她住在森林大厦 K 座 8902，这是专属于 8902 的悬梯，实时传输着 12345 出门、回家的记录。大厦门前的告示牌上显示着“安全”，说明今天可以出门。尽管 12345 出门前一再确认了天气情况，她还是强迫症一般反复看了好几遍告示牌上的“安全”。她还没有体验过邻居们常常聊起的操纵“故事盒子”的权利，可不想就这么草率地交出性命。那些被卷入蓝色风暴里的居民，不是四分五裂，就是踪影全无。

七天，还有七天，她就要启程了！一想到这儿，12345 使劲儿踩了几下脚下的滑沙鞋，鞋面显示速度已是极限。她迫不及待地要去先睹为快，传说中的那些盒子，里面就藏着谜底，那些邻居们聊天中她听不懂的只言片语，都将在这趟旅程中得到解答。今天，是旅程的预演。

一个身穿紧身夹衣，披着黑色斗篷，头顶金色树叶形状毡帽的男子早早就在中转站门口等着 12345 了。12345 亲切地称他为 345 前辈。

中转站里像迷宫一样，甬道叠着甬道，房间连着房间。那些房间都大门紧闭，12345 跟着 345 七拐八拐，好几次忍不住想推开房间的门，都被 345 及时制止了。

“真正的旅程开始之后，你就能推开其中一个房间的门了，现在还不是时候。”

“您去过几次？”12345 下意识又要去推一个洒金花纹的木门。

“28，29？嗯，好像是 29。”345 又一次阻止了她，可一丝愠色也没有。

“我又忘了，嘿嘿，您好像从来都没对任何人发过脾气，总是笑呵呵的。”12345 有点儿不好意思。

“我倒是想，可发脾气是个什么滋味儿我早就想不起来了，一次旅程过后，我彻底丢了这个与生俱来的坏毛病了。”345 惋惜地说。

“那个人好奇怪，怎么一直在哭？”12345 指着远处一个哭得梨花带雨的老太太。

“她呀，236，是我的同事，和我一样，负责带你们这些即将进入旅程的孩子看一看关键的信息。她从来不会笑，哭倒是常事。她以前不这样，也是一次旅程回来之后才这样的。”345 冲老太太挥了挥手。老太太挂着泪痕，冲他们点了点头。

“这旅程，会让人没了脾气，没了笑容？”12345 大惊失色。

“哪有你说得这么简单，你看沙路上那些来来往往的人，没手的、没脚的，八成也是旅程里弄丢的。哈哈，别怕，也有很多人什么也没丢，你得记住一个关键法则。”345 打开了一扇隐在墙体中的金属门，“如无必要，勿增实体！”

“如无必要，勿增实体。”12345一脸懵懂地重复着，跟着345走进了房间。

“简单，简单，再简单！这对新手而言至关重要。”345补充道。

金属门后面是个银幕世界，大大小小的闪光屏上布满了白色立方体。交错漂浮的小方块，纠结成双螺旋般的枝杈，伸向屏幕深处，银幕后面仿佛是无底的深渊。

“我和你说得再多，也不如你亲历一次来得可靠。没有人会经历同样的旅程。现在，按规矩，我会选择一些信息给你看，你可以记住它们，也可以完全不在意。有时候，事先臆测太多，反而是灾难。”

12345点了点头，345的话，她还是一知半解。

345看了看手上的指示，点开了树杈上几个白色立方体，陌生的场景一个又一个在眼前展现，忽明忽灭。别说记住，连辨识清楚都很困难，从来没见过的东西，怎么轻易记住？这个地方的事物实在是太贫乏了，12345最熟悉的只有沙子和机器。这些场景中只有一个画面令她印象深刻，她判断那就是前辈们描述过的鲜花盛开的样子：层层叠叠的舌状花瓣在花梗上铺开、盛放，洁白如雪。随即，一朵朵鲜花被滚滚而来地带着绒毛的小球覆盖，那些小球一生二、二生四，几秒的工夫，占据了整个画面。

“好了，这就是全部了。”屏幕熄灭了，345示意他们该离开了。

返回迷宫门口的路上，345的面色有些沉重，同为森系一族，他为这个孩子的旅程感到担忧。肆虐的细菌，他是认得那些迅速繁殖的小球的，它们将成为这孩子旅程中的主角之一，这可不是什么好兆头。

“万事小心！简单，尽可能简单！记住了！”345再次叮嘱挥手告别的12345。除了反复强调这句金科玉律，别的他什么也不能说。

12345在沙面上舞动了几下，大步流星地滑走了，心里想着：美丽的花朵，可爱的绒球儿，看来这趟旅程还不错。她临时起意，滑到麦稻大厦、花草大厦、百兽大厦、飞鸟大厦、流萤大厦、川流大厦……几乎走遍了这荒原上的每一处。她之后会有段时间不能随意走动了，来个最后的告别吧。想到即将开启的美好旅程，冷冰冰的大厦和机器路警也变得亲切起来。要不是机器路警及时提醒她看看鞋上频闪的警示，12345还没觉察到天空已经断断续续下起了细沙，她摸了一下脸颊，摸到几颗蓝色的微小颗粒。风瞬间变大了，鞋面上已经显示了通往最近避风港的路线。蓝色风暴就要来了。

各个大厦的居民陆续涌向就近的避风港，狂风中，他们都死死地按着象征自己族类的帽子，有的缠绕成花朵的形态，有的像昆虫的翅膀，有的是个虎头。这是他们唯一的区别了——用不同的装扮来缅怀早已烟消云散的万物。根据他们出生的孵化工厂，每个人落地时就被决定了族类和居住地，还有限定的服饰。12345挤进的避风港，大多数是飞鸟大厦的居民，她看着对面身插彩色羽翼，头上盘着翅膀的人，有些局促。一个看上去温柔和蔼的妇人友善地冲她微笑。

"年轻人，你是从森系来的吧？你到这儿来是要探望谁？"

除了参与荒原日常的工作和定时的交流会，各个族类之间的私下往来是很少的。机器能解决所有需求，交往显得多余。

"嗯，我是森系人，没有特别要看谁，就是临走前到处看看。我还有七天就要开启第一次旅程啦！"12345难掩雀跃的心情。

"七天，吉利的数字，是上帝创造世界的时间。祝你顺利！"妇人揣测这孩子和她当年第一次出发一样，出发前七天去中转站领了关键信息。但那趟旅程可没那么顺利，她陷入了沉思。

蓝色风暴过去了，地面又多了一层厚厚的蓝色颗粒，大厦都被埋在了厚沙下面，一眼望去，只有茫茫的沙海。12345在临走前又住进了新家，新家的窗户这回对着的是六个隆起的小沙包儿，这是她独立生活以来搬的第 12 次家了。人们对平地起高楼已经司空见惯了，风暴瞬间摧枯拉朽，机器重新架起钢筋水泥的速度也快得惊人。

七天之后，12345 终于推开了期待许久的大门，她默念了几遍 345 的叮嘱——“如无必要，勿增实体”，还是没猜透这准则的用法。希望自己回来时已经完全搞懂了它，下次再用也不迟，她这么宽慰自己，满怀欣喜踏上了旅程。

与别的荒原居民一样，12345 经历了一个错漏百出的故事。

荒原上没有纪年，却诞生了无数跌宕起伏、多姿多彩的故事，那些故事的种子都有着好听的名字，可是，在这里出生的人是没名没姓的，他们只有编号，1、2、3……号码是他们出生的顺序。人们在金属蛋壳里完成生命最初的构建：筛选合格的受精卵、孕育成人形，基因检测、器官加固，从海量样本中随机挑选遗传过程，最后，脑中嵌入意识芯片。脱离了母亲的子宫，人终于跨越了呱呱坠地和咿呀学语的脆弱稚嫩，每个人走出蛋壳的时候，已经是个具有独立意识的个体了。

12345 是从蛋壳里走出来的第 12345 个合格的个体，是荒原上的年轻一代。她清晰地记得那天从蛋壳里走出来的时候，看见身后密密麻麻一片巨型“鸡蛋”的震撼。她检索到那些圆滚滚东西的原型，是一种早已消失的可以孵化出生命的食物，其外皮“薄如蝉翼”。但孵化工厂里的蛋壳却是坚不可摧的，“蝉翼”又有多薄？ 12345 想着关于鸡蛋的一些问题，穿上了她的第一双滑沙鞋，按照鞋面指示找到了她的居所。一路都是厚厚的沙地，她很敏感地意识到，她的生活会和无穷无尽的检索脱不了干系了。

后来 12345 检索到几个名词：吴哥、画手、长城、秦俑、赫拉、金字塔、拉奥孔……《荒原志》上说这些人把家安在这儿，修好孵化蛋壳之后，就销声匿迹了。据说，这些老人曾经生活在一个长得像糖块一样的天堂里，那里不只有沙子，还有树、泥土和各种形态的生物。这些人的体内还存有一幅幅美妙的艺术作品，更奇妙的是，那些艺术作品是会时常闪烁着光芒的。这些奇怪的词语是什么意思？艺术作品又是什么？对检索有着与生俱来反感的12345，已经懒得去追究这些和她生活无关的东西了。

总之，12345看懂了，那些老人是她的祖先。他们离开前叮嘱后辈：要延续用数字给新生的人命名的规则，别再新添词汇了，他们的祖先已经给万事万物扣上太多的名称了。他们连定居的这个沙洲都懒得起个像样儿的名字，只是称它为荒原。如果荒原是他们的归宿，创造那么多新鲜玩意儿也只是徒增累赘，“如无必要，勿增实体”才好。

所有的复杂生物都是在别的时空里被荒原上的居民创造出来的，聊以慰藉荒原上的匮乏。与万千居民一样，12345所经历的旅程就是这种创造时空的游戏。

只要是荒原上的居民，谁都可以借助万能机器的触角，赋予各种人物模具不同的性格，或者任意拆卸模具并换上自己身体的某部分。然后，他们将这模具放入一个合适的时空中，去体验青草和麦田、寒冷和炎热、笑声和眼泪。除了模具，故事盒子里的种子也至关重要，它们就像是一张张线路图，在新的时空中安置、交汇之后，延伸向旅程的终点。

那些千回百转的甬道里紧闭的一扇扇大门，背后就是操作间和包厢。这一间间屋子是旅程的起点，也是终点。启程之前，模具和故事种子在操作间集合，被机器输入生根发芽的活化程式，然后被输送到某个时空中。模具的范围包括肉身的躯壳、一些生物分子和材料、技术的手段等，盒里的种子指引着模具活动的方向，框范着它们可能触达的边界。

旅途中，这些模具和种子会积蓄能量，以便落地的时候能快速生长。预设程式会勾勒出种子和模具落地之后的大致轮廓，但活跃起来的模具常常会根据环境的变化自行发展，自行创造出许多新元素。预设程式越复杂，模具和种子的施展空间就越小，但是程式设置的复杂程度是有上限的，即便采用最复杂的算法，还是抵挡不住模具们兀自的疯狂生长和旁逸斜出。

除了随机分发的种子，出发前，操作间里的人，可以决定一切：选择多少模具、怎么设置程式、想去哪里。但是一旦上路了，它们会自行演化，即便偏离了路线，产生了误差，也无法纠错，直到旅程终点。

“鱼、海、26；沙漠、骆驼、139；田野、牛羊、91257；雪、细菌、2；土地、集市、战争、126756。”

12345看了看屏幕上提供的选择，有些挠头。大多数词她从未见过，也不理解是什么东西。她此刻很后悔，没有多储备一些知识，以前她总觉得记住那些干巴巴的词儿，又看不见又摸不着，实在是毫无意义。现在她对自己的“不学无术”十分懊恼。

耳边响起了急促的提示音，再不选，就要被随机发配了。情急之下，12345突然想起了345的叮嘱：“简单，再简单！”于是她点了“雪、细菌和2”的组合，选定了要去的时空，从数字大小来看，这个算是最简单了吧。

选定了地点，接下来就是最关键的部分了——拆解自己。12345深吸一口气，从机器里调出了自己的身体档案。一想到她的手能替她触摸从未见过真容的“鲜花”、脚能替她走遍那些不只有沙子的地方，她就激动不已。

12345把自己拆了个片甲不留。生在这荒原的孤独和无奈、天生的自私、对其他生物的麻木、过度敏感又懦弱……她把这些部分一件件从身体档案中调离出来，有些是荒原公民的共性，有些是她诞生前基因程式从无数个随机样本中合成的个性。肢解程式的页面很快布满了她身体和性格的各个部分。她恨不得一口吃个胖子，一下子听到、看到、感受到好多事物，所以，她需要很多原材料。

如果能说服几个同族做她的原材料就好了，这样就不用把自己拆得七零八落了，一个人贡献一部分，这样大家都安全。可是谁会信任一个新手呢？况且不是人人都愿意在别人创造的历史中掺和一脚，仅属于自己的故事种子和时空，这独享的仪式感，是个不小的诱惑。只有体验过的人才会选择结队的方式，他们要么是在旅程中痛失了某个重要的部分，要么已经厌倦了这“专属”的旅途。

12345 开启旅途之后，才渐渐明白那些被抹除了一部分的人大概都经历了什么。操纵时空，这体验造物主神奇之处的游戏，是有代价的。每个人，无论是单独出发，还是结队而行，本体都必须老老实实待在包厢里到旅途结束。旅途只能是带着身体某部分的模具，如果这些部分在别的时空发生了什么意外，那么它们就会永远留在那里了。

脱险的躯壳多少会有些变化，可能身体有了残缺，也可能丢失了灵魂的某些部分。肉体的残缺，是旅途中的意外造成的，至于灵魂丢失了什么，取决于旅途结束时周围那些旋涡的吸引力以及那些被打散的灵魂条块的重量和定力，只有灵魂足够重才能够被回归的牵引线拽回到中转站的操作间。所以，荒芜星球上会有不会哭的人，不会笑的人，从不说抱歉的人，永远不发怒的人……

大多数人都有多感受感受的想法，可没有人像 12345 这么大胆，把自己身上能拆出来的部分几乎统统用上了。她还是没能完全领会 345 的叮嘱，345 本想告诫她，别把自己弄得四分五裂，拆下来那么几件，好在回归的时候能轻松地被识别出来，从而安然无恙地走出中转站。对于一个新手来讲，这比充盈的体验更加重要。

根据 12345 的拆分清单，肢解程式的后台瞬间准备好了模具。人物模具的数量由清单上身体和性格条目的多少决定，一个人物模具最多携带两个身体条目和一个性格条目，这些模具带上“原型”的某种器官或特性，将在与种子一同生长交织的过程中，沾染上不属于“原型”的习气，也会酝酿出一些新的特质。“旧习”和“新质”，随着故事的进展，将逐渐在模具上混为一体。

结束的时候，挑拣属于“原型”的部分是最麻烦的工序。如果没有剔除那些自行产生的性情，它就会跟着“原型”的其他部分一起回来了，已经生病的器官和有伤痕的四肢也会一并回到主人的身上。这是拿自己当原材料的最大风险。但是少了条手臂、坏了一个脚趾抑或是性情大变，这些都并没伤到主干，“原型”还可以继续生存。

目前出现过的最坏情况是，有人回来之后不久就一命呜呼了，因为他身上的主要器官染了重疾，又无法再进行任何修复。死亡是在荒芜星球上百年难得一见的事情，那些在孵化过程中就不断修正加强的器官，想坏死实在是比登天还难。还有一种情形，比死亡更糟，迄今为止还未出现过，那就是让自己支离破碎。

12345 成了散落在宇宙中的第一人。回归的时候，牵引线没能定位到她身体和性格的关键部分，她第一次走进包厢就没能再出来。

12345 在提交清单之后，也没意识到自己犯了个多大的错误，她兴奋地看着故事盒子上那些不熟悉的名词：“最后的瓦舍、阶梯、细菌、神圣、花园、生存指南……”12345 只记得这些了，她还来不及检索这些词到底是什么意思，就要选择预设程式了，她连这些种子的意思都没搞懂，要怎么选择它们发芽、生长、交汇的路线呢？那些不同程式的页面像陀螺一样，来回在她眼前滚动，搞得她心烦意乱，有些程式又臭又长，复杂到她看一眼就已经失去了搞明白的耐性和信心。

“根据时空环境，自行发展。”这个一目了然，也最简单。机器之心好像读懂了 12345 的所想，在她迟迟没有做出选择之后，增添了一个新的页面。

就是它了！12345 狠狠地点了一下光标。“自行发展，这样最好！这一定是个最佳选择，完美契合了 345 说的‘如无必要，勿增实体’的原则。”她心里这么想着，大踏步地走进了包厢。

与其他经验老到的公民相比，12345 勇敢得令人咂舌，目前还没有哪个公民敢点击这个最冒险的选项。因为程式越复杂，出发前掌握的信息越多，在回归时就越安全。12345 显然没有意识到她草率的选择会带来多么严重的后果。

黑暗中，没有一丝声响。一阵剧痛过后，12345 看见了一个俊朗的男子，看他的年纪，应该比自己还小，如果在荒原上，他怎么也该是 13000 之后了。阳光刺得 12345 想流泪，男子一直冲她微笑，然后消失在一片光晕里。她还没辨识清楚，光芒就消失了，接着一些光斑亮了起来，眼前出现一个由对称的点线面组成的光线世界，看上去毫无生趣，有点儿像荒原上的居所。房间一角整整齐齐的绿叶，转瞬就幻化为火红的枝叶，12345 想揉揉眼睛看清楚，可她的手不听使唤，转而拿起了一个硬邦邦的金属棍，这棍子上的按钮多得像滑沙鞋上的各种按键。这里不会是另一个荒原吧？旅程这就开始了吗？12345 揣测着她将看到的风景，开始有点儿怀念那些行动自由、在沙地里大步滑行的日子。

由于选择了“自行发展”，12345 始终对旅程中的经历一知半解，她脑海里没有种子的预设线路，自然也就不明白故事的进展，况且把预设程式的算法精简到极致的后果是，模具和种子们找到了尽情发挥的土壤。

旅程开始后很长一段时间，12345 什么也听不到。她看到了巨型的金属蛋壳，比孵化工厂的蛋壳要大好多倍，人们排着队在雾霭中走进蛋壳里。她见证了一张张的“薄饼”奇迹般鼓胀成人，她见到了在中转站的白色盒子里就看过的洁白如雪的花儿，看到了漫天的大雪，还有那毛茸茸的迅速繁衍的小球儿。许多新鲜事物令她应接不暇，有的她还没琢磨过来是什么就消失不见。

后来，她听到了嘈杂的声音，风声、水声、引擎声，听见一个男子信誓旦旦地说“我的目标是造出永生之药”，声音洪亮得刺耳。从各种人的交谈中她恍然大悟，那些样子可爱无害的小球原来可以致命，它们叫作超级细菌。她听到了一个女孩说，她叫元莱，要找最后一批人类唤醒能量。每次听到这个女孩的声音，12345 的心就怦怦地跳个不停，尤其是女孩对那个男子说“剩下的时间不多了，我们好好在一起吧”时，那一刻，她的心揪在一起像是要化了一般。

这次旅程的路线太过庞杂，12345 看到、听到的信息没能描绘出一个完整的时空地图。她猜想，她的眼睛和手臂、心脏和耳朵，分别被安在了两个模具上，一个带着她的孤独，一个带着她的怯懦。其他拆卸下来的部分，12345 辨认得十分费劲儿，那些模具要么是匆匆过客，要么活跃丰满到她根本看不出还有自己的影子。

“眼睛和耳朵一起，心脏和手臂一起，这样安排就好了。”12345 遗憾地想，但她选择了“自行发展”之后，身体的各个部分和模具的配对也是随机选取的，机器剥夺了她接下来的选择权。

雪，细菌，2。12345 在旅程的终点似乎明白了它们与时空之间的关系。永成年没完没了的飞雪，超级细菌蔓延的世界，末日后的废墟……废墟上安静得能听见风吹树叶的沙沙声。地球，对，旅程的其中一站叫地球，经历了一场浩劫后，只剩下两个人，他们在废墟中的果树下，不停地聊着，她听到了“细菌”“指南”“瓦舍”等出发前在故事盒子上看过的字眼，还听到了什么力微星、画手、怪诞碎片、糖块儿、魔方之类的话，“一个像糖块儿一样的魔方”，12345 觉得熟悉极了，又死活想不起来在哪里曾经听过一模一样的描述。

模具和种子完成了使命，12345 却永远也走不出包厢了。她的主要部分全都面目全非了。她生在荒原的孤单和面对陌生事物的胆怯，统统都消失了。

12345 拆卸下来的其他部分，有些带上了时空的烙印，有些被装点成了另外的样子，有些被自行发展的模具和种子完全毁坏了。

“如无必要，勿增实体。”现在，12345 是真切地领会了。

庆幸的是，她的眼睛和耳朵被牵引线拽回来了。可是，按照规则，一个仅剩意识的游丝、眼睛和耳朵的人是不能被放出匣子的。

不知道被困了多久，12345 得到了机器的特赦，包厢里亮起了一个正方形的亮框，里面上演着“雪，细菌，2”组合的时空故事。原来时空游戏是可以被全程监控的，荒原的居民却必须交付出自己，用一个又一个代价换取着培育繁华的机会。

12345 注视着那些由她身体的部分繁衍起来的时空，时而高歌猛进，时而急转直下，时而归于沉寂。那些带着她身体和性情某个部分的模具，在辗转中丰满自如起来，成为推动时空轮盘的中坚力量。她懵懵懂懂走完的旅程，一下子全都豁然开朗了。

元莱、画手、萧怀明、陈永成、尔朱旻旻……“我也应该有个名字。”12345 默念着这些故事里反复出现的名字，觉得如果有一天能够走出包厢，她也得想个好听的代号才能让人记住。

眼前的亮框不停轮转，12345 看了一个又一个时空故事，她已经不再去想“找到法子，走出包厢”这回事儿了。

荒原上的公民们还是对这“造物主”般的时空游戏乐此不疲。

那些以前12345一看见就头大的陌生名词，现在是如此耳熟能详。

看够了时空流转的把戏，12345参悟到了这些时空游戏的真谛：这些时空的本质是一模一样的，所有被注入复杂结构和无限生机的世界，最终会向荒芜星球看齐，一个个相似的荒原，这是终点，也是起点。

那些由机器编织、谨慎平衡的故事种子和荒芜星球上公民们的一部分繁育出来的时空，都是短命的泡沫。

没有哪个泡沫能够长久不息。

12345目睹到的最长的时空，与荒芜星球存在的时间相比，也不过是昙花一现。正因如此，荒原上才会摒除所有生动的影像，只留下干瘪的文字记录。居民们有亲身体验的强烈愿望，才会不断参与进时空游戏，他们创造出的世界越多，打破这“从荒原到荒原”无限循环的魔咒的概率就越大。

知道真相的12345心情很复杂，她看到的越多就越觉得，繁茂多彩和永续不朽，这在宇宙中，是无法并存的。